Günter Krieger

Maria und der Inquisitor

Ein Krimi aus dem Mittelalter

GEV

www.gev.be
E-Mail: buchverlag@grenzecho.be

Titelseitenzeichnung: Agnieszka Grochla
Titelseitengestaltung: Cito Communication
Redaktion und Satz: Königsdorfer Medienhaus, Frechen
Druck und Bindung: Grenz-Echo Druckerei, Eupen (B)
www.grenzecho.be

ISBN 90-5433-172-0
D 2003/3071/3

Printed in Belgium.

*„Der Mensch kann nicht wissen, was Gott ist.
Etwas weiß er wohl: was Gott nicht ist.“*

Meister Eckhart

Prolog

Köln, Winter 1357

Feuchte, schwere Luft erfüllte den Keller, ein Geruch nach Moder und Schweiß, nach Fäule und Gruft. Ratten huschten umher, ihr Quieken glich einem Hohnlachen. Unaufhörlich tropfte Wasser von einer Stelle der Decke, bildete ein Rinnsal, das sich irgendwo in der Düsternis verlor.

Der Beschuldigte zwang sich, ruhig und gleichmäßig zu atmen, obwohl er noch niemals in seinem Leben solchen Schmerz empfunden hatte. Stets war er im Glauben, dass das Verbrennen bei lebendigem Leibe die größte Qual war, die ein menschliches Wesen erfahren konnte. Noch vor wenigen Monaten, als man auf dem Marktplatz vor dem Dom zwei Ketzer dem Feuertod überantwortet hatte, waren ihm die gellenden Schreie der Sterbenden, die den Betgesang der Priester übertönten, durch Mark und Bein gegangen. Nun aber wusste er: Der Feuertod konnte eine wahre Gnade sein im Vergleich zu den Qualen der Marter, die ihm hier und jetzt widerfuhren. Denn bereits nach wenigen Minuten hatten die Flammen ihr grausiges Werk verrichtet, während der Strick, an dem er hing, von erbarmungsloser Unveränderlichkeit war. Nur die Gnade des Inquisitors konnte ihn davon erlösen. Doch eher ging ein Kamel durch ein Nadelöhr, als dass Bernhard von Marburg barmherzig sein würde. Bernhard von Marburg wollte nur dies von ihm: Einsicht und Reue!

Einsicht und Reue!

Zum wiederholten Male überkam den Gemarterten die Versuchung, dem Inquisitor alles zu sagen, was dieser von ihm hören wollte: dass er ein Anhänger irriger Lehren sei. Augenblicklich würde man ihn von diesem schrecklichen Aufzug herunterholen und die Pein wäre beendet. Vielleicht würde man ihn nicht einmal allzu hart bestrafen, ihm lediglich umfangreiche Bußübungen auferlegen. Gewiss, viele seiner Mitbrüder würden ihn fortan ächten, auch wenn der Prior sie hundertmal ermahnte, Vergebung und Großmut walten zu lassen. Doch diese Hölle auf Erden hätte endlich ein Ende …

Einsicht und Reue!

„Nein!“, schrie der Gemarterte, dass es dumpf von den feuchten Wänden widerhallte. „Ich werde es ihm nicht sagen!“ Sein Atem begann zu keuchen. „Lieber werde ich sterben, als dass ich die Lehren des großen Meisters verleugne ...“

Obwohl er allein war in dieser Schmerzensgruft und niemand außer den Ratten und dem Ungeziefer seine Kundgebung vernommen haben konnte, überkam ihn Genugtuung. Die Genugtuung, einem übermächtigen Feind getrotzt und der Versuchung der Verleugnung widerstanden zu haben. Er fragte sich, ob es Dämonen waren, die seinem Geist in unseliger Regelmäßigkeit diese Zweifel einhauchten. Auf wessen Seite standen diese Dämonen überhaupt? Auf der Seite des Inquisitors, der davon überzeugt war, in göttlichem Auftrag zu wirken? Was für eine verrückte, widersprüchliche Welt! Dem Gemarterten schoss der Gedanke durch den Kopf, dass diese Welt dem Vater im Himmel wahrscheinlich nur wenig Freude bereitete. Um der göttlichen Wahrhaftigkeit willen waren seine Kinder bereit zu quälen, zu foltern und zu töten.

Was ihr dem geringsten Bruder getan habt ...

Aus der Kehle des Gemarterten entrang sich ein hohles Lachen. Sogleich aber bereute er diese Kundgebung des Hohns, denn seine Brust drohte zu zerbersten. Abermals versuchte er, seinen Atem zu beruhigen. Die Fackel an der Wand, die die Schmerzensgruft gespenstisch erleuchtete, zischte und flackerte unruhig.

Er betrachtete seinen eigenen Schatten, der auf dem Mauerwerk tanzte wie ein jauchzender Teufel, direkt über dem schweren Eichenpult. Er sah die schwarzen Umrisse seines nackten, geschundenen Leibes, der nach vierzig Lenzen, die er nun schon existierte, in diesen Stunden nie für möglich gehaltene Pein erfuhr. Mit rücklings gebundenen Händen hatten ihn Bernhards Handlanger hochgezogen. Jeder seiner Knochen hatte geknirscht, als würden sie jeden Augenblick zerbrechen, und wahrscheinlich war dies sogar hier und dort geschehen. Wie ein Schlachttier in der Kammer eines Fleischers hing er da, die Arme fast so lang wie Rumpf und Beine. Nur wenige Fingerbreit trennten seine Füße vom gestampften Lehm des Bodens, wenige Fingerbreit, die eine Linderung der Qualen bedeuteten. Doch in Wirklichkeit lag eine ganze Welt dazwischen: das Ende seiner Überzeugungen, seiner Wünsche, seines Ichs.

Er hatte keine Ahnung, wie lange es bereits her sein mochte, dass der Inquisitor, seine Handlanger, Beisitzer und Schreiber diesen schrecklichen Raum verlassen und ihn sich selbst überlassen hatten. War es erst vor wenigen Minuten gewesen? Oder bereits vor Stunden? Wie auch immer: Er stellte fest, dass der Schmerz langsam, aber unverkennbar, einer seltsamen Gleichgültigkeit wich. Seine Arme, die scheinbar eben noch in ein unbarmherziges Flammenmeer getaucht waren, spürte er kaum noch. Beinahe war es so, als gehörten die Gliedmaßen ihm nicht mehr, oder als sei er ihrer verlustig. Und doch: Der tanzende Schatten an der feuchtkalten Mauer ließ keinen Zweifel daran, dass dem nicht so sein konnte. Er wusste nicht, ob diese Tatsache ihn trösten oder erschrecken sollte.

Dann Geräusche. Schritte, die näher kamen, unerbittlich. Keine Stimmen. Die Männer, die die gewundene, von feuchtem Moos bedeckte Treppe herabstiegen, sprachen nicht, denn es gab nichts zu sagen. Ein jeder von ihnen kannte die Aufgaben, die es zu erfüllen galt. Und die Anwesenheit des Inquisitors gebot ohnehin Schweigsamkeit.

Eine sich öffnende, eisenbeschlagene Tür. Schauerlich quietschten ihre Angeln, wie Unheil verkündende Fanfaren. Der Gemarterte hob trotzig seinen Kopf, um seinen Peinigern ins Angesicht zu sehen. Er sah die beiden Folterknechte, deren Häupter unter schwarzen Kapuzen verborgen lagen. Sie schienen seinen Blick zu meiden, verschwanden schnell hinter seinem Rücken, wo sich der Rest des Seiles, das der Grund für seine namenlose Qual war, in akribischer Symmetrie um eine hölzerne Rolle schlang.

Die drei anderen Männer, die die Schmerzensgruft betreten hatten, trugen die Kluft der Dominikaner. Während zwei von ihnen, der Schreiber und der Beisitzer, sich unverzüglich hinter das Pult begaben und dort ihren Platz einnahmen, baute sich der Dritte vor dem Gemarterten auf. Seine Gestalt war groß und schlank; er bewegte sich flink und zielstrebig, ohne dabei im geringsten fahrig zu wirken. Nachdem er sich die Kapuze von seinem gänzlich kahlen Kopf gestreift hatte, schob er die Hände in die Ärmel seiner Kutte und sah ihm in die Augen, als erwarte er die Antwort auf eine unausgesprochene Frage. Der Gemarterte wusste, was Bernhard von Marburg von ihm zu hören wünschte, doch er war bereit, weiter für seine Überzeugung zu leiden.

„Nanu, Bruder Bernhard“, keuchte er. Noch immer war er in der Lage, seiner Stimme einen spöttischen Klang zu verleihen. „Habt Ihr denn keine Angst vor meinem bösen Blick? Ich könnte Euch verzaubern, wenn ich wollte ...“

Die Kälte in den Augen des Inquisitors wich nur für den Bruchteil einer Sekunde einer verärgerten Erregung. Als wolle er dem anderen kundtun, dass es sinnlos, ja gefährlich sei, ihn einzuschüchtern, kam er seinem Gesicht nun bedrohlich nahe.

„Offenbar ist Euch der Übermut noch nicht vergangen, Bruder", erklärte er mit schneidender Stimme. „Nicht der Zauberei seid Ihr angeklagt. Ihr seid verdächtig, ein Anhänger der Irrlehren des Eckhart zu sein ..."

„Verdächtig?", unterbrach ihn der Gemarterte auflachend. „Nun, Bruder Bernhard, ich dachte, ich hätte Eure Zweifel längst ausgeräumt. Ich bin ein Anhänger der Lehren des großen Meisters. Irrlehren sind es nur in den Augen Verstockter."

Erst jetzt schien dem Inquisitor bewusst zu werden, dass der Gemarterte auf ihn herabsah, was diesem einen Triumph gestattete, der ihm nicht zukam. Noch einmal musterte Bernhard den Mitbruder kalt, bevor er mit einer abrupten Bewegung kehrtmachte und sich ebenfalls hinter das Pult begab, wo er Platz nahm und zunächst tief Luft holte.

„Mehr als zwei Dutzend der Sätze des Eckhart wurden im Jahre 1329 nach der Fleischwerdung des Herrn von der Kurie als häretisch oder der Häresie verdächtig verurteilt", verkündete er mit einer Geduld, die man bei begriffsstutzigen Kindern anwendet.

„Bei allem Gehorsam gegenüber der heiligen Mutter Kirche: Hier, so fürchte ich, war der Heilige Vater in Avignon ein wenig voreilig."

„Was soll das heißen?" Bernhard von Marburg beugte sich lauernd nach vorn.

„Leider starb der Meister, bevor er sich rechtfertigen konnte. Viele seiner Lehren wurden falsch interpretiert, und ich bin sicher, dass er die Skeptiker in der Kurie hätte beruhigen können."

„So? Und wie hätte er ihnen wohl begründen können, dass er hier in Köln in deutscher Sprache gepredigt hatte, mein lieber Bruder?"

„Wo steht geschrieben, dass dies verboten ist, Bruder Bernhard?"

Auf der Stirn des Inquisitors erschien eine steile Falte. „Es ist nicht an Euch, hier Fragen zu stellen. Ihr wisst so gut wie ich und jeder hier in diesem Raum, dass die Heilige Schrift nicht in deutscher Sprache geschrieben wurde."

„Gottes Wort sollte für alle Menschen verständlich sein."

„Die Reden des Eckhart sind nicht Gottes Wort!", schrie der Inquisitor. Die Falte auf seiner Stirn wurde nun von zwei zorngeschwellten

Adern flankiert. „Ich hatte gehofft, die Einsamkeit der vergangenen Stunden hätte Euch geläutert, Bruder. Doch leider muss ich feststellen, dass Ihr noch verstockter geworden seid!"

Laut schallte seine Stimme von den Wänden wider. Ein paar Augenblicke lang war nur die über ein Stück Pergament kritzelnde Feder des Schreibers zu hören. Der Beisitzer zur Rechten des Inquisitors hatte den Kopf gesenkt, sodass sein Gesicht im Schatten der Kapuze verborgen blieb.

Bernhard von Marburg begann seinen Wutausbruch zu bereuen. Diese Angelegenheit war zu wichtig, als dass man sich von spontanen Gefühlen leiten lassen durfte, schließlich ging es um nichts Geringeres als die Reinheit des Glaubens. Mühsam unterdrückte er einen Seufzer und wurde wieder der Beherrscher seiner selbst.

„Johann Eckhart behauptet, dass der Mensch vollständig von Gott erfüllt sei. Demnach offenbart sich Gott auch in den sündhaften Taten Seiner Geschöpfe. Gott hat es also gewollt, dass die Menschen sündigen. Sie dürften ihre Sünden nicht bereuen – sonst handelten sie ja gegen Seinen Willen! Nun, wie steht Ihr zu dieser Aussage Eures Meisters?"

„Niemals hat er solches behauptet."

„Aber diese Schlussfolgerungen ergeben sich zwangsläufig aus seinen Lehren."

„Ihr seid nur nicht in der Lage, sie zu begreifen, Bruder Bernhard. Des Meisters Sprache war mystisch und wunderbar. Sie war nicht an Menschen gerichtet, die sich Haarspalterei und Wortklauberei zu ihrer Lebensaufgabe gemacht haben."

„Genug!" Diesmal gab Bernhard von Marburg sich nicht die Blöße, es aus sich herauszuschreien. „Als ich diesen Raum betrat, Bruder, war ich Euch wohlgesonnen, hoffte ich doch auf Eure Einsicht. Doch offenbar seid Ihr unbelehrbar. Mehr noch, Ihr seid von bösen Geistern beherrscht, fürchte ich."

„Oh, seid unbesorgt, Bruder Bernhard: Weder böse Geister noch sonstige Geschöpfe der Hölle wohnen in mir. Und mein Gewissen ist so rein wie ein Wasserquell des Paradieses."

Statt einer Antwort nickte der Inquisitor den beiden Folterknechten zu, die bisher stumm und mit verschränkten Armen hinter dem Gemarterten gestanden und auf Bernhards Befehl gewartet hatten.

„Zieht ihn höher!"

Das über eine Rolle in der Decke laufende Seil begann zu ächzen.

Die Männer hinter dem Pult starrten in das Gesicht des Widerspenstigen, das einmal mehr zu einer Grimasse des Schmerzes entartete.

„Bruder", sagte Bernhard von Marburg mit einer Sanftheit, die den Schreiber veranlasste, aufzublicken, als wolle er sich vergewissern, dass seine Ohren ihm keinen Streich gespielt hatten. „Bruder, wollt Ihr nicht endlich den Häresien des Johann Eckhart abschwören und Euch wieder dem wahren, dem reinen Glauben zuwenden, der Euch geradewegs in das Himmelreich führen wird? Gottes Gnade ist groß, er wird Euch vergeben, wie er auch dem Petrus vergeben hat, der ihn dreimal verleugnete."

„Ich verleugne unseren Herrgott nicht", erwiderte der andere. Obschon es Mühe bereitete, seine gestammelten Worte zu verstehen, bestand kein Zweifel daran, dass er den Empfehlungen des Inquisitors keineswegs nachzukommen gedachte.

Abermals nickte Bernhard den Folterknechten zu. Diese wussten, was er von ihnen erwartete. Auch der Gemarterte schien zu ahnen, was als Nächstes geschehen würde. Seine Lippen formulierten ein schnelles Gebet.

Das Seil gab nach! Die Rolle an der Decke ratterte, doch nur einen kurzen Moment, zu kurz, um den rettenden Boden unter den Füßen zu spüren. Dann wieder das unbarmherzige Ächzen des Seiles. Und ein Schmerz, der kaum geringer sein konnte als die unsäglichen Leiden des Gekreuzigten.

Der Gekreuzigte! Warum ließ er sein Kind jetzt im Stich?

Ein wahres Wunder, dass die Arme noch nicht aus dem Leib gerissen wurden. Ein schreckliches Wunder. Und endlich das erlösende Gefühl einer nahenden Ohnmacht ...

„Sorgt dafür, dass er bei Bewusstsein bleibt", hörte er den Inquisitor sagen.

Wasser, das in sein Gesicht spritzte. Erquicklich und grausam zugleich. Und wieder die Stimme des Inquisitors, diese verfluchte Stimme ...

„Nun, Bruder? Werdet Ihr nun endlich vernünftig werden, zum Wohl Eurer eigenen Seele?"

Die Antwort des Gemarterten war kaum noch zu verstehen.

„Was stammelt er da?", fragte Bernhard beunruhigt. „Bringt ihn zum Schweigen. Am Ende ist er wohl doch mit finsteren Mächten im Bunde und beschwört sie aus den Tiefen der Hölle empor."

Eine kalte Pranke presste sich von hinten auf den Mund des Stammelnden. Bernhard von Marburg erhob sich von seinem Stuhl und näherte sich ihm.

„Das dürfte reichen. Nimm deine Hand weg, damit er wieder sprechen kann!"

Die Welt verschwamm zu einem unwirklichen Nichts. Der Inquisitor – eine Gestalt wie in weiter Ferne. Auch seine Stimme schien aus einer anderen Welt zu kommen.

„Bruder! Ein letztes Mal frage ich Euch: Seid Ihr bereit, die Lehren dieses Irrgläubigen als das zu erkennen, was sie sind, nämlich Eingebungen eines bösen Geistes?"

Noch einmal Kraft sammeln für die einzige Antwort, die seine Lippen zu formulieren bereit waren. Längst war es keine Antwort aus Überzeugung mehr, vielmehr ein letztes Relikt seines Trotzes. Denn Wahrheit und Lüge, Recht und Unrecht, Glaube und Irrglaube hatten längst keine Bedeutung mehr. Die Welt bestand nur noch aus Schmerz und Qualen.

„Nein! Niemals!"

Diesmal gab Bernhard von Marburg sich keine Mühe, ein Seufzen zu unterdrücken und begab sich wieder hinter das Pult.

„Ich hatte gehofft, die Feuerprobe nicht an Euch anwenden zu müssen", erklärte er bedauernd. „Doch ich habe mich wohl getäuscht ..."

1

Frühjahr 1360, Karwoche

Ihr Dienstgespräch hatte, wie meistens, nicht besonders lange gedauert, und nun plauderten sie, wie immer, in der Kemenate über vergangene Zeiten: Mathäus Dreyling, Dorfherr zu Merode, und sein Dienstherr, Herzog Wilhelm von Jülich. Seit über zwanzig Jahren kannten sich die Männer bereits. Damals, in den Dreißigern, hatte Mathäus in Wilhelms Garde gedient. Später, als es ihn nicht mehr nach kriegerischen Heldentaten gelüstete, weil ihm die jugendliche Begeisterung für solcherlei Dinge längst abhanden gekommen war, später also hatte Mathäus eine Beamtenlaufbahn eingeschlagen. Dies freilich ebenfalls im Dienste Wilhelms, der sich damals noch mit dem Grafenhut begnügt hatte. Zwar hatte Mathäus niemals einen übermäßigen Ehrgeiz besessen, zumindest, was seine eigenen Interessen anbelangte, aber trotzdem – oder gerade deswegen – hatte er schnell des Grafen Vertrauen gewonnen, der ihn bereits als loyalen Soldaten seiner Garde kannte. Mathäus war nüchtern, sachlich und unbestechlich.

Nichtsdestoweniger besaß er ein nicht immer gezügeltes Temperament, das manchmal unvermutet zum Ausbruch kam. So zum Beispiel an jenem Tag, als er die Base des Grafen als „dumme Eule“ bezeichnet hatte. Besagte Eule, ein eitles Weibsbild und albern dazu, hatte beim Bankett eine Dienstmagd lauthals beschimpft. Die Magd war unachtsam gewesen und hatte roten Wein aus einem Krug schwappen lassen, wodurch das Samtkleid der Eule auf unschöne Weise befleckt worden war. Doch Schimpftiraden hatten der Eule nicht genügt: Um die Ungeschickte für diese Schandtat auch noch zu demütigen, hatte sie ihr vor aller Augen das Kleid mit einem heftigen Ruck vom Leib gerissen, sodass die errötende Magd, nur noch in einem dünnen Unterrock dastehend, plötzlich die Blicke sämtlicher Anwesenden auf sich gespürt hatte. Die meisten der angetrunkenen Tafelnden waren in das schadenfrohe Gelächter der Eule eingefallen, nur eben Mathäus nicht. Der hatte gewartet, bis das Gelächter weitgehend verklungen war und hatte dann, obgleich er dem Wein an jenem Abend kaum zugesagt hatte, seine Meinung über die Base des Grafen mit jenen zwei Worten öffentlich und deftig kundgetan.

Augenblicklich hatte lastendes Schweigen geherrscht. Ein Beamter, der eine Verwandte des Grafen beleidigt – eine Ungeheuerlichkeit. Wilhelm selbst, der Mathäus' Meinung sicherlich teilte, doch diese freilich für sich behalten musste, hatte versucht, seinem Beamten eine Brücke aus dieser schier ausweglosen Situation zu schlagen.

„Gewiss meintest du mit der dummen Eule die ungeschickte Magd, nicht wahr, Mathäus?“

„Nein, mein Graf! Ich meinte Eure Base!“

Das war's gewesen. Die Familie der Beleidigten hätte den Unverschämten am liebsten sogleich einen Kopf kürzer gemacht. Doch auch Wilhelm hatte schweren Herzens einsehen müssen, dass er Mathäus für diese Äußerung nicht gänzlich unbestraft lassen konnte. Also hatte er ihn nach Merode versetzt, ein Bauernnest unweit der Stadt Düren. Dieses gottverlassene Nest gehörte zum Einflussbereich der Jülicher, und gleich zwei Herren teilten sich hier Burg und Herrschaft. Da dieser Umstand jedoch immer wieder zu Streitigkeiten zwischen den beiden Familienzweigen führte, hatte Wilhelm es eines Tages für angebracht gehalten, einen Beamten dorthin zu entsenden. Dieser war mit der nicht eben einfachen Aufgabe betraut worden, Wilhelms administrative und sonstige Interessen zu vertreten und den Herren zu Merode, natürlich in aller Unauffälligkeit, auf die Finger zu schauen. Und da auch die Bewohner der Herrschaft Merode in zwei Lager gespalten waren – die einen waren diesem hörig, die anderen jenem – stellte die Aufgabe, den Frieden in Merode zu erhalten, eine ganz besonders heikle für den Dorfherrn dar.

Mathäus' Vorgänger hatten die Meroder schnell zum Teufel gejagt und Wilhelm von Jülich hatte sich gezwungen gesehen, den Posten neu zu besetzen. Das war vor mehr als fünfzehn Jahren gewesen, wenige Tage nach dem Eklat beim besagten Bankett. Also hatte das Schicksal für Mathäus seinen Lauf genommen …

Inzwischen war er ein Mann, der mehr als vierzig Winter gesehen hatte, und noch immer übte er das Amt des Dorfherrn aus. Mehr als einmal hatte Wilhelm ihm in den vergangenen Jahren angeboten, nach Nideggen zurückzukehren, doch immer hatte Mathäus es dankend abgelehnt. Er wusste, auch heute würde das Gespräch mit Wilhelm wieder auf dieses Thema hinauslaufen, denn warum sollte es diesmal wohl anders sein als sonst? Früher hatte Mathäus stets befürchtet, der Herzog könne ihm die Rückkehr befehlen, kurz und bündig. Mit der Zeit aber hatte er festgestellt, dass Wilhelm dies keineswegs beabsichtigte. Es lag ihm offenbar viel daran, die sehnlichsten Wünsche seines Beamten zu respektieren, wenngleich Wilhelm diese sehnlichen Wünsche nicht verstehen würde. Trotzdem – das Thema musste angesprochen werden: Es war wie ein Ritual zwischen Wilhelm und Mathäus geworden.

„Anfangs glaubte ich, dass du bloß wegen dieser hübschen Bauerntochter in Merode bleiben wolltest", erklärte der Herzog mit erhobenen Brauen. Er bemühte sich, seine Mundwinkel im Zaum zu halten, denn ein amüsiertes Lächeln hätte den Ernst des Rituals in Frage gestellt. „Und zu diesem Zeitpunkt konnte ich dich sogar verstehen, mein lieber Mathäus", fuhr er fort. „Deine Jutta war die zauberhafteste Frau, die ich jemals gesehen habe. Was rede ich, sie ist es immer noch. Nicht einen Tag älter scheint sie mir geworden zu sein, schön wie eine Elfe, immer noch schlank wie ein Reh und anmutig wie ein junges Mädchen."

„Danke, Durchlaucht."

„Du sollst mir nicht ständig ins Wort fallen, Mathäus. Und lass dieses verdammte ‚Durchlaucht', wenn wir unter uns sind. Wie oft muss ich es dir denn noch sagen? Wie alt ist sie eigentlich?"

„Wer?"

„Deine Jutta natürlich."

„Siebenundzwanzig, Durchl... äh ..."

„Wilhelm! Mein Name ist Wilhelm", seufzte der Herzog.

„Ich habe Euch schon hundert Mal gesagt, dass ich Euch nicht einfach beim Namen nennen kann."

„Und wieso nicht? Du hast mir zu gehorchen, Dorfherr von Merode, und mir nicht zu widersprechen."

„So? Und was ist, wenn Euer Name mir in der Gegenwart eines Dritten herausrutscht? Das wäre nicht schicklich."

„Warum sollte dir so was herausrutschen?"

„Denkt doch bloß an die dumme Eule. Auch die war mir einfach so herausgerutscht."

Nun zeigte sich doch der Anflug eines Schmunzelns auf Wilhelms Lippen. „Glaube ich dir nicht. Du hättest dir lieber selbst in den Hintern getreten, als deine Meinung ungesagt zu lassen. Aber darum geht es nicht. Wo waren wir überhaupt stehen geblieben? Ach ja, bei deiner Jutta! Siebenundzwanzig Lenze, sagst du? Und immer noch die Anmut eines jungen Mädchens."

„Danke ... Wilhelm."

„Und schon wieder unterbricht mich dieser Mensch. Wie soll ich da bloß den Faden behalten, he? Mein Geist ist leider nicht mehr so scharf wie früher. Ich werde alt, mein Lieber. Alt!"

Nachdenklich betrachtete der Dorfherr das faltige Antlitz des Herzogs. Früher hatte Wilhelm stets vital und rüstig gewirkt, doch inzwischen ließ es sich nicht mehr übersehen, dass er nun wohl an die sechzig Jahre zählen musste. Der Zahn der Zeit nagte bereits seit längerem an dem Jülicher, der in seinem langen Leben viel für sein Geschlecht getan und erreicht hatte.

Dass Wilhelm sich über diesen Umstand allen Alterserscheinungen zum Trotz völlig im Klaren war, sprach für seine Auffassungsgabe, so widersprüchlich das auch erscheinen mochte. Auch wenn Wilhelm seine Worte in den Mantel der Ironie kleidete, so waren sie ihm in Wirklichkeit bitter ernst. Längst spürte er, dass Gevatter Tod keine Ewigkeiten mehr auf sich warten lassen würde.

„Verzeiht mir, Wilhelm. Ich werde fortan nur noch sprechen, wenn Ihr mich dazu auffordert."

„Recht so. Also, wo war ich?"

„Meine Frau. Sie hat immer noch die Anmut eines jungen Mädchens."

„Ja, die hat sie. Wie gesagt, damals konnte ich verstehen, dass du ihretwegen in Merode bleiben wolltest. Aber inzwischen hast du sie längst geehelicht, ihr habt ein Kind, zwei sogar, denn eure Ziehtochter muss man ja auch dazuzählen ..."

„Und weiterer Nachwuchs ist unterwegs!" Mathäus reckte stolz seine Brust.

„Herrgott, da unterbricht mich dieser Flegel doch schon wieder. Du sollst ..." Wilhelm hielt inne. „Weiterer Nachwuchs? Ist das denn zu glauben? Der kleine Heinrich bekommt also endlich einen Spielgefährten. Oder ein kleines Schwesterlein, wer weiß das schon? Da muss man ja gratulieren. Wann ist es denn soweit?"

„Weihnachten, so hoffen wir."

„Das wird ein Fest! Willst du es nicht mit deiner Familie hier in Nideggen verbringen?"

„Wie?“ Obgleich des Herzogs Frage längst überfällig gewesen war, mimte Mathäus den Verdutzten.

„Taub ist er auch noch. Komm zurück nach Nideggen, Mathäus. Ich habe hier Verwendung für dich. Für eine dumme Eule brauchst du wirklich nicht lebenslänglich in diesem Bauerndorf zu schmachten. Und erzähl mir nicht schon wieder, dass du dich dort wohl fühlst.“

Mathäus schwieg.

„Was ist? Hat es dir die Sprache verschlagen?“

„Nein, Durch... Wilhelm. Ich warte nur auf Eure Erlaubnis, sprechen zu dürfen.“

„Was soll dieser Unsinn? Antworte gefälligst.“

„Ich fühle mich wohl in Merode!“

„Genau das solltest du eben nicht sagen!“

„Wenn es aber die Wahrheit ist?“

„Dein hübsches Weib hat etwas anderes verdient.“

„Mein hübsches Weib ist eine Bauerntochter. Noch immer hilft sie, so oft sie kann, am Hof ihrer Eltern. Und sie tut es von Herzen gern.“

Wilhelm stöhnte leise. „Mist, Schweine und kackende Hühner“, murmelte er zu sich selbst. „Und mittendrin das schönste Weib, das ich jemals erblickt habe ...“

„Offenbar schätzt Ihr das Tagewerk der Bauersleut’ nicht besonders hoch ein“, erklärte Mathäus provokativ und schaffte es diesmal nicht, ein schiefes Grinsen zu unterdrücken.

„Still, Vorlauter! Meine Worte waren nicht für die Ohren anderer bestimmt.“

„Kann ich mir vorstellen. Die Bauern würden es Euch sicherlich krumm nehmen.“

„Aber du wirst es doch schön für dich behalten, oder?“

„Wie könnt Ihr bloß etwas anderes denken?“

„Du wirst also nicht mit deiner Familie zu mir nach Nideggen kommen?“

„Nein. Außer, Ihr befehlt es mir. Dann werde ich es wohl tun müssen!“

Wilhelm kniff die Augen zusammen und musterte den Dorfherrn ein paar endlose Augenblicke lang. Schon durchfuhr es Mathäus siedend heiß, fürchtete er doch, dass ihre Unterhaltung diesmal eine andere Wendung nehmen würde. Wilhelm schien ernsthaft nachzudenken.

„Hmm!"

Mathäus schluckte. „Was überlegt Ihr, Wilhelm?"

„Ob ich es dir befehlen soll."

„Was befehlen?"

„Nach Nideggen zurückzukommen."

„Aber ... das könnt Ihr doch nicht machen!"

„Ich kann nicht? Oh, und ich dachte, ich sei der Herzog!"

„Das seid Ihr natürlich, aber ..."

„Aber was?"

„Wilhelm, all die Jahre habt Ihr meinen Wunsch respektiert."

„Alles hat einmal ein Ende. Und nenn' mich nicht Wilhelm. Ich bin dein Herzog."

Hilflos sah Mathäus sich um, als halte er Ausschau nach einem Verbündeten, der Wilhelm wieder zur Vernunft bringen könne. Doch nach wie vor waren die beiden Männer allein in der Kemenate.

„Und?", fragte Mathäus mit banger Stimme.

„Was und?"

„Seid Ihr fertig mit Euren Überlegungen?"

„Das bin ich!"

Für die Dauer von ein paar Herzschlägen herrschte atemlose Stille, bevor Mathäus schließlich mit gepressten Lippen seine nächste Frage formulierte.

„Und was habt Ihr entschieden?"

„Ich habe beschlossen, deinen Wunsch auch weiterhin zu respektieren."

Nachdem ihm ein Mühlstein vom Herzen gefallen war, keimte eine stille Art von Zorn in Mathäus auf. Der alte Fuchs hatte ein Spiel mit ihm getrieben, hatte sich an seinen Qualen geweidet.

„Das zahle ich Euch heim, Durchlaucht", gab er unumwunden zu.

„Mein Name ist Wilhelm. Und ich bin schon ganz gespannt auf deine Rache!"

Das Gelächter der Männer hallte durch die Kemenate. Der rituelle Teil ihres Gespräches, wenngleich zum Schrecken des Mathäus mit neuer Variante, war nun beendet. Mathäus wischte sich den Schweiß von der Stirn. Nun konnten sie sich endlich anderen Gesprächsthemen widmen.

„Wie geht es eigentlich Maria, deiner Ziehtochter?", fragte Wilhelm und nippte an seinem Weinbecher.

„Danke der Nachfrage. Sie ist eine junge Frau geworden."

„Das habe ich auch gehört. Der letzte Botenreiter, den ich nach Merode schickte, war völlig hingerissen von ihr. Dieses Schicksal teilt er mit vielen anderen Männern, fürchte ich. Wüsste man nicht, dass Jutta Marias Ziehmutter ist, könnte man die beiden glatt für Schwestern halten."

„Na ja, ihre Ähnlichkeit ist purer Zufall."

„Nichts im Leben ist zufällig, mein Freund. Wie lange lebt sie nun in der Herrschaft?"

„Elf Jahre."

„Gütiger Himmel, wie die Zeit vergeht. Aus unserer kleinen Zigeunerin ist eine schöne, junge Frau geworden."

Mathäus schmunzelte. Der alte Wilhelm wurde immer noch nicht müde, sich ausgiebig über Frauen zu unterhalten.

„Ihr habt Recht: Maria ist eine schöne, junge Frau. Aber leider hat sie einen schrecklichen Dickkopf."

„Tja, warum willst du ihr verwehren, was du selbst besitzt?"

„Wie? Was meint Ihr?"

„Das weißt du genau, mein scharfsinniger Freund. Ich meine den Dickkopf."

„Ihr wollt doch nicht etwa behaupten, dass ich einen Dickkopf besitze, Wilhelm?"

„Doch, genau das behaupte ich. Aber lass es gut sein. Erzähl mir von ihr. Und deinem kleinen Sohn."

„Nun ja, der kleine Heinrich wächst und gedeiht. Und Maria liebt es, unterwegs zu sein. So hat sie es sich zum Beispiel nicht nehmen lassen, mich hierher nach Nideggen zu begleiten."

„Was? Geritten ist sie? So weit?"

„Es war unmöglich, ihr das auszureden. Ich sagte doch, sie hat einen schrecklichen Dickkopf."

„Sieh an, sieh an: der gestrenge Dorfherr tanzt ganz nach der Pfeife seiner Tochter. Wer hätte das jemals gedacht?"

Mathäus zupfte verlegen an seiner Nasenspitze. „Ach, Ihr ahnt ja nicht, wie eigensinnig sie ist ..."

„Warum lässt du sie nicht rufen? Ich würde mir dein hübsches Töchterlein gern mal wieder aus der Nähe ansehen."

„Maria hat es vorgezogen, sich in der Stadt ein wenig umzuschauen. Sie hasst unnütze Warterei, wie sie zu sagen pflegt."

„Wie schade. Und wie steht es mit der Liebe?“

„Liebe? Mit welcher Liebe?“

„Du wirst doch hoffentlich nicht behaupten wollen, dass sie auch die Liebe für eine unnütze Sache hält.“

„Herrje, wo Ihr gerade davon sprecht: Maria hat sich tatsächlich verliebt, Hals über Kopf.“

„Aber das ist doch äußerst erfreulich.“

„Wie man's nimmt. Wenn Ihr bloß wüsstet, wer ihr Auserwählter ist ...“

„Warum spannst du mich auf die Folter, Kerl? Raus mit der Sprache. Nach deinem Gesicht zu urteilen, kann es sich nur um Luzifers Sohn handeln.“

„Nicht ganz, aber Ihr seid der Wahrheit schon sehr nahe. Sie liebt den Sohn des Burgvogtes, einen gut aussehenden Burschen namens Reiner.“

„Sie liebt den Sohn deines ärgsten Widersachers?“ Der Herzog warf den Kopf in den Nacken und begann schallend zu lachen. „Du hast Recht, das nennt man Eigensinn. Was gedenkst du gegen diesen Umstand zu unternehmen?“

„Ihr den Umgang mit Reiner zu verbieten wäre zwecklos, sie würde mir was husten. Und außerdem gibt es wohl kein Mittel gegen die Liebe. Was also könnte ich tun?“

„Wie ergreifend! So spricht jemand, der die wahre Liebe kennen gelernt hat.“ Abermals lachte der Herzog. „Die Tochter des Dorfherrn und der Sohn des finsteren Burgvogtes! Heilige Jungfrau, das ist ja so, als wäre einer der Söhne Dschingis Khans mit der Tochter des heiligen Franziskus liiert gewesen.“

„Ich glaube nicht, dass der heilige Franziskus eine Tochter hatte.“

„Welche Rolle spielt das? Sag, was hältst du von deinem künftigen Schwiegersohn?“

„Schwiegersohn? Bitte, malt den Teufel nicht an die Wand. Aber um der Wahrheit die Ehre zu geben: Reiner ist ein sehr sympathischer Bursche. Ganz anders als sein Vater, der von dieser Liaison noch gar nichts weiß. Gewiss würde er aus seinen Stiefeln springen.“

„Das kann ja noch was werden. Ich hoffe nur, dass der gute Reiner nicht geblendet ist von so viel Schönheit.“

Mathäus räusperte sich. „Diese Gefahr besteht eigentlich weniger.“

„Und wieso nicht?“

„Reiner ist blind. Seit seiner Geburt."

„Blind?" Wilhelm blies die Wangen auf und stieß die Luft langsam wieder aus. „Das ist ja so, als könnte man keine wohlriechenden Düfte wahrnehmen, weil man keine Nase besitzt."

Mathäus überlegte, ob er auch diesen Vergleich des Herzogs kommentieren sollte, unterließ es aber, als er Wilhelms mahnenden Blick auf sich spürte. Zudem hatte soeben ein Diener des Herzogs die Stube betreten und wartete auf die Aufforderung seines Herrn, zu sprechen. Wilhelm, der selten genug Zeit für weitschweifige Plaudereien mit Freunden hatte, sah ihn missbilligend an.

„Hoffentlich ist es etwas Wichtiges, das du mir mitteilen willst."

„Ich denke schon, Herr. Soeben ist Herr Bernhard von Marburg mit seinen Leuten auf der Burg eingetroffen."

Wilhelms Miene verriet wenig Begeisterung über diese Nachricht. „Den hätte ich doch beinahe vergessen", murmelte er.

„Bernhard von Marburg?" Mathäus hob fragend seine Augenbrauen. Wilhelm nahm ihm seine Neugier durchaus nicht übel.

„Ein Dominikanermönch der Inquisition. Du kennst doch diese Institution zur Reinerhaltung des Glaubens?"

„Wer hätte wohl noch nichts davon gehört?"

„Nun, es gehen Gerüchte, dass sich in dieser Gegend ein paar Häretiker aufhalten, die den Leuten seltsames Zeug predigen. Hiervon ist die Heilige Mutter Kirche natürlich nicht sonderlich erbaut.

„Und was predigen diese Menschen?"

„Das Übliche: Sie wettern gegen den Reichtum der Kirche, gegen Kriegsdienst, Hierarchie, Heilige und weiß der Teufel noch was. Bernhard von Marburg will dieser Angelegenheit auf den Grund gehen und hat bereits vor Wochen sein Kommen angesagt." Er seufzte. „Was blieb mir übrig, als ihn willkommen zu heißen und ihm und seinen Leuten Quartier auf meiner Burg zu gewähren?"

Mathäus erhob sich von seinem Stuhl und straffte seinen Oberkörper. „In der Tat, Ihr konntet ihm schlecht ausrichten lassen, er möge sich gefälligst in einer Herberge niederlassen. Doch jetzt will ich Eure kostbare Zeit nicht länger in Anspruch nehmen, Durchlaucht, und mich wieder auf den Weg nach Merode machen. Vorausgesetzt, meine werte Tochter lässt nicht mehr allzu lange auf sich warten."

Wilhelm schmunzelte, erhob sich ebenfalls und reichte dem Meroder Dorfherrn die Hand. „Es war schön, dich gesund und wohlbehalten zu sehen, Mathäus. Obschon ich gern mit dir noch etwas über die alten Zeiten geplaudert hätte. Über die Kämpfe und Schlachten, die wir überstanden haben. Oder über den guten Heinrich, Gott hab ihn selig. Schon gut, ich weiß, dass du nicht gern über den alten Haudegen sprichst. Aber alte Leute wie ich verharren nun mal häufig in der Vergangenheit."

„Gewiss klappt es beim nächsten Mal, Durchlaucht. Ich wüsste eine Möglichkeit, wie wir dann Zeit sparen könnten."

„Zeit sparen, welch ein Segen. Für Vorschläge dieser Art bin ich selbstverständlich immer offen. Sprich also!"

„Ihr verzichtet ganz einfach auf die Frage, ob ich nicht zurück nach Nideggen ..."

„Verschwinde jetzt, Vorlauter! Die Frage werde ich dir stellen, solange ich lebe. Vielleicht wirst du ja eines Tages doch noch vernünftig."

Dort, vor der Vorburg, wo die Menschenmenge harrte, dort würde er ohne Zweifel auch seine Tochter finden. Was andere Menschen neugierig machte, weckte Marias Wissensdurst erst recht. Schon bald erkannte Mathäus den Grund für den Auflauf. Eine Gruppe von Spielleuten hatte sich hinter einer hölzernen Wand verschanzt, in der ein weites Fenster gähnte. Dieses Fenster war der Schauplatz turbulenter Ereignisse, die von den gebannten Zuschauern verfolgt wurden. Die in bunte Kleidchen gesteckten Handpuppen, die dort hin und herhuschten und sich mit teils piepsigen, teils tiefen Stimmen unterhielten oder gegenseitig beschimpften, sorgten augenscheinlich für atemlose Spannung. Vorn saßen mit offenen Mündern und angezogenen Knien mindestens zwei Dutzend Kinder auf der Erde, und die Zahl der Erwachsenen, die sich hinter den Nachwuchs postiert hatte, war sogar erheblich größer.

Wenn ihr nicht werdet wie die Kinder, dachte Mathäus und hielt Ausschau nach Maria. Er erblickte ihre langen, pechschwarzen Haare in der Menge und wühlte sich nach vorn. Endlich stand er neben einem Mädchen, das allenfalls sechzehn Lenze zählte und bei jedem Bildhauer und Maler augenblicklich endlose Begeisterungsstürme ausgelöst hätte, obwohl – oder gerade weil – ihre auffallend braune Haut ihr etwas Exotisches verlieh.

„Wie gut, dass ich dich treffe. Ich wollte bloß fragen, ob es dir nichts ausmacht, wenn wir jetzt nach Hause reiten."

„Pssst!“, machte Maria, ohne die Puppen aus den Augen zu lassen. „Es wird gerade spannend.“

Seufzend verschränkte Mathäus die Arme vor seiner Brust und folgte notgedrungen dem Treiben auf der Puppenbühne.

„Was ist denn spannend daran, wenn ein undankbarer Knappe seinen Herrn rücklings mit einem Morgenstern erschlägt?“, fragte er nach einer Weile des Zuschauens flüsternd.

Maria hielt es für angebracht, dem Ziehvater nun ihre volle Aufmerksamkeit zu schenken. Ihre Augen funkelten, als sie, ebenfalls flüsternd, die Frage des Dorfherrn beantwortete.

„Der Kerl war ein schlimmer Tyrann. Der undankbare Knappe, wie du ihn nennst, hatte keine andere Wahl. Der Alte hätte ihn sonst totgeprügelt. Was also blieb ihm übrig, als dem zuvorzukommen?“

„Das hört sich aber alles andere als christlich an.“

„Christlich oder nicht – es war Notwehr. Außerdem ist das Ganze nur ein Puppenspiel.“

Mathäus verzichtete zunächst auf eine Erwiderung. Eine Diskussion würde ohnehin zu nichts führen. Auf der Bühne frohlockte der Balg mit einem lustigen Tanz. Nach einer Weile schaffte es Mathäus nicht länger, die Worte, die ihm auf den Lippen brannten, zurückzuhalten.

„Erinnerst du dich an den Tag, als du das letzte Mal einem Puppenspiel zugeschaut hast?“

Maria antwortete nicht, starrte statt dessen düster ins Leere.

„Zehn Jahre ist das nun her“, fuhr Mathäus fort. „Es war der Tag, an dem du entführt wurdest.“

„Das weiß ich selbst“, brauste die Ziehtochter auf. „Warum sagst du das? Du weißt genau, dass ich daran nicht erinnert werden möchte.“

„Ruhe!“, blaffte ein rundlicher Glatzkopf, der in ihrer Nähe stand. Er verzichtete aber auf weitere Unmutsäußerungen, als Marias Augen Blitze auf ihn abschossen.

„Lass uns gehen“, sagte sie und machte kehrt. Mathäus, dem es Leid tat, unerfreuliche Erinnerungen bei ihr geweckt zu haben, folgte ihr mit großen Schritten.

„Nun spiel doch nicht gleich die Beleidigte. Ich habe es doch nicht böse gemeint.“

„Ich spiele nicht die Beleidigte, ich bin beleidigt!“

„Du bist doch sonst nicht so zart besaitet.“

„Aber jetzt bin ich es.“

„Was willst du hören?“

Sie blieb stehen. „Vielleicht eine Entschuldigung?“

„Was? Ich soll mich entschuldigen für eine Äußerung, die weder böse gemeint war noch der Unwahrheit entsprach?“

„Dann eben nicht.“ Zügig setzte sie ihren Weg fort.

„Also gut, dann werde ich mich eben entschuldigen“, verkündete Mathäus tief durchatmend.

Abermals blieb sie stehen.

„Was ist?“, fragte Mathäus ungeduldig.

„Ich warte.“

„Auf was?“

„Auf deine Entschuldigung.“

„Zapperlot, ich habe mich doch gerade bei dir entschuldigt.“

„Hast du nicht. Du hast lediglich eine Absichtserklärung von dir gegeben. Auf die eigentliche Entschuldigung warte ich noch immer.“

Einen Augenblick lang sah es so aus, als wollte der Dorfherr seine Ziehtochter übers Knie legen. Aber für solche Art von Bestrafung war sie nun wirklich zu alt. Also besann er sich und rang sich durch, das Wort „Entschuldigung“ aus seiner Kehle zu pressen.

„Wie bitte? Ich habe nicht verstehen können, was du gerade gesagt hast, Vater!“

„Ich sagte ‚Entschuldigung‘!“, schrie Mathäus mit hochrotem Kopf.

Maria nickte zufrieden und gab einem vorbeieilenden Burschen, der ob Mathäus’ Gebrüll ziemlich besorgt dreinschaute, mit einer beschwichtigenden Geste zu verstehen, dass alles in bester Ordnung sei.

„Und?“, fragte Mathäus.

„Was und?“

„Nimmst du die Entschuldigung an oder nicht?“

„Sicher. Es wäre unchristlich, sie nicht anzunehmen.“

„Sehr gütig von dir. Und nun wird es Zeit, nach Hause zu gehen!“

Sie passierten die Kirche St. Johann Baptist und steuerten die Burg des Jülichers an. Nachdem sie das Torhaus passiert hatten, ließen sie sich von einem Stallburschen ihre Pferde bringen. Mathäus drückte ihm zum Dank eine Münze in die Hand. Artig verbeugte sich der Bursche und wünschte einen guten Ritt.

„Warte!“, befahl Mathäus seiner Tochter, als diese ihr Kleid zusammenraffte, um auf ihren Fuchs zu klettern, der auf den verpflichtenden Namen Platon hörte. Fragend sah Maria ihren Ziehvater an.

„Kannst du mir nicht einen Gefallen tun, Maria?"

„Sicher. Wenn es mir keine Schwierigkeiten bereitet."

„Schwerlich ... Es dürfte ganz einfach für dich sein." Mathäus blickte verstohlen in alle Richtungen. „Kannst du nicht wie eine Dame in den Sattel steigen? Zumindest, bis wir aus der Stadt sind?"

„Aber warum?"

„Weil es sich für eine Frau nicht schickt, wie ein Mann im Sattel zu sitzen."

„So ein Quatsch!"

„Sieh doch nur, wie die Burschen nach dir schielen."

„Die schielen immer. Und alles andere bildest du dir ein."

„Lass es dir von einem Mann gesagt sein!"

„Vater! Du bist mir ja ein ganz Schlimmer!"

Der Dorfherr verdrehte die Augen. „Ich muss also davon ausgehen, dass du nicht bereit bist, mir diesen Gefallen zu erweisen?"

„Richtig. Ich sehe wirklich keinen Sinn in deiner Bitte. Warum sollten Frauen anders reiten als Männer? Davon abgesehen besitze ich keinen Damensattel." Sie klopfte auf Platons Hals und hievte sich dann auf seinen Rücken.

Mathäus suchte Verständnis bei seinem Gaul, der ungeduldig mit dem rechten Vorderhuf über das Pflaster scharrte.

„Was würdest du mit einer solch ungehobelten Tochter machen, Julius der Zweite?"

„Julius der Zweite hat ganz andere Sorgen, als deine altmodischen, albernen Ansichten zu kommentieren", lachte Maria. „Können wir jetzt endlich losreiten?"

2

Die Nacht war mild und hell; selbst durch die mit einer Schweineblase verhangene Fensteröffnung zwängten sich noch Mondstrahlen und tauchten die Schlafkammer der Eheleute in mattes Licht. Draußen, irgendwo in der Stadt, kläffte ein Hund, bis eine wütende Stimme ihn laut verfluchte. Jene fluchende Stimme wiederum rief die Lebensgeister eines Esels wach, der energisch gegen die nächtliche Störung seiner Ruhe protestierte.

Weder der Hund noch die Stimme noch der Esel vermochten den schlafenden Mann zu wecken. Ruhig lag er da, den Mund halb geöffnet, die Hände über seinem Bauch gefaltet, beobachtet von seiner Frau, die neben ihm lag und in dieser Nacht keinen Schlaf finden wollte. Unter der Haube, die sie trug, lugten ein paar helle Haarsträhnen hervor. Die Frau mochte mindestens zwanzig Jahre jünger sein als ihr Gatte, hätte also ebenso gut seine Tochter sein können. Als Wilfried ihr vor drei Jahren den Heiratsantrag gemacht hatte, war sie heilfroh gewesen, dass ihr Leben nun endlich in geordneten Bahnen verlaufen würde. Bis dahin nämlich hatte sich das Interesse der Burschen an ihr in Grenzen gehalten, obwohl sie mit einer schlichten, wenngleich auch ein wenig herben Schönheit gesegnet war. Doch es war wohl ihre Verschlossenheit gewesen, ihre vermeintliche Unnahbarkeit, die die Burschen auf Distanz gehalten hatte. Wilfried aber hatte sie so akzeptiert, wie sie war. Immerhin hatte er ja auch Gelegenheit genug gehabt, zu erkennen, dass sie in Wirklichkeit nicht so kühl und unzugänglich war, wie sie auf den ersten Blick wirken mochte. Sie hatte in seiner Backstube gearbeitet und zwangsläufig viel Zeit mit ihm verbracht. Wilfried, der erst kurz zuvor Witwer geworden war, hatte sich froh über ihre tatkräftige Hilfe gezeigt, denn mit seinem Sohn allein vermochte er die anfallende Arbeit kaum zu bewältigen. Und dann, eines Tages, hatte er sie gefragt, ob sie seine Frau werden wolle ...

Natürlich hatte sie eingewilligt. Sie wäre dumm gewesen, hätte sie ihm einen Korb gegeben. Endlich brauchte sie sich nicht mehr um ihre Zukunft zu sorgen. Und sie würde weiterhin ihre Mutter unterstützen können, die krank an Körper und Geist ein trostloses Leben in einer morschen Kate vor den Toren der Stadt führte.

Wilfried war stets freundlich und korrekt zu ihr gewesen, doch weil er ihr nie näher gekommen war, als die Umstände in der Backstube es erforderten, und weil er sein Interesse an ihr niemals durch Gesten oder Worte kundgetan hatte, war sein Heiratsantrag eine Überraschung für sie gewesen. Eher hätte sie erwartet – im Stillen vielleicht sogar gehofft –, dass Wilfrieds gleichnamiger Sohn um ihre Hand anhalten würde. Der jüngere Wilfried war etwa in ihrem Alter, und gewiss war er für die Mädchen der Herzogsstadt das, was man eine gute Partie nannte. Eines Tages würde er die Backstube des Vaters als alleiniger Eigner übernehmen. Und obwohl er trotz seiner noch jungen Jahre bereits den leichten Ansatz eines Bauches zeigte, wirkte er mit seinen gekräuselten, schwarzen Haarsträhnen, die lässig an seinen Schläfen baumelten, recht attraktiv.

Jedenfalls hatte der Vater wohl von seinem Vorrecht Gebrauch gemacht und alles war so geschehen, wie es jetzt war. Und schon bald hatte sie feststellen müssen, dass Wilfried, ihr Gatte, nicht ganz so lammfromm war, wie er ihr stets in der Backstube erschienen war. Wilfried besaß einen unberechenbaren Hang zum Jähzorn. Manchmal vermochten ihn schon kleinste Dinge aus der Fassung zu bringen, etwa ein Becher Wein, dem sie zu viel Wasser zugefügt hatte oder eine nicht bis zum Rand gefüllte Schale mit Hirsebrei, die sie ihm auftischte. Auch Wilfrieds Tochter, die achtjährige Johanna, bekam seinen Zorn oft genug zu spüren, vor allem dann, wenn es ihr einfiel, aus welchen Gründen auch immer loszuheulen, wie Kinder ihres Alters es eben tun. Nicht nur, dass Wilfried dann zu brüllen begann, als seien alle Ausgeburten der Hölle hinter ihm her, nein, auch war er nicht mehr der Herr seiner Hände – und wollte das auch gar nicht sein. Die kleine Johanna bekam die meisten Prügel ab, aber in letzter Zeit musste auch seine junge Ehefrau immer öfter erfahren, wie schmerzhaft Ohrfeigen sein konnten.

Immer noch starrte sie auf den Schlafenden. Ihre Gefühle dem Bäcker gegenüber waren zwiespältig. Längst hatte sie Schwierigkeiten, sich nur mit dem Gedanken zu trösten, dass ihr wenigstens um ihre Zukunft nicht bange zu sein brauchte. Denn um welchen Preis geschah das? Anfangs war ihr alles so rosig erschienen wie ein Wunder, doch der Alltag hatte sie allmählich ernüchtert. War sie jetzt glücklicher als zuvor? Hatte ihr Leben nun endlich den Sinn gefunden, nach dem sie so lange gesucht hatte?

Ihr Vater, ein Nachtwächter, war vor vielen Jahren gestorben – er hatte sich zu Tode gesoffen. Die Mutter, eine ohnehin kränkelnde Frau, war daraufhin wahnsinnig geworden, hatte fortan nur noch wirres Zeug gestammelt, obwohl der Tod des Gatten, dessen Gegenwart am Ende doch so unerträglich gewesen war, sie eigentlich von einer schweren Last befreit haben musste. Von nun an war sie ausschließlich von der Hilfe ihrer Tochter abhängig gewesen, die zum Glück schnell eine Anstellung in der Backstube, ganz in der Nähe des Dürener Tores, gefunden hatte.

Diese wenig beneidenswerte Tochter hatte sich Kinder gewünscht, welche Frau tat das nicht? Und dann der Heiratsantrag des Wilfried, wie in einer schönen Geschichte! Nun konnten ihre Träume – zumindest ein Teil von ihnen – Wirklichkeit werden.

Doch auch in dieser Hinsicht wurde sie schon bald bitter enttäuscht. Wilfried schien sich wenig aus den Freuden des Fleisches zu machen; dass dies nicht immer so gewesen sein konnte, bewiesen die Kinder, die er einst in die Welt gesetzt hatte.

Außer dem jüngeren Wilfried und der kleinen Johanna hatten er und seine erste Frau noch weitere Kinder gehabt, einen Sohn und zwei Töchter, doch diese hatten das Säuglingsalter nicht lange überlebt. Es musste also eine Zeit gegeben haben, in der Wilfried das eheliche Bett auch anderen Zwecken dienlich gewesen war, als sich dort ausschließlich dem Schlaf hinzugeben, so wie er es seit seiner zweiten Hochzeit handhabte.

Für seine junge Ehefrau bestand bald kein Zweifel daran, dass Wilfried nicht mehr in der Lage war, seinen ehelichen Pflichten nachzukommen. Vielleicht erklärte das auf irgendeine, wenn auch schwer zu verstehende Weise, seinen zunehmenden Jähzorn.

Er schlief immer noch, tief und fest. Und doch, etwas war anders. Erst jetzt fiel es der jungen Frau auf, dass er nicht schnarchte, wie er es sonst auf meist ohrenbetäubende Weise zu tun pflegte. Erst jetzt, da sie ihre allnächtlichen, dunklen Gedanken zu verscheuchen versuchte, merkte sie, dass sich unter seinen Atemzügen nicht einmal die Decke bewegte, auf der seine gefalteten Hände lagen.

Atemzüge? Atmete Wilfried überhaupt? Auf der purpurfarbenen Unterlippe seines offen stehenden Mundes hockte eine fette Fliege.

Völlig bewegungslos schien ihr Gatte da zu liegen. Seine Augen waren einen winzigen Spalt weit geöffnet.

Sie flüsterte seinen Namen. Auch als sie ihn lauter ansprach, reagierte er nicht. Schließlich packte sie ihn an der Schulter und rüttelte ihn sachte, dann fester. Doch noch immer wachte er nicht auf aus diesem merkwürdigen Schlaf. Die fette Fliege flog brummend davon.

Plötzlich wurde es für die junge Frau zu einer unerschütterlichen Erkenntnis: Ihr Gatte war tot! Diese Erkenntnis traf sie nicht einmal hart, es war, als habe sie die Kunde vom Tod eines fernen Verwandten vernommen, der ihr ohnehin niemals besonders sympathisch gewesen war, der für ihr Leben keine sonderlich große Rolle gespielt hatte. Außerdem hatte sie das Gefühl, gleich selbst aus einem tiefen Schlaf zu erwachen und alles nur geträumt zu haben.

Alles würde wieder sein wie vorher, wie gestern Abend, als sie ins Bett gestiegen war, in dem Wilfried schon längst vom Schlaf übermannt worden war.

Sie betrachtete ihn regungslos. Sie fühlte weder Erleichterung noch Schmerz. Sie wusste plötzlich nur, dass schon bald wieder, gleich morgen, ein neuer Abschnitt in ihrem Leben beginnen würde. Sie hatte nicht die geringste Ahnung, wie dieses neue Leben aussah. Wilfried war tot. Das hatte sie nun endgültig begriffen.

Je länger sie ihn betrachtete, umso mehr Gedanken schwirrten durch ihren Kopf. Und plötzlich, plötzlich fuhr es siedend heiß durch ihren Körper. Wilfried hatte sich bester Gesundheit erfreut. Nicht einmal das kleinste Zeichen von Gicht hatte sich jemals bei ihm gezeigt, und das, obwohl er fast ein halbes Jahrhundert alt war. Er hatte die Zeiten der Pest überlebt und Krankheiten getrotzt. Vor seiner Kundschaft hatte er stets geprahlt, dass Seuchen und Leiden einen großen Bogen um ihn zu machen pflegten. Wie konnte ein solch robuster Mann im Bett sterben, ohne dass der Tod vorher bei ihm angeklopft hätte? Gewiss würde man ihr, seiner Gattin, diese Frage stellen. Diese und weitere.

Panik erfüllte sie. Rasch sprang sie aus dem Bett. Ein paar Augenblicke schaute sie hilflos um sich, dann rannte sie zur Tür der Kammer und riss sie auf. Kühle Luft wehte aus der Diele zu ihr herüber.

„Wilfried!“, schrie sie, so laut sie konnte.

Noch mehrmals rief sie diesen Namen, bis sich ihr endlich mit schnellen Schritten aus der Dunkelheit eine Gestalt näherte.

„Was ist?“ Der Ankömmling musterte die lediglich mit Schlafgewand und Haube bekleidete Stiefmutter beunruhigt.

„Dein Vater“, keuchte sie, hilflos mit den Händen ringend.

Sanft schob er sie beiseite. Ohne ein weiteres Wort betrat er die Schlafkammer und sah den reglosen Vater auf seiner Bettstatt liegen. Sogleich war ihm klar, dass hier etwas nicht stimmen konnte.

„Rasch, entzünde eine Kerze“, sagte er zu seiner jungen Stiefmutter, die hinter ihn getreten war und leise zu schluchzen begonnen hatte.

Das flackernde Licht erhellte das bleiche Gesicht des Bäckers. Der Sohn kniete sich neben ihn und tätschelte seine Wangen, erst sanft, dann fester, und immer wieder seinen Namen rufend.

„Er ist tot, nicht wahr?“ Die junge Frau hatte sich wieder in der Gewalt. Ihr Gesicht war zu einer steinernen Maske erstarrt.

Wilfrieds Mund stand weit offen wie ein Scheunentor, als er ihren Blick erwiderte. „Ja, er ist tot.“ Er schluckte schwer. „Was ... was ist denn geschehen?“, stammelte er.

„Nichts. Er schlief gestern Abend ein und wachte einfach nicht mehr auf.“

„Aber ... wie kann das sein?“

„Ich weiß es nicht. Bei der heiligen Jungfrau, ich weiß es nicht.“

„Fühlte er sich schlecht, als er ins Bett ging?“

„Wenn dem so war, dann hat er es mir verschwiegen.“

„Er hat also nicht geklagt, über Schmerzen, Unwohlsein oder Ähnliches?“

„Nein, hat er nicht.“ Sie senkte den Kopf. „Er hat im Bett niemals mit mir gesprochen. Meistens ist er sofort eingeschlafen.“ Sie ließ ihre Worte einige Augenblicke geheimnisvoll im Raum stehen und atmete dann tief ein. „Und was nun?“, fragte sie matt, ohne dass es deutlich war, wem diese Frage überhaupt galt.

Noch einmal bedachte Wilfried den Vater mit einem prüfenden Blick, um den letzten schwelenden Zweifel an seinem Tod auszuräumen. Dann trat er seiner Stiefmutter, die kaum älter war als er selbst, mit unsicheren Schritten entgegen und blieb unmittelbar vor ihr stehen. Einen Moment lang schien es, als wollte er sie tröstend umarmen, doch dann entschied er sich, dies zu unterlassen.

„Mechthild“, sagte er nur.

Die Angesprochene schien durch ihn hindurchzusehen. „Was nun?“, wiederholte sie leise ihre Frage von vorhin.

„Nun ist er tot!“ Wilfried hob seine Schultern.

„Kein Mensch wird hundert Jahre alt. Wir werden ihn bestatten, für ihn beten und ein paar Messen lesen lassen, was sonst? Das ist der Lauf der Dinge.“

„Er ist dein Vater“, wunderte sich Mechthild über die kühlen Worte ihres Stiefsohnes, dem jetzt nichts mehr von seinem ersten Schrecken anzumerken war.

„Er war mein Vater, denn nun ist er tot!“ Er hatte es laut ausgesprochen, merkte aber bald selbst, dass dies in Gegenwart des Toten nicht angebracht schien, und dämpfte seine Stimme. „Er war ein Tyrann, das weißt du selbst am besten, Mechthild. Vielleicht ist es besser so.“

Sie starrte auf die Dielen des Bodens. Ihm heftig zu widersprechen wäre ihr heuchlerisch erschienen. Also schwieg sie.

„Für einen Mann, der sein Weib wegen Nichtigkeiten schlägt“, sagte Wilfried verächtlich, „ist der Tod im Schlaf ein gnädiges Ende.“

Nun hob sie den Kopf, in dem ein Paar entsetzte Augen blitzten.

„Wilfried! Bitte, sprich nicht so!“

„Warum nicht? Es ist die Wahrheit. Kinder und Frauen schlagen, pah! Bei mir hat er sich das schon lange nicht mehr getraut. Aber Kinder und Frauen, die sind ja schwach ...“

„Lass es gut sein“, unterbrach sie ihn unbehaglich. „Wir sollten besser den Priester holen und gemeinsam für ihn beten.“ Sie wandte sich um, doch Wilfied hielt sie am Ärmel fest.

„Dazu ist morgen noch Zeit genug, Mechthild.“

Ihr fragender Blick wanderte zwischen der Hand, die sie festhielt, und dem Gesicht, das sie auf seltsame Weise angrinste, hin und her.

„Mechthild“, sagte Wilfried.

„Was willst du?“

„Ich glaube, du weißt, was ich will.“

Statt einer Antwort schluckte sie nur.

„Wir beide wollen es doch, nicht wahr?“, fuhr Wilfried fort.

„Ich weiß wirklich nicht, wovon du sprichst.“

„Und ob du das weißt.“

„Wilfried! Dort liegt dein toter Vater. Es gibt wichtige Dinge, die jetzt erledigt werden müssen.“

„Ja, die gibt es.“ Er zog sie zu sich heran und riss ihr die Haube vom Kopf. Blonde Haare quollen in alle Richtungen. Mühsam versuchte sie, ein paar Strähnen vor ihren Augen beiseite zu wischen.

„Wilfried! Bist du verrückt?"

„Ja, nach dir!"

Er presste seinen Mund auf ihren, doch mit einer kraftvollen Bewegung schob sie ihn von sich.

„Wie kannst du so etwas tun? Jetzt, in diesem Augenblick?"

„Sollen wir etwa bis zum Johannistag damit warten?"

„Ich kann mich nicht erinnern, dass wir uns gegenseitig etwas versprochen hätten."

„Also gut, wie du meinst." Mit einem schiefen Grinsen betrachtete er seine Fingernägel. „Bei euch Weibern muss ja alles seine Richtigkeit haben, ich vergaß. Also erst die Förmlichkeiten, die können wir hier und jetzt erledigen."

Sie schüttelte den Kopf und begann wieder zu schluchzen. „Was ist bloß in dich gefahren?"

„Ich weiß genau, dass du lieber mich geheiratet hättest als diesen alten Griesgram. Glaubst du vielleicht, ich wüsste nicht, dass er dich nicht angerührt hat? Glaubst du, ich hätte deine begehrlichen Blicke niemals wahrgenommen? Und mir ging es ebenso, also, warum dieses Theater? Nun kann alles so geschehen, wie wir es uns wünschen."

Abermals trat er auf sie zu und wollte sie in die Arme nehmen. Mechthild aber holte aus und versetzte ihm eine schallende Ohrfeige. Ungläubig rieb er sich die Wange.

„Hör jetzt auf damit!", schrie sie ihn an.

„Das ...", stieß er nach ein paar Sekunden der Stille hervor, „das wirst du bereuen, Mechthild."

Plötzlich stellten beide fest, dass sie nicht mehr allein waren. Am Türrahmen stand bibbernd die kleine Johanna und begriff offensichtlich, dass Gevatter Tod Einzug in dieses Haus gehalten hatte. Tränen rollten über ihre roten Pausbäckchen.

„Raus hier!", blaffte der ältere Bruder sie an, der jedoch nicht abwartete, ob die Schwester seinem Befehl Folge leisten würde. Mit wehendem Umhang verschwand er selbst aus der Kammer.

3

In der Bibliothek des Kreuzherrenklosters zu Schwarzenbroich war es behaglich warm. Bruder Benedikt hatte das Kohlebecken entzündet, obwohl draußen bereits frühlingshafte Temperaturen herrschten. Dennoch hielt er diese Maßnahme für angebracht, war er doch überzeugt davon, dass die wertvollen Bücher und Schriften, die die Wände des Raumes füllten, Schaden nehmen könnten durch kühle Temperaturen. Manchmal entfachte er das Becken auch an trüben Sommertagen. Pedantisch achtete er stets darauf, dass es zu keiner Rußbildung kam, was den Büchern ebenso wenig wie die Kälte zugute gekommen wäre.

Im letzten Winter war die Kohle knapp geworden. Mit Mühe hatte Benedikt den Prior und seine Mitbrüder davon überzeugen können, dass die Bücher der Wärme bedurften. Im Kapitelsaal hatten die Mönche fortan gefroren, mit der Folge, dass Prior Anselmus des Öfteren ein Auge zugedrückt und die Versammlung vorzeitig beendet hatte. Schließlich war es für einen guten Zweck. Ein jeder, der eine Kutte trug, war sich der Kostbarkeit der Bücher und Pergamente bewusst, und man war auf Schwarzenbroich stolz auf die inzwischen recht beachtliche Bibliothek.

Am stolzesten von allen war Bruder Benedikt, ein kleiner, etwa fünfzigjähriger Mann mit einem grobknochigen Gesicht, das trotz seiner scheinbaren Strenge auch freundlich dreinblicken konnte. Ja, in Wahrheit war Benedikt kein strenger Ordensbruder. Er war, seinem Aussehen zum Trotz, ein recht sanfter, umgänglicher Zeitgenosse, der außerhalb einer Ordensgemeinschaft vermutlich einen vortrefflichen, gutmütigen Großvater abgegeben hätte. Sanft und umgänglich war er vor allem dann, wenn das Mädchen ihn aufsuchte, um sich von ihm unterrichten zu lassen. Längst hatte Benedikt Maria in sein Herz geschlossen, auch wenn ihr Erscheinen mancherlei Probleme mit sich brachte. Eben noch hatte Prior Anselmus mit ihm darüber gesprochen und ihn nach seiner Meinung gefragt. Schweren Herzens hatte Benedikt ihm diese kundgetan, denn er wusste, welche Konsequenzen das haben würde. Aber der Prior hatte versprochen, die Angelegenheit später selbst zu regeln. Er, Benedikt, brauchte es ihr zum Glück nicht mitzuteilen.

Er versuchte, sich die Traurigkeit, die ihn erfüllte, nicht anmerken zu lassen und konzentrierte sich auf das Buch, das breit aufgeschlagen vor ihm lag.

„Neque enim quaero intellegere", las er laut, „ut credam, sed credo, ut intelligam!" Er hob den Kopf und schenkte seine Aufmerksamkeit nun einzig dem Mädchen, das ihm gegenübersaß. „Hast du das verstanden, Maria?"

Maria spitzte den Mund, sah zur Decke und begann die Worte, die Benedikt ihr vorgelesen hatte, langsam nachzusprechen. Schließlich nickte sie entschlossen und blickte den Mönch offen an.

„Eine interessante Behauptung", verkündete sie. „Jemand, ich weiß nicht wer, bemüht sich offenbar nicht um Einsicht, um dadurch zum Glauben zu kommen, sondern er glaubt, um dadurch Einsicht zu gewinnen."

Benedikt lächelte, was seine Wangenknochen noch stärker hervortreten ließ. „Das ist richtig."

„Hm! Wer hat das gesagt?"

„Ein gewisser Anselm von Canterbury. Nicht zu verwechseln mit unserem ehrwürdigen Pater Prior. Anselm von Canterbury ist bereits vor vielen hundert Jahren gestorben."

„Von welcher Einsicht spricht dieser Anselm, Bruder Benedikt?"

„Er spricht von Glaubenswahrheiten."

„Aber muss man nicht zuerst Einsicht besitzen, um glauben zu können?"

„Wie meinst du das, meine Tochter?"

„Ein Sämann, der Samen streut, tut das, weil er weiß, dass es fruchten wird. Ohne diese Einsicht wäre es sinnlos, den Samen zu streuen."

„Glaube lässt sich nicht durch belanglose Beispiele aus dem Alltag erklären, meine Tochter", lächelte Benedikt. „Zwar hat auch unser Herr Jesus oft und gern Gleichnisse verwendet, um uns Sündern das Himmelreich zu erklären. Für uns selbst aber ist es unangemessen, solche Vergleiche heranzuziehen, denn aus uns spricht nicht Gott Vater. Der Glaube drängt zur Einsicht, sagt Anselm von Canterbury."

„Hat Gott Vater denn aus Anselm von Canterbury gesprochen, Bruder Benedikt?"

Der Mönch hob seine spärlichen Augenbrauen und breitete die Hände aus. „Ich glaube eher nicht. Aber wer vermag das schon zu sagen?"

„Wenn er Recht hat, dann gelangen Menschen, die nicht glauben, niemals zur Einsicht."

„So ist es wohl."

„Und was ist mit den Menschen, die nicht wissen, dass es den Erlöser gibt?"

„Nun, es ist unsere Aufgabe, diese Menschen zu bekehren!"

„Was aber ist, wenn einer von ihnen stirbt, ohne jemals von Gottes Wort gehört zu haben?" Sie schaute zum Fenster hinaus. „So, wie meine Eltern", fügte sie leise hinzu. „Kommen diese Menschen in die Hölle?"

„Das glaube ich nicht", beeilte Benedikt sich zu versichern. „Dafür ist die Gnade Gottes viel zu groß."

„Seid Ihr Euch da sicher, Bruder?"

„Ziemlich. Wollten wir nicht heute über Thomas von Aquin sprechen?"

„Was macht Euch denn so sicher?", überging Maria seine Frage.

„Gottes Vermächtnis für uns Menschen ist seine frohe Botschaft. Ich bin davon überzeugt, dass er Güte der Bestrafung vorzieht. Sonst wäre die Heilige Schrift ja eine drohende Botschaft, findest du nicht?"

„Hm! Der Wanderprediger, der letzten Monat in Merode weilte, wollte uns etwas anderes glauben lassen. Besonderen Gefallen fand er an der Beschreibung höllischer Qualen: Sünder werden dort unten von Folterteufeln mit glühenden Zangen gebrandmarkt. Man steckt sie in Kessel mit kochendem Wasser, und die Eingeweide werden ihnen herausgerissen ..."

„Das reicht, meine Tochter, das reicht! Dieser Wanderprediger hatte in der Tat eine sehr eigenwillige Methode, die Menschen zu guten Taten zu bewegen, damit sie in das Himmelreich gelangen."

„Aber er selbst wurde dabei ertappt, wie er ein Huhn stehlen wollte."

Der Mönch seufzte ein wenig ungeduldig. „Tja, wer von uns ist ohne Fehl?"

„Und auch Moses, der alte Burgkaplan, pickt sich nicht gerade die frohen Botschaften aus der Schrift heraus. Allerdings lässt das von ihm angekündigte Ende der Tage, das mit Feuer und Schwert über die Welt hereinbrechen soll, nun schon lange Jahre auf sich warten."

„Glaube drängt zur Einsicht“, wiederholte Benedikt tief durchatmend. „Vielleicht sieht diese Einsicht bei jedem Menschen anders aus. Doch kommen wir nun zu der Ethik des Thomas von Aquin, der ein überzeugter Anhänger des Aristoteles war.“

Die Erwähnung des griechischen Philosophen erzielte Wirkung, ganz wie Benedikt es beabsichtigt hatte. Marias Interesse für alles, was mit der antiken Welt zusammenhing, war längst kein Geheimnis mehr, besaß sie doch hierüber mehr Wissen als so mancher Novize.

Zwar war es Benedikt gelungen, Marias Aufmerksamkeit auf einen neuen Geprächsgegenstand zu lenken, doch schon bald sah der Mönch sich abermals in eine endlos erscheinende Debatte verwickelt.

„Ja, das verstehe ich“, unterbrach Maria eine Erklärung ihres Mentors. „Eine Tugend ist umso höher anzusehen, je mehr sie auf das Gemeinwohl bezogen ist. So weit so gut. Dieser Thomas von Aquin gefällt mir schon besser als Anselm von Canterbury. Wenigstens glaube ich zu verstehen, was er mit seiner Ethik bezweckt.“

„Das freut mich“, atmete Benedikt sichtlich erleichtert auf.

„Dennoch bleiben einige Fragen offen.“

„Fragen werden immer bleiben, meine Tochter. Denn der Glaube ist keine Wissenschaft. Zumindest keine, die sich beweisen ließe.“

„Aber eben noch habt Ihr mir etwas anderes erzählt, Bruder.“

„Ich weiß. Du meinst die Gottesbeweise des Thomas von Aquin. Nun, ebenso wie meinetwegen ein Aristoteles hat auch er sich das Recht genommen ...“

„Nein, Bruder“, winkte Maria ab. „Aristoteles wusste nichts von unserem Erlöser, denn er lebte lange vor seiner Zeit. Aber Thomas von Aquin spricht von der Wahrheit. Von der Vernunft, die sich in dieser Wahrheit vollende. Woher weiß er davon?“

Benedikts Lächeln hatte etwas Resignierendes. „Das ist deine liebste Frage, nicht wahr, meine Tochter? Nun, Thomas von Aquin war ein gottesfürchtiger, kluger Mensch. Viel klüger als ich. Und vielleicht sogar klüger als du. An dieser Stelle sollten wir den Unterricht beenden. In Kürze werden die Glocken zur None läuten.“

„Zur None?“ Ungläubig schaute sie zum Fenster hinaus. „Dafür scheint es mir aber noch recht früh zu sein.“

„Trotzdem – wir müssen Schluss machen.“

„Dann werden wir morgen weitermachen?“

Der Mönch atmete tief ein.

„Prior Anselmus möchte dich sprechen, meine Tochter."

„Das kann er ja gern tun. Also, morgen zur gleichen Stunde, Bruder?"

„Nun, äh ..."

„Warum sind eigentlich die beiden Novizen heute nicht erschienen?", fragte sie. Deren Abwesenheit wurde ihr jetzt erst bewusst, zu sehr hatten die Glaubenswahrheiten des Anselm von Canterbury und die Ethik des Thomas von Aquin ihre Gedanken in Anspruch genommen.

„Sie ... äh, hatten heute etwas anderes zu tun. Geh jetzt, meine Tochter. Der Prior erwartet dich in der Besucherkammer."

Maria musterte ihn forschend. „Kann es sein, Bruder Benedikt, dass ich da so etwas wie Trauer in Euren Augen sehe? Sagt mir, was ist heute bloß los mit Euch? Fühlt Ihr Euch nicht wohl?"

„Geh jetzt!", wiederholte Benedikt mit gepresster Stimme. Er senkte den Blick und schlug das Buch zu.

Von Prior Anselmus war weit und breit nichts zu sehen, als Maria in die Besucherkammer trat. Da auch kein anderer Ordensbruder auszumachen war, den sie hätte fragen können, nahm sie auf einem der Hocker Platz, die um einen kleinen Tisch standen. Sicher würde Anselmus gleich hier erscheinen. Und außerdem hatte sie, die Schülerin, auf den Prior zu warten, und nicht umgekehrt. Alles hatte schon seine Richtigkeit.

Dennoch, heute schien einiges anders zu sein als sonst: Benedikts merkwürdige Traurigkeit! Die Abwesenheit der Novizen! Und jetzt wollte auch noch der Prior mit ihr sprechen. Was er ihr wohl zu sagen hatte. Noch nie hatte er sie zu sich bestellt. Da sie auf Schwarzenbroich eigentlich nur die Bibliothek kannte sowie den Weg dorthin, war sie ihm selten begegnet.

Diese wenigen Male jedoch war Prior Anselmus niemals abweisend zu ihr gewesen, ja, sie glaubte sogar äußerstes Wohlwollen in seinem Blick erkannt zu haben. Sie überlegte, ob sie etwas gesagt oder getan hatte, was seinen Unwillen geweckt haben mochte. Sicher, mit Bruder Benedikt hatte sie schon manchen Strauß ausgefochten, wenn es um die Erörterung theologischer oder philosophischer Fragen ging. Doch sie konnte sich beim besten Willen nicht vorstellen, dass Benedikt sich hierüber in irgendeiner Form bei seinem Prior beklagt hatte. Dafür mochte er seine Schülerin zu sehr, wie das umgekehrt natürlich auch der Fall war. Und ihre Debatten hatten niemals etwas mit einem echten Streitgespräch gemein gehabt. Obwohl sie, wie ihr Ziehvater zu behaupten pflegte, ein äußerst loses Mundwerk besaß, vergaß sie doch niemals, ihrem geliebten Mentor gegenüber den Respekt zu wahren. Auch die beiden Novizen, Peter und Lukas, hatten bestimmt für sich behalten, was in der Bibliothek besprochen und diskutiert worden war. Zu sehr waren sie amüsiert und auch fasziniert von den Dialogen zwischen ihr und Benedikt, als dass sie auf dieses Schauspiel in Zukunft hätten verzichten wollen. – Was also konnte Prior Anselmus von ihr wollen?

Draußen zwitscherten munter die Vögel. Der Frühling kam spät in diesem Jahr, doch nun kam er mit aller Gewalt. Die Schwarzerle vor dem Fenster der Kammer trug bereits zarte Blüten. Hinten, am Waldrand, trieb ein Laienbruder ein paar Schafe vor sich her.

Endlich öffnete sich die Tür. Rasch erhob Maria sich von ihrem Hocker.

„Bleib sitzen, mein Kind“, sagte der Prior und nahm neben ihr Platz.

Ein Lächeln, das ein wenig gequält anmutete, umspielte seine Lippen. Anselmus war sicherlich schon sechzig Jahre alt, doch seine Bewegungen waren die eines Jüngeren. Sein rundes, von einem grauen Bart geziertes Gesicht strahlte zwar Freundlichkeit aus, doch seine Augen waren wachsam und forschend. Maria wusste, dass die Brüder des Konvents ihn schätzten. Allerdings zweifelte sie keinen Augenblick daran, dass er auch unerbittlich sein konnte, wenn die Umstände es erforderten.

„Ich hoffe, es geht dir gut, meine Tochter“, begann der Prior. Sein Lächeln erschien Maria jetzt noch gequälter als zuvor.

„Danke, Pater. Ich kann mich nicht beklagen.“

Dass ein Mensch, der fast viermal so alt sein musste wie sie selbst, sich nach ihrem Wohlbefinden erkundigte, gehörte nicht unbedingt zu den Gepflogenheiten allgemeiner Höflichkeit. Offenbar war der Prior, auch wenn er sich bemühte, sie das Gegenteil glauben zu lassen, tatsächlich verlegen.

„Und deine Eltern? Vielmehr deine Zieheltern? Geht es denen auch gut?“

„Ja, Pater. Meine Mutter ist wieder schwanger. Gegen Jahresende wird sich unsere Familie vergrößern.“

„Das freut mich“, rief Anselmus, und Maria war sich sicher, dass er es aufrichtig meinte. Offenbar war er froh, den wahren Grund für diese Unterredung, welcher das auch sein mochte, noch eine Weile hintenan schieben zu können.

„Ich kenne deinen Vater sehr gut“, erklärte Anselmus und nickte versonnen.

„Ich weiß, Pater. Er hat mir von Euch erzählt.“

„Und hat er dir auch von jenen seltsamen Ereignissen berichtet, die sich in diesem Kloster vor ...“, er blickte ins Leere und rechnete still, „vor zehn Jahren abspielten?“

„Nein, Pater. Aber ich habe es von anderen erfahren.“

„Er hat dir nichts davon erzählt?“, wunderte sich Anselmus.

„Er spricht so gut wie nie über seine Erlebnisse, die er mit seinem Freund Heinrich hatte. Sein Tod schmerzt ihn heute noch. Oder sagen wir besser: sein Verschwinden! Denn Heinrichs Leiche wurde ja niemals gefunden. Ich glaube, mein Vater hofft im Stillen immer noch, dass er eines Tages vor der Tür steht, als wäre er niemals fort gewesen ...“

Anselmus nickte abermals, als habe er Verständnis für eine derartige Hoffnung. Gedankenverloren starrte er auf seine gefalteten Hände und reiste in die Vergangenheit.

„Nur ihnen, Mathäus und Heinrich, konnten wir verdanken, dass der Mörder, der damals in unserem noch jungen Kloster wie der Leibhaftige selbst wütete, enttarnt werden konnte. Und dabei hatte ich ihnen misstraut, ja, ich muss es gestehen. Vor allem diesem Heinrich, der undurchschaubar war und weder an Gott noch an den Teufel glaubte ...“ Er schwieg eine Weile und kehrte dann ins Jetzt zurück. „Dein Vater ist ein geachteter Mann, mein Kind. Du kannst stolz auf ihn sein.“

„Das bin ich, Pater.“ Sie räusperte sich, in der Hoffnung, dass der Prior sich an den wahren Grund ihrer Zusammenkunft erinnerte. Erfolgreich, wie sie augenblicklich feststellen musste, denn über sein Gesicht flog ein trüber Schatten.

„Nun“, sagte er, leise seufzend, „Bruder Benedikt unterrichtet dich bereits seit fünf Jahren.“

„Sechs“, korrigierte sie ihn rasch und biss sich auf die Lippen, doch Anselmus sah über ihre Keckheit hinweg.

„Er hat dich schreiben und lesen gelehrt, und er sagt, dass du ein wissbegieriges, kluges Kind bist. Kind? Was rede ich, eine junge Frau ist aus dir geworden. Und eine hübsche dazu. Ich fürchte ...", er holte zweimal tief Luft, „ich fürchte, dass du künftig auf weiteren Unterricht verzichten musst, mein Kind."

Maria fühlte sich, als habe ihr jemand einen Fausthieb mitten ins Gesicht versetzt.

„Aber warum, Pater?", fragte sie heiser. „Warum denn nur?"

„Wie du sicher weißt", fuhr der Prior unbehaglich, aber mit fester Stimme fort, „ist es gemeinhin nicht üblich, Kinder aus dem Dorf in einem Kloster zu unterrichten, sofern es keine handfesten Abmachungen mit den Eltern gibt, erst recht nicht, wenn es sich bei dem Schüler um ein Mädchen handelt."

„Aber warum habt Ihr es dann all die Jahre zugelassen?", entfuhr es ihr trotzig.

„Mein Kind, ich ließ es zu, weil ich deinem Vater etwas schuldete. Doch nicht nur deswegen, beruhige dich. Bruder Benedikt war fest davon überzeugt, ein gutes Werk zu tun, wenn er dir sein Wissen vermittelte. Er sagte, es sei eine wahre Schande, würde man deine Begabung nicht fördern. Also beschloss ich, nicht päpstlicher als der Papst zu sein, und genehmigte den Unterricht. Stets war ich darauf bedacht, dass der Generalprior unseres Ordens bei seinen Visiten nichts davon erfuhr, denn er hätte es sicher nicht gutgeheißen oder gar verboten. Zum Glück weiß er bis heute nichts über diese Sache."

„Aber dann ist doch alles in bester Ordnung", verkündete Maria mit einer Spur von Verzweiflung in der Stimme.

„Leider nicht, mein Kind. Wie ich schon sagte, es ist inzwischen so ..."

„Wie denn, Pater?"

„Aus dir ist also eine junge Frau geworden, und dies hier ist, wie dir schwerlich entgangen sein dürfte, ein Männerkloster."

Sie zuckte die Schultern und sah ihn beinahe herausfordernd an, obwohl sie dunkel zu ahnen begann, worauf Anselmus hinauswollte. Allerdings fiel es ihr nicht ein, ihn von seiner Qual zu erlösen und ihm die Fortsetzung seiner Erklärung zu ersparen.

„Schau, es sind vor allem die jungen Männer in unserem Konvent, die noch der Stärkung im Glauben bedürfen. Dies darf ihnen keinesfalls erschwert werden. Wie aber sollen sie sich auf ihre wahre Bestimmung konzentrieren, wenn ihnen täglich das schönste Mädchen des Herzogtums gegenübersitzt?"

Maria verstand. Die beiden Novizen! Als ihr Beichtvater wusste der Prior von Dingen, die andere nichts angingen.

„Es tut mir Leid, Pater", sagte Maria schließlich leise. „Es war nicht meine Absicht, Peter und Lukas zu verwirren."

„Natürlich nicht", erwiderte Anselmus sanft. „Du bist wohl erzogen und kommst aus einem guten Haus. Aber leider erfordern es nun die Umstände, dass wir dich hier nicht weiter unterrichten können. Wir haben uns diese Entscheidung nicht leicht gemacht, aber sie ist unumgänglich geworden. Ich hoffe, du kannst das verstehen."

Maria presste ihre Lippen zusammen und nickte. Dann erhob sie sich und umarmte den von seiner Zentnerlast befreiten Prior. Hilflos ließ Anselmus es geschehen und klopfte auf ihre Schulter.

„Danke, Pater. Danke für alles, was Ihr für mich getan habt."

„Es gibt nichts, wofür du dich bedanken musst, mein Kind. Bitte, grüß mir deinen Vater. Und sag ihm, dass er sehr stolz auf seine Tochter sein kann."

Maria hatte keinen Sinn für den erwachenden Frühling, der den Wald mit dem Duft von Blüten und frischem Moos erfüllte. Nachdenklich saß sie auf Platon, ihrem Fuchs, und stierte ins Leere. Die erblühenden Bäume und Sträucher glitten an ihr vorüber, ohne dass sie sie wahrnahm. Sie wusste, Platon würde auch ohne ihr Zutun den Weg nach Merode finden. Deshalb konnte sie sich zwanglos ihren Gedanken hingeben.

Zum ersten Mal in ihrem Leben war ihr eben bewusst geworden, dass äußerliche Schönheit durchaus auch Nachteile haben konnte. Bislang nämlich war sie ihr immer nur von Nutzen gewesen. Jedermann war freundlich zu ihr, besonders die Burschen, was sicherlich nicht nur daran lag, dass sie die Tochter des Dorfherrn war. Betrat sie den Burghof, zog sie sogleich die Aufmerksamkeit der Männer auf sich. Auf dem letzten Erntefest hatte es ihretwegen sogar eine ordentliche Prügelei gegeben. Und selbst Moses, der mürrische Burgkaplan, lächelte ihr stets zu, wenn er ihrer ansichtig wurde; darüber freilich wunderte sich niemand so recht, sagte man ihm doch nach, es in früheren Jahren mit dem Zölibat nicht so genau genommen zu haben.

Zum ersten Mal hatte ihre Schönheit ihr also einen Streich gespielt. Und jetzt fragte sie sich, warum, zum Teufel, die Menschen sie eigentlich für schön hielten. Schön war Jutta, ihre junge Ziehmutter, aber sie selbst? Ihre Nase war doch stupsig, ihre Haut dunkel, ihre Haare schwarz wie die Federn eines Raben. Kein Mädchen im Dorf sah ihr auch nur im geringsten ähnlich. Fremdartig musste sie wirken. Warum erweckte diese Fremdartigkeit kein Misstrauen bei den Leuten des Dorfes, die jeden Fremden sonst am liebsten von hinten betrachteten? Gewiss, seit über zehn Jahren lebte sie nun in der Herrschaft, und ihre Sprache war längst die der Meroder. Doch was machte sie so beliebt? Verdankte sie dies etwa dem Umstand, dass sie die Tochter des Dorfherrn war? War es in Wirklichkeit nur Respekt, den man ihr entgegenbrachte? Nein, das konnte nicht sein, denn die Burschen umschwärmten sie wie die Motten das Licht. Mit Respekt hatte das nichts zu tun. Hier war Schönheit im Spiel, wie immer man diese auch definieren mochte. Schönheit öffnete Türen. Doch nie hatte sie das Bedürfnis gehabt, diese Türen zu durchschreiten. Und diesmal stand sie vor einer verschlossenen Tür.

Sie selbst fand sich alles andere als schön. Und spätestens seit einer halben Stunde war sie keineswegs mehr stolz darauf, dass andere es taten. Und eigentlich, wenn sie genau darüber nachdachte, war sie niemals stolz darauf gewesen. Schließlich hatte sie einem Burschen ihr Herz geschenkt, der sie nicht sehen konnte, der niemals mehr in seinem Leben irgendetwas sehen würde. Und nicht einen Augenblick lang hatte sie bereut, diesem Menschen das Jawort gegeben zu haben. Denn sie hatten sich heimlich verlobt, in einer mondlosen, kalten Nacht vor wenigen Wochen, unter den kahlen Eichen da oben am Waldrand. Niemand wusste bis jetzt davon. Die Ringe, die sie getauscht hatten, trugen sie fortan nur, wenn sie sich allein trafen. Und das taten sie oft, jeden Abend beinahe. Maria wartete immer noch auf eine passende Gelegenheit, ihre Verlobung Mathäus und Jutta mitzuteilen, die zwar von ihrer Liaison wussten, aber sicher nicht mit ernsten Konsequenzen rechneten. Schwerer noch würde es Reiner haben, war es doch zu befürchten, dass sein Vater, der Burgvogt Paulus, den Sohn im Affekt einen Kopf kürzer machen würde. Eher würde der Ritter ihn mit einer Köhlerstochter vermählen als mit der Tochter seines Erzfeindes. Ja, es stand noch einiger Ärger ins Haus. Aber momentan bedrückten Maria andere, neue Sorgen.

Das, was ihr nach Reiner und ihrer Familie am wichtigsten war, hatte man ihr genommen. Nie wieder würde sie Bruder Benedikts spannenden Worten lauschen können, nie wieder seinen milden Tadel ertragen dürfen, der sie anfangs gekränkt, später zu noch größeren Anstrengungen angespornt hatte. Wer würde ihr von nun an etwas über die griechischen Philosophen erzählen, wer über die großen Kirchenväter, deren Lehren Bewunderung und Widerspruch in ihr geweckt hatten? Welche Bücher sollte sie fortan aufschlagen, welche Texte lesen und übersetzen? Die wunderschöne Welt, die sich ihrem Denken offenbart hatte, drohte unweigerlich zu zerfallen.

Sie überlegte, mit welcher Antwort Bruder Benedikt dieser Befürchtung begegnet wäre. „Diese wunderschöne Welt wird nur zerfallen, wenn du es selbst zulässt, meine Tochter", hörte sie ihn sagen.

„Ja", sagte sie laut und löste sich aus ihrer Starre. „Nur, wenn ich es selbst zulasse. Und das werde ich nicht tun!"

Inzwischen hatte sie den Waldrand erreicht und sah in der Ferne die Zinnen der Burg. Ein Hökerer, der sich auf dem Weg zum Kloster befand, zog einen rumpelnden, morschen Handkarren hinter sich her. Außerstande, Marias Gruß zu erwidern, starrte er ihr mit offenem Mund nach, als sei es die heilige Jungfrau selbst gewesen, der er da begegnet war.

Auf dem Hahndorn, dem Dorfanger von Merode, balgten sich ein paar Bengel. Zwei Hunde räkelten sich faul in der Frühlingssonne. Maria ritt die Straße zum Unterdorf hinab, immer dem Bachlauf folgend. Als sie das Haus des Dorfherrn erreichte, stieg sie aus dem Sattel, führte Platon in den Stall und schickte sich an, in die Stube zu treten. Vor der Tür hielt sie inne. Mathäus und Jutta hatten einen Gast. Der Stimme nach zu urteilen, konnte es sich nur um Dietrich handeln, den Stallmeister auf Burg Merode. Schon seit vielen Jahren war Dietrich ein guter Bekannter, ja ein Freund der Familie. Früher war er nur ein einfacher Burgdiener gewesen, doch Mathäus hatte eines Tages dafür gesorgt, dass der begnadete Reiter befördert wurde. Mehr noch, inzwischen war aus dem früher so schüchternen Dietrich sogar ein stolzer Familienvater geworden. Er und sein dralles Weib Regina hatten in den vergangenen fünf Jahren sage und schreibe sechs Kindern das Leben geschenkt.

Maria wusste selbst nicht, warum sie, anstatt einzutreten, den Stimmen in der Stube lauschte. Vielleicht, weil sie so gedämpft, so geheimnistuerisch klangen, als spreche man über ein Mysterium. Allerdings waren die Stimmen nicht so leise, dass sie nichts von alldem hätte verstehen können.

„Hexe?“, hörte sie Jutta ungläubig fragen.

„Ja, Hexe!“, bestätigte Dietrich. Maria konnte seinen rotgelockten Kopf und seine knopfrunden, grünen Augen beinahe leibhaftig vor sich sehen, als er fortfuhr: „Und wisst Ihr, wen sie verhext haben soll? Ihren Gatten. Behauptet der Stiefsohn.“

„Und was“, schaltete Mathäus sich ein, „versteht dieser Bernhard von Marburg unter ‚verhext‘?“

„Was weiß ich?“, erwiderte Dietrich. „Ich höre nur, was die Leute sich erzählen. Die einen behaupten, sie habe ihn vergiftet, die anderen, sie habe mit finsteren Sprüchen den Tod herbeigerufen, der sich dann in der Nacht des ungeliebten Gatten bemächtigte.“ Seine Stimme wurde noch leiser, sodass Maria nun erhebliche Mühe hatte, sie zu verstehen. „Das, so glaubt manch einer, geht nur mit der Hilfe des Teufels.“

Mathäus schien unbeeindruckt. „Und welche Ansicht vertritt hierzu der Inquisitor?“

„Herr, woher soll ich das wissen? Die Hexe schmachtet in Wilhelms Burgverlies, und der Prozess, der ihr droht, wird nicht öffentlich stattfinden, sondern innerhalb der Burgmauern. So jedenfalls erzählt man es sich.“

„Was machst du da, Maria?“

Erschrocken fuhr sie herum. Ihr kleiner Bruder Heinrich, ein etwa sechsjähriger Knabe mit roten Wangen und braunen Locken, stand mit einer Hand voll gleichaltriger Spielkameraden hinter ihr und blickte reichlich verdutzt drein.

„Warum lauschst du an der Tür?“

„Weil Mama Holzwurm ihren Kindern gerade ein paar nette Geschichten erzählt, mein süßes Lieblingsbrüderchen“, flüsterte Maria und presste einen Finger auf ihren Mund. „Und wenn du fein artig bist und mit deinen Freunden weiter spielen gehst, werde ich sie dir heute Abend erzählen.“

„Holzwürmer?“, fragte der Kleine verwirrt.

Sie nickte.

„Und die erzählen sich Geschichten?“

„Wirst sie ja heute Abend hören. Geht jetzt!“ Mit einer ungeduldigen Handbewegung unterstrich sie ihre Forderung.

Die Knaben gehorchten, wenn auch sichtlich widerwillig. „Der würde ich kein Wort glauben“, argwöhnte einer von ihnen.

„Meine Schwester lügt nicht", hörte Maria ihren Bruder trotzig antworten.

„Außer, es handelt sich um kleine Notlügen", flüsterte sie zu sich selbst und widmete sich wieder den Stimmen in der Stube. Durch das Auftauchen ihres Bruders und seiner Freunde war ihr einiges entgangen. Dietrich berichtete inzwischen von merkwürdigen Gerüchten, die in Nideggen die Runde machten.

„... ein graues Pulver, und wisst Ihr auch, woraus dieses Pulver besteht?"

„Wenn ich's wüsste, mein lieber Didi, würde ich es dir jetzt sagen."

„Aus den Knochen toter Missetäter, Herr."

Ein kehliger Laut verkündete Juttas Entsetzen. Dietrich aber schien keine Rücksicht auf die zart besaitete Frau zu nehmen und fuhr fort:

„Nachts hat sie die Toten vom Galgen genommen, ihnen die Glieder abgehackt, diese verbrannt und die verkohlten Knochen zu feinem Staub zermahlen ..."

Mathäus war, wie konnte es anders sein, immer noch skeptisch. „So? Erzählt man sich das?"

„Ja, Herr."

„Und woher wissen die Leute das? Wurde die angebliche Hexe nicht verhaftet und ins Verlies geworfen? Soll der Prozess ihr nicht unter Ausschluss der Öffentlichkeit gemacht werden? Woher also wissen die Leute von diesen finsteren Dingen?"

„Keine Ahnung! Wie ich schon sagte, ich höre nur, was die Leute sich erzählen."

„Und solltest dich hüten, alles davon zu glauben, mein guter Didi. Wie du selber nur zu gut weißt, erzählen die Leute sehr viel, wenn etwas Schreckliches geschieht. Als ob das Schreckliche allein nicht schon schrecklich genug wäre."

„Na ja, ich habe ja nicht behauptet, dass ich selbst an diese ganzen Geschichten glaube ..."

„Tust du es?"

„Ich, äh ... Nein, Herr."

„Gut, das freut mich und zeigt mir, dass du deinen Verstand gebrauchst. Wenn die Hexe mithilfe von Teufeln und Zaubermitteln Unheil anrichtet, dann hat sie sicher auch die Macht, sich aus ihrem Verlies zu befreien. Eigentlich muss man sich fragen, warum sie überhaupt so tölpelhaft war, sich dort hineinwerfen zu lassen. Ich an ihrer

Stelle hätte mich längst in die Lüfte geschwungen und meinen Häschern eine Nase gezeigt."

„Ich auch!", lachte Dietrich.

„Bitte, entschuldigt mich einen Augenblick", bat Mathäus. Dann herrschte Stille. Maria fragte sich, was es mit dieser plötzlichen Stille auf sich hatte. Im nächsten Moment flog die Tür auf und Mathäus stand in all seiner Größe vor ihr. Seine Hände hatte er in die Hüften gestemmt.

„Guten Tag, Maria."

„Grüß dich, Vater." Sie setzte ein unschuldiges Gesicht auf und schielte zu Jutta und Dietrich hinüber. „Hallo Mutter! Didi! Alles in Ordnung?"

„Dein treuer Platon schnaubt schon eine ganze Weile im Stall vor sich hin", erklärte Mathäus und machte keinerlei Anstalten, sie eintreten zu lassen.

„Hat ein bisschen den Schnupfen, der Ärmste."

„Im Gegensatz zu dir. Deine Sinnesorgane scheinen sich vorzüglicher Schärfe zu erfreuen. Vor allem das Gehör, nicht wahr?"

„Danke, ich kann nicht klagen." Sie wollte sich an ihm vorbeischieben, doch Mathäus blieb stehen wie ein Felsen in der Brandung.

„Du hast gelauscht!", sagte er streng.

Sie leugnete nicht, sah ihn nur an.

„Spitzbuben und Banausen pflegen zu lauschen. Warum bist du nicht einfach hereingekommen, wie es sich gehört?"

„Weil ihr dann über etwas anderes gesprochen hättet. Denn du willst ja nicht, dass ich mich mit Hirngespinsten oder Hokuspokus beschäftige, womit du im Grunde ja auch völlig recht hast, Vater."

Diesmal schwieg Mathäus.

„Wenn ich also eingetreten wäre, hättet ihr statt über Hexen und finstere Zaubereien über irgendwelche Belanglosigkeiten gesprochen: über Konrads neueste Intrigen oder Kunigundes Schmähreden gegen die Unterdörfler. Und Didis äußerst interessante Schilderung der Vorkommnisse in Nideggen wäre mir vorenthalten geblieben. Deshalb habe ich gelauscht. Darf ich jetzt herein?"

Mathäus schluckte und sein Adamsapfel hüpfte. Er trat beiseite und warf dem grinsenden Dietrich und der nicht minder amüsierten Jutta einen Blick zu, der zu sagen schien: Gegen diese entwaffnende Offenheit ist man eben machtlos!

4

Bruder Pförtner spähte durch die Luke und musterte die beiden Ankömmlinge, die dort vor dem Tor standen. Es schienen seltsame Gäste zu sein, die zu so später Stunde noch hier auftauchten: der eine glich einem wahren Koloss, einem glatzköpfigen Berg aus Fleisch und Muskeln, dessen Haut, so weit sie unter seiner durchaus edlen Kleidung zum Vorschein kam, glänzte, als habe er sie zuvor mit einer Speckschwarte eingerieben. Eine Nase, so breit wie der Bruder Pförtner es niemals zuvor bei einem Menschen gesehen hatte, prangte in seinem runden Vollmondgesicht, in dem nicht die kleinste Gemütsregung zu erkennen war. So oder so ähnlich musste wohl der Riese ausgesehen haben, den David einst besiegt hatte.

Der andere Ankömmling stand vor dem Riesen, der ihn um anderthalb Köpfe überragte. Die Körperhaltung des Kleineren aber ließ nicht den geringsten Zweifel aufkommen, dass er das Sagen hatte. Er trug eine schwarze Dominikanerkutte, und seine Gesichtszüge lagen im Schatten einer Kapuze verborgen. Die Hände hatte er in die Ärmel seiner Kutte geschoben.

„Wir sind Pilger und suchen ein Quartier für die Nacht“, erklärte er dem Pförtner mit einer Stimme, die aus einem hölzernen Sarg zu sprechen schien.

„Gewiss, Bruder in Christo.“ Der Pförtner war bemüht, sein Unbehagen zu unterdrücken. „Ein Quartier sollt Ihr haben und eine Mahlzeit dazu.“

„Eine Mahlzeit wird nicht nötig sein“, erwiderte der Dominikaner bestimmt, doch den Tonfall der Höflichkeit wahrend. „Wir sind nicht hungrig. Bitte, wir wollen nur eine Schlafstätte.“

Der andere nickte, schloss die Luke und trat wenige Augenblicke später ins Freie. „Ich geleite Euch in das Gästehaus!“, sagte er mit einer Geste, die sie aufforderte, ihm zu folgen. Sie überquerten den Hof, und erst jetzt merkte der Pförtner, dass der Dominikaner humpelte und beim Gehen auf die tatkräftige Unterstützung des Kolosses angewiesen war. Kein Zweifel, der Mönch war ein Krüppel, und im Stillen fragte sich der Pförtner, weshalb er keine Krücken benutzte. Doch vielleicht war er nach der langen Wegstrecke auch einfach nur müde.

„Wohin pilgert Ihr mit Eurem Gefährten?", fragte der Pförtner über seine Schulter hinweg.

„Nach Santiago", kam es knapp zurück.

Der Pförtner konnte sich einen Ausruf der Überraschung nicht verkneifen. „Ihr wollt nach Santiago?"

„Gewiss, Bruder. Ihr wundert Euch darüber?"

„Nein, aber ... Es ist nur, weil ..."

„Ihr zweifelt daran, dass ein Krüppel wie ich diesen Strapazen gewachsen sein wird. Nun, ich verstehe Eure Bedenken und nehme sie Euch keineswegs übel. Doch seid versichert, dass mein treuer Samson hier dafür Sorge tragen wird, dass ich Santiago noch in diesem Jahr erreichen werde."

„Gewiss, Bruder. Verzeiht mir bitte, ich wollte nicht unhöflich erscheinen."

„Natürlich nicht. Lasst mich Euch noch eine Bitte vortragen. Gebt uns eine einzelne Kammer, wir möchten ungern mit den anderen frommen Pilgern in einem großen Saal übernachten. Dies freilich nicht, weil wir auf ein Sonderrecht pochen, was alles andere als ein gottgefälliges Zeichen der Demut wäre, die ja auf Pilgerreisen mehr denn je im Vordergrund stehen sollte. Vielmehr ist es so, dass ich in allem, was ich tue, auf Samsons gütige Hilfe angewiesen bin. Ich möchte den braven Reisenden ein paar unschöne Anblicke ersparen." Er zog seine Hände, oder vielmehr das, was davon übrig war, aus den Ärmeln seiner Kutte und zeigte die Stümpfe dem Pförtner.

Der war sichtlich erschrocken. Schlagartig wurde ihm klar, weshalb der Dominikaner keine Krücken benutzte. „Selbstverständlich werde ich Euch eine Kammer zuweisen, in der ihr nicht den neugierigen Blicken der anderen ausgesetzt sein werdet", versicherte er beflissen.

Sie erreichten das Gästehaus. Der Pförtner ließ sie eintreten und führte sie einen kurzen Gang entlang, bis sie an eine Tür kamen, die er ihnen öffnete. Drinnen standen zwei Pritschen, ein Tisch, zwei Hocker und eine Holztruhe. An der weißgekalkten Wand hing ein aus Stöcken gebundenes Kreuz. „Ich hoffe, dieses Quartier ist Euch genehm."

„Es ist mehr als genehm, Bruder. Ich danke Euch für Eure Gastlichkeit und Euer Verständnis." Mit seinen Stümpfen streifte er sich die Kapuze vom Kopf.

Der Pförtner blickte in ein hageres, ernstes Gesicht, in dem sich nur schwer das Alter seines Besitzers ablesen ließ. Er versuchte ein Lächeln und schickte sich an, die Gäste sich selbst zu überlassen. Doch noch einmal hielt er inne.

„Und Ihr wollt wirklich nichts essen?“ Gesättigte Pilger, die an die Pforte des Klosters geklopft hatten, waren ihm wahrlich noch selten untergekommen.

„Vielen Dank, Bruder. Wir haben alles, was wir brauchen, und heute haben wir beschlossen zu fasten. Man kann unserem Herrgott nicht wohlgefällig genug sein, nicht wahr?“

Dem Pförtner aber fiel noch etwas ein. „Gleich wird die Glocke zur Komplet läuten. Ihr und Euer Gefährte seid uns in unserer Kirche herzlich willkommen.“

Mit Samsons Hilfe ließ der Dominikaner sich auf eine der Pritschen sinken. „Vielen Dank für die Einladung, Bruder. Aber der Weg hierher hat mich zu sehr angestrengt und ich will heute in dieser Kammer beten.“ Er deutete auf das Kreuz an der Wand. „Sicherlich nimmt unser Herrgott mir das nicht übel.“

„Das glaube ich allerdings auch nicht, seid Ihr doch schon hart genug gegen Euch selbst, Bruder.“ Endlich machte er kehrt und schloss die Tür hinter sich.

Sie warteten, bis seine Schritte auf dem Gang verklungen waren. „Hart gegen mich selbst?“ Der Dominikaner lächelte matt. „Wie siehst du das, Samson?“

Der Riese aus Fleisch und Blut, der bislang geschwiegen hatte, kramte Brot und Speck aus einem Ranzen hervor.

„Eure Angelegenheit, Herr“, erklärte er kurz und orakelhaft.

„Wo sind wir hier eigentlich?“

„Das Kloster nennt sich Schwarzenbroich. Kreuzherren“, fügte er hinzu und schnitt mit einem Messer großzügig eine Scheibe von dem Speck ab.

„Danke, keinen Speck“, winkte der Mönch ab. „Ich habe mich noch immer nicht daran gewöhnt nach all den Jahren im Konvent. Gib mir von dem Brot, das vertrage ich besser.“

Samson gehorchte und reichte ihm ein Stück. Mit seinen beiden Stümpfen, die von einer ledrigen Haut überzogen waren und noch hier und da ein paar klägliche Reste von zangenartigen Fingern offenbarten, griff er danach und hielt es mit für kaum für möglich gehaltener

Geschicklichkeit fest. Einen Moment lang hielt er inne, als spreche er ein kurzes Gebet; dann biss er in das Brot.

„Ich möchte Euch etwas fragen, Herr“, sagte Samson, der sich ebenfalls auf seiner Pritsche niedergelassen hatte und an einem Stück Speck kaute.

„Nur zu, mein treuer Freund.“

„Warum erzählt Ihr den Leuten, dass ihr nach Santiago pilgert? Das erscheint mir wenig glaubwürdig. Warum behauptet Ihr nicht einfach, das Ziel Eurer Wallfahrt sei Aachen? Oder Lüttich?“

„Ist nicht eine Lüge wie die andere?“

„Aber Euer Gebrechen bleibt niemandem verborgen. Vielen mag es wundersam erscheinen, dass Ihr solch eine beschwerliche Wallfahrt auf Euch nehmen wollt. Ihr könntet Verdacht erwecken. Und später wird man sich deshalb leichter an Euch erinnern. Wollt Ihr das wirklich? Dient das den Plänen, die Ihr hegt?“

Die Mundwinkel des Dominikaners zuckten für ein kurzes Schmunzeln. „Mein lieber Samson, du besitzt mehr Klugheit, als man dir bei deinem Furcht erregenden Anblick zutrauen möchte. Nun, vielleicht liegt es tatsächlich in meiner Absicht, dass man sich meiner erinnert.“

„Aber warum nur, Herr? Warum?“

Der Gefragte starrte eine Zeit lang auf das Kreuz. „Weil ich nicht vergessen kann!“, erwiderte er finster. „Und andere sollen es auch nicht! Hilf mir beim Entkleiden, Samson.“

Der Riese gehorchte wortlos.

„Ich möchte dich etwas fragen, Samson“, sagte der Mönch nach einer Weile.

„Gewiss, Herr.“

„Du bist mir bedingungslos ergeben. Warum?“ Etwas Lauerndes lag in seiner Stimme.

„Das fragt Ihr, Herr? Ihr wisst es doch. Meine Treue gilt Euch, weil Ihr mich vor dem sicheren Tod bewahrt habt. Obgleich Ihr mir bis heute die Antwort schuldig geblieben seid, wie Ihr es angestellt habt, mich vor dem Galgen zu bewahren.“

„Unwichtig“, winkte der Mönch ab. „Ein paar Münzen in die richtigen Hände, und jeder Galgenvogel kann wieder fliegen. Doch sage mir, Samson: Würdest du mir diese Treue auch halten, wenn sie deinen Tod bedeutete?“

„Auch dann“, verkündete der Riese im Brustton der Überzeugung.

Wieder legte sich ein kaum wahrnehmbares Lächeln um die schmalen Lippen des Dominikaners. „Das ist gut“, sagte er leise. „Sehr gut, mein lieber Samson.“

Mit ineinander verflochtenen Fingern saßen die beiden Verliebten unter den Eichen am Waldrand, wo sie sich vor Wochen heimlich verlobt hatten, und genossen die Milde der Nacht. Marias Kopf ruhte auf seiner Schulter, ihre Augen waren geschlossen, ihr fein geschwungener Mund zu einem seligen Lächeln verzogen.

„Woran denkst du?“, fragte Reiner.

„Ich denke an uns, an unsere gemeinsame Zukunft, woran wohl sonst?“, antwortete Maria.

„Du glaubst also immer noch daran, dass es für uns eine gemeinsame Zukunft geben wird?“

„Sicher.“ Beinahe erbost verstärkte sie den Druck ihrer Finger. „Du etwa nicht?“

„Manchmal zweifle ich daran“, kam es seufzend zurück.

Sie nahm den Kopf von seiner Schulter und fasste ihn sanft beim Kinn, um ihm besser ins Antlitz schauen zu können. „Du zweifelst? Liebst du mich etwa nicht?“

Der junge Mann schüttelte lachend den Kopf, als habe ihm jemand etwas Verrücktes erzählt. Seine Augen aber blickten ins Leere. „Du weißt, dass ich dich mehr liebe als mein Leben. Nicht mal für Augenlicht würde ich dich tauschen wollen.“

„Nicht mal dann?“, wunderte sich Maria.

„Was nützte es mir, wenn ich den Mond, die Sterne, die Sonne, die ganze Welt sehen könnte, aber du wärest nicht bei mir?“

„Wenn das so ist, glaube ich dir.“ Strahlend lehnte sie sich wieder an ihn. „Und ich würde mein Augenlicht opfern, um dich nicht zu verlieren.“

„Leider nützen uns diese Beteuerungen herzlich wenig. Mein Vater wird gegen unsere Verbindung sein. Und das noch nicht einmal, weil du nicht aus einer ritterlichen Familie stammst, sondern ...“

„... sondern weil mein Vater der Dorfherr von Merode ist, ein bürgerlicher Beamter des Herzogs und deines Vaters Erzfeind obendrein. Ich weiß, ich weiß. Müssen wir das jetzt schon wieder aufrollen?“

„Wenn wir schweigen, wird es sich auch nicht ändern.“

„Psst!" Sie presste einen Finger auf seinen Mund. „Die Zeit wird es richten, davon bin ich überzeugt. Warum sollen wir uns den Abend verderben? Lass uns die milde Luft genießen und den Tieren lauschen."

Seine Hand strich sanft über ihr rabenschwarzes Haar. „Du bist wirklich wunderschön, mein Alles", flüsterte er nach einer Weile. „Warum verschweigst du mir, was dich sonst noch bedrückt?"

„Offenbar hat Gott dir anstatt des Augenlichts seherische Gaben geschenkt."

„Also?"

Sie seufzte und erzählte von ihrem Gespräch mit Prior Anselmus.

„Das tut mir Leid für dich", kommentierte Reiner ihren Bericht mitfühlend. „Der Unterricht hat dir sehr viel bedeutet, nicht wahr?"

Sie nickte, was keine Gedankenlosigkeit war, wusste sie doch, dass Reiner jede Bewegung ihres Körpers spüren konnte.

„Dennoch solltest du dich trösten. Sicher bist du die einzige weibliche Person in der Herrschaft, die lesen und schreiben kann – na ja, von der hochmütigen Gattin des Herrn Konrad vielleicht einmal abgesehen. Ich bin sehr stolz auf dich, mein Alles."

„Wirklich? Das freut mich. Die meisten Männer würden mir die Gelehrsamkeit rausprügeln. Oder mich sogar als Hexe betrachten."

„Als Hexe?" Reiner lachte laut. „Das wäre ja eine infame Unterstellung. Außerdem glaube ich kaum, dass du es dir ohne weiteres gefallen lassen würdest, wenn dir jemand die Gelehrsamkeit rauszuprügeln versuchte. Dazu bist du viel zu stolz."

„Manchmal", erwiderte sie stockend, „manchmal reicht Stolz allein aber nicht aus, um der Willkür anderer zu entgehen."

„Was meinst du?"

Sie ließ einige Augenblicke verstreichen, bevor sie mit einer Gegenfrage antwortete.

„Glaubst du an Hexen?"

„Ich?" Zweifelnd, ob diese Frage wirklich ernst gemeint war, begann er abermals zu lachen. „Natürlich. Die alte Sibylle war doch eine. Sagte man zumindest."

„Unsinn. Nur, weil sie eine Hebamme war und Kräuter sammelte, war sie noch längst keine Hexe. Außerdem ist sie tot, und über Tote sollte man nicht schlecht sprechen. Also, glaubst du an Hexen?"

„Wenn du mir verrätst, was du unter einer Hexe verstehst, will ich versuchen, dir zu antworten."

„Stell dir vor, ein Mann wird morgens tot in seinem Bett aufgefunden. Nicht die kleinste Verletzung ist an seiner Leiche zu entdecken. Sein Eheweib hat die Nacht über neben ihm gelegen. Nun bezichtigt man sie des Mordes. Mit Hilfe von Gift habe sie ihren Mann umgebracht. Außerdem ist sie beobachtet worden, wie sie durch die Lüfte flog. Es gibt Leute, die sind überzeugt, der Teufel habe bei dieser Geschichte seine Hand im Spiel. – Nun, was von alldem würdest du glauben?"

Reiner rieb sich nachdenklich das Kinn. „Schwer zu sagen. Möglich, dass sie ihn wirklich vergiftet hat. Aber das lässt sich sicher auch ohne die Hilfe des Teufels bewerkstelligen. Und ob sie durch die Lüfte geflogen ist, vermag ich nicht zu beurteilen. Ich habe noch nie jemanden durch die Lüfte fliegen sehen."

„Ich auch nicht", stimmte Maria zu.

„Also, sprich: Was hat es mit dieser Geschichte auf sich?"

Maria zögerte.

„Sprich, mein Alles, denn ich ahne, welche Gedanken durch deinen Kopf schwirren."

„Du ahnst es?"

„Sagtest du nicht selbst, dass ich hellseherische Fähigkeiten besitze? Also, wann und wo ist dieser Giftmord geschehen?"

„Gestern, in Nideggen. Ich hörte, wie der gute Didi darüber berichtete."

„Und jetzt brennt es unter deinen Nägeln. Gern würdest du dieser Sache auf den Grund gehen, nicht wahr? Nun, ich rate dir dringend davon ab."

„So? Und weshalb?"

„Weil es nicht zu deinen Aufgaben zählt, diese Fragen zu klären. Nicht mal deinen Vater ginge das etwas an. Sicher sind längst fähige Menschen mit der Aufklärung des Mordes betraut – wenn es denn wirklich ein Mord war."

„Ein Inquisitor, der zufällig auf der Burg weilt, hat sich der Sache angenommen."

„Umso besser. Wer sonst als ein Inquisitor wäre wohl besser in der Lage, die Wahrheit herauszufinden?"

„Die Methoden der Inquisitoren sind äußerst fragwürdig. Manchmal pressen sie Geständnisse mit Folterungen aus den Verdächtigen heraus."

„Wer sagt das?"
„Bruder Benedikt."
„Ich könnte mir vorstellen, dass Bruder Benedikt dir verboten hat, über diese Dinge zu sprechen."
Marias dunkelbraune Gesichtshaut wurde puterrot, was selten genug geschah. „Ich hasse es eben, Geheimnisse vor dir zu haben. Du bist der wichtigste Mensch in meinem Leben."
„Danke, mein Alles, ich glaube dir. Aber trotzdem führst du etwas im Schilde: Du willst nach Nideggen, und du willst, dass ich mit dir komme ..."
Sie legte die Hände auf seine Schultern und kniete sich vor ihn. „Ach, bitte, Liebster."
„Manchmal bist du wirklich verrückt. Was versprichst du dir von einer solchen Reise?"
„Vielleicht finde ich die Wahrheit heraus."
„Wozu der Inquisitor ja nicht in der Lage ist ... Sicher warten sie schon ungeduldig auf dich."
„Jedenfalls werde ich keine Folterwerkzeuge gebrauchen."
Reiner seufzte aus tiefster Brust. „Ich nehme an, dass nichts auf der Welt dich dazu bewegen wird, dein törichtes Vorhaben aufzugeben."
„Nichts", nickte Maria.
„Eigentlich müsste ich sofort deinen Vater darüber informieren. Er würde es nicht zulassen, dass du deine Nase in diese Angelegenheit steckst."
„Was du aber nicht tun wirst, weil du mich liebst."
„Ich müsste es tun, weil ich dich liebe."
„Wirst du mit mir kommen oder nicht?"
„Was bleibt mir übrig? Ich hätte keine ruhige Sekunde mehr, ließe ich dich allein gehen."
Sie beugte sich vor und küsste ihn auf den Mund. „Ich liebe dich, ich liebe dich", jubelte sie. „Und gleich morgen früh reiten wir los, ja? Noch bevor die Sonne aufgeht."
„Ich muss wahnsinnig sein."
„Nein, das bist du nicht. Du bist der liebste, der teuerste Mensch der Welt. Wir treffen uns hier zur ersten Stunde, abgemacht?"
„Wie ich schon sagte: Was bleibt mir übrig?"

In der Nacht fand sie nicht eine Minute Ruhe. Den Kopf voller Gedanken, wälzte sich Maria auf ihrem Bett, fürchtend, sie könne in tiefe Träume versinken und den Zeitpunkt ihres Aufbruchs verschlafen. Außerdem war ihr ein Gedanke gekommen, der sie nicht mehr losließ. Endlich – draußen herrschte noch finstere Nacht – schwang sie sich entschlossen aus ihrem Bett, entledigte sich des Schlafgewandes und schlüpfte in ihre Kleidung. Still verließ sie ihre Kammer und das Haus, sorgsam darauf bedacht, den Rest der Familie nicht zu wecken. Eine nicht zu unterschätzende Schwierigkeit bestand nun darin, Platon zu satteln und aus dem Stall zu führen, ohne dass dieser ein protestierendes Gewieher von sich gab, denn selbst dem Fuchs musste klar sein, dass es bis zur Morgendämmerung noch das eine oder andere Stündchen dauern würde. Nach gutem Zureden beließ Platon es zu Marias Erleichterung bei einem verärgerten Schnauben, und schließlich befanden sie sich auf der Dorfstraße, ohne dass im Haus des Dorfherrn jemand ihren nächtlichen Aufbruch bemerkt hätte. Sie führte den Fuchs noch ein Wegstück lang am Zügel; erst als sie den Hahndorn erreichten, stieg sie in den Sattel und ritt los, in den nächtlichen Wald hinein ...

Die Mitbrüder hatten die Kirche nach der Laudes verlassen, um ihrem Tagewerk nachzugehen. Bruder Benedikt aber kniete, wie er es immer tat, noch eine Weile auf seinem Betstuhl. Heute jedoch fehlte es ihm an echter Andacht, um den Schöpfer gebührend zu preisen. Seine Gedanken weilten anderswo, er vermochte sich nicht dagegen zu wehren. Heute würde Maria, die er so sehr in sein Herz geschlossen hatte, nicht in seiner Bibliothek erscheinen, um ihren sagenhaften Wissensdurst zu stillen. Nie wieder würde sie kommen, die Umstände erforderten es halt so.

Auch Mönche waren nur Menschen, und junge Novizen erst recht. Das Leben, vor allem das klösterliche Leben, war nicht einfach, auch wenn viele Besserwisser, die in den Klosterbrüdern nichts anderes als Weltflüchtige sahen, etwas anderes behaupteten. Nun, er selbst war nicht mehr der Jüngste, hatte die Begierden seines Fleisches längst gezügelt. Er konnte in Maria nichts anderes sehen, als ein Mädchen, das ebenso gut seine Tochter, ja seine Enkelin hätte sein können. Doch dies spielte keine Rolle, Maria würde nicht mehr kommen. Dies zu realisieren würde ihm schwer fallen.

„Herr“, besann er sich flüsternd, auf das Kreuz in der Apsis schauend, „Herr, stehe ihr bei und leite sie, damit sie keine gefährlichen Pfade beschreitet. Verzeihe ihr den Hochmut, den sie manchmal an den Tag legt, denn sie ist ein guter, kostbarer Mensch. Und segne sie, segne sie dereinst mit einem lieben Mann und vielen Kindern, denn sie verdient ein glückliches Leben, nachdem sie als Kind so viel Leid erfuhr. Auf dass sie dir wohlgefällig bleibt ...“ Sein Blick senkte sich nun auf seine gefalteten Hände, und sein Flüstern verwandelte sich in ein Murmeln, als spreche er nun mit sich selbst. „... auch wenn sie manchmal Meinungen äußert, die sie besser für sich behalten sollte.“

Er schlug das Kreuz und erhob sich seufzend von seinem Betstuhl, um nun ebenfalls das Gotteshaus zu verlassen. Als er den Kreuzgang betrat, sog er die frische Morgenluft in sich hinein. Endlich, nach all den kalten Wochen, hielt der Frühling nun Einzug, mächtig und unaufhaltsam. Erste Streifen der Morgendämmerung zeigten sich am Himmel und Vögel sangen frühe Lieder. Benedikt schob die Hände in die Ärmel seiner Kutte und schickte sich an, seine Bibliothek aufzusuchen, wo zum Wohle der Bücher – dem einkehrenden Frühling zum Trotz – das Kohlebecken neue Nahrung benötigte. Ein Geräusch ließ Benedikt inne halten.

„Psst!“, machte jemand, der offenbar hinter dem knospenden Holunderstrauch des vom Kreuzgang umspannten Gartens hockte.

Angestrengt spähte Bruder Benedikt durch das Geäst des Strauches. „Maria!“, entfuhr es ihm.

Sie trat hervor und näherte sich mit zwei flinken, leisen Sätzen dem verblüfften Bruder, der nervöse Blicke in alle Richtungen warf, um sich zu vergewissern, dass niemand sie beobachtete.

„Bist du verrückt?“ Trotz seiner unverkennbaren Wiedersehensfreude fiel ihm keine andere Begrüßungsformel ein.

„Seltsam, seit gestern seid Ihr schon der Zweite, der mich das fragt.“

„Und offenbar aus gutem Grund. Was machst du hier, meine Tochter? Wenn der Prior dich sieht, wird er nicht gerade begeistert sein.“

„Seid unbesorgt, Bruder, ich will mich nicht lange hier aufhalten.“

„Was sicher auch wenig ratsam wäre. Anselmus hasst Ungehorsam wie der Teufel das Weihwasser.“

„Nur eine Frage“, sagte Maria flehend.

Benedikt war beinahe unfähig, der Tochter des Meroder Dorfherrn böse zu sein. Auch schaffte er es nicht, sich des Schmunzelns zu erwehren, das seine hohen Wangenknochen noch viel deutlicher zur Geltung brachte.

„Ich bin schon sehr gespannt, welche Frage dich mitten in der Nacht in den Wald treibt."

„Glaubt Ihr an Hexen?"

Er runzelte die Stirn. „Hexen?", fragte er ungläubig.

„Ja, Hexen! Glaubt Ihr, dass es Menschen gibt, die mit dem Teufel im Bunde stehen und bösen Zauber über andere bringen können?"

Benedikt reckte beschwörend seine Hände in die Höhe. „Oh, Herr. Offenbar ist mein Gebet noch nicht bei dir angekommen."

Verwirrt folgte sie seinem Blick in den Himmel. „Wie?"

„Was, bei allen Märtyrern, hast du mit Hexen zu schaffen?"

„Glaubt Ihr an sie oder nicht?"

„Ich bin noch niemals einer Hexe begegnet. Jedenfalls nicht, dass es mir bewusst gewesen wäre."

„Also glaubt Ihr nicht an sie?"

„Das habe ich nicht behauptet. Im Alten Testament ist des Öfteren von Zauberern die Rede."

„Was sagen die Kirchenväter und die Gelehrten dazu?"

Benedikt überlegte. „Nun, Augustinus zum Beispiel war von der Existenz finsterer Wesen in Menschengestalt überzeugt, ebenso wie viele andere Heilige, die sogar von Erlebnissen mit Zauberern und Dämonen berichteten. Ein Albertus Magnus dagegen war zurückhaltender ..."

„Aber was ist Eure Meinung dazu?"

„Kind Gottes, was scherst du dich um die Meinung eines unbedeutenden Mönches?"

„Sie ist mir einiges wert, Bruder! Und für mich seid Ihr alles andere als unbedeutend." Sie lächelte ihren ehemaligen Mentor betörend an, sodass dieser nicht umhin konnte, es ihr gleichzutun.

„Ich weiß nicht, ob es Zauberer und Hexen gibt, meine Tochter. Und ich bin auch wenig geneigt, mir ernsthaft Gedanken darüber zu machen. Gewiss, es mögen finstere Kräfte unter uns walten, doch wir sollten auf Gott vertrauen und stark im Glauben sein, damit wir von Not und Übel verschont bleiben."

Maria konnte ihre Enttäuschung über diese Antwort nur unzureichend verbergen. Benedikt merkte es und legte seine Hände auf ihre Schultern.

„Meine Tochter!"

Sie mied seinen Blick.

„Ich hoffe nur, dass du nicht selbst in dieser Sache forschen willst. Es wäre nicht gut für dich. Und es könnte gefährlich sein."

Als sie schwieg, rüttelte er sie sanft.

„Willst du mir nicht antworten?" Eine dunkle Ahnung hatte ihn befallen.

Endlich rang sie sich durch, ihr Schweigen zu brechen. „Und wenn ich durch entsprechende Forschungen eine Unschuldige vor der Verurteilung bewahren könnte?"

„Berichte! Was ist geschehen?"

Sie erzählte ihm in knappen Sätzen, was in Nideggen vor sich gegangen war. Benedikt erbleichte.

„Ein Inquisitor? Dann halte dich zurück. Er wird die Wahrheit schon herausfinden, schließlich ist er sehr sachkundig in Fragen des Glaubens."

„Seid Ihr da sicher? Glaube und Wahrheit – wie oft schon haben wir darüber disputiert ..."

„Versprich mir, dass du dich da heraushalten wirst."

„Das kann ich nicht, Bruder!"

Er schüttelte resignierend den Kopf. „Dann kann ich nichts anderes tun, als für dich zu beten."

„Bitte, tut das, Bruder." Sie stellte sich auf die Fußspitzen und küsste ihn auf die Wange. „Ich danke Euch für alles, was Ihr mich gelehrt habt. Ich muss jetzt gehen."

„Und ich werde wieder meinen Betstuhl aufsuchen, um sogleich mit den Gebeten zu beginnen."

„Ich bin sicher, dass wir uns wiedersehen werden, Bruder Benedikt."

Sie schaffte es, ungesehen von den anderen Brüdern, bis vor das Tor zum Klosterhof zu gelangen. Die Morgendämmerung hatte längst eingesetzt; sicher wartete Reiner schon seit geraumer Zeit an den Eichen. Nun musste sie sich sputen.

Die beiden Männer, die ebenfalls soeben den Klosterhof verließen, erweckten ihre Aufmerksamkeit. Der eine, ein wahres Gebirge aus Fleisch, griff dem anderen, der die Kutte eines Mönches trug und offenbar verkrüppelt war, stützend unter die Arme. Einen winzigen Augenblick nur begegnete sie dem Blick des Mönches und schrak unwillkürlich zurück, ohne dass sie genau hätte sagen können, weshalb. In seinen Augen hatte sie gnadenlose Leidenschaft erkannt. Ja, gnadenlose Leidenschaft, etwas Treffenderes fiel ihr zur Beschreibung dieser Augen nicht ein. Sie schwang sich auf Platons Rücken und ritt im Galopp davon.

Reiner, der nervös und schwertgegürtet auf seinem Schimmel saß, hörte sie kommen und atmete auf.

„Da bist du ja endlich. Ich dachte schon, dein Vater hätte dich auf der Flucht ertappt und dir den Hintern versohlt. Was, wenn ich's mir recht überlege, vielleicht die beste Lösung gewesen wäre ..."

„Hättest du gern, wie? Nein, ich hatte noch eine Angelegenheit auf Schwarzenbroich zu erledigen."

„Du warst auf Schwarzenbroich? Mitten in der Nacht? Allein? Weißt du eigentlich, was dir alles hätte passieren können?"

„Mir passiert schon nichts."

„Das sagte schon die Maus, bevor sie aus ihrem Loch kroch und von der Katze gefressen wurde. Im Wald treibt eine Bande von Strauchdieben ihr Unwesen, sie hätten dich leicht ..."

„Haben sie aber nicht, mein Herz."

„Und was um alles in der Welt hattest du so früh schon auf Schwarzenbroich verloren? Nein, lass mich raten: Bruder Benedikt! Wie könntest du jemals etwas unternehmen, ohne ihn um seine Meinung gefragt zu haben."

„Seine Meinung ist mir wichtig, in der Tat." Sie lenkte Platon neben Reiners Schimmel und küsste den Geliebten auf den Mund. „Ebenso wie die deine."

„Meine Meinung hat dir offenbar nicht imponiert, sonst wären wir jetzt nicht hier. Und Bruder Benedikt hat dir bestimmt auch nicht geraten, nach Nideggen zu reiten, um dort deine Nase in Angelegenheiten zu stecken, die dich nichts angehen."

„Ich liebe dich, mein Held. Und jetzt lass uns losreiten, damit wir Nideggen noch vor Mittag erreichen!"

5

Als der Wald sich vor ihnen lichtete, waren die Türme der Burg das Erste, was sie von Nideggen ausmachen konnten. Majestätisch ragte das Bauwerk in den Himmel, wo inzwischen ein paar graue Wolken aufgetaucht waren. Bald würde es zu regnen beginnen.

Sie hatten noch eine leichte Anhöhe zu bewältigen, bevor sie schließlich, von zwei Wächtern argwöhnisch beäugt, durch das Dürener Tor in die Stadt einritten, in der betriebsame Menschen ihrem Tagewerk nachgingen. Karren polterten, Händler schrien, Weiber palaverten, Hammerschläge ertönten, Hunde bellten – und Männer des Herzogs patrouillierten.

Maria hatte, um Neugier und Verwunderung der Leute nicht unnötig aufzuheizen, ihre langen Haare größtenteils unter einem weiten, braunen Übermantel verborgen, sodass man sie auf den ersten Blick auch für einen Mann hätte halten können. Um nicht von jedem begafft zu werden, war es erfahrungsgemäß sinnvoll, völlig unauffällig zu erscheinen – vor allem, wenn man die Absicht hatte, in einer heiklen Angelegenheit zu schnüffeln.

Ein Bursche in einem vor Dreck starrenden Wams eilte beflissen und bot an, sich um ihre Pferde zu kümmern, während sie in der Stadt zu tun hatten. Dankend nahmen sie an. Maria drückte ihm lächelnd zwei Münzen in die Hand und der Bursche errötete, freilich nicht des Geldes wegen. Stotternd erklärte er ihnen, wo sich der Stall befand, in den er die Tiere zu bringen gedachte und versprach, sie nicht nur zu füttern und zu tränken, sondern auch zu striegeln. Dann verschwand er, Fuchs und Schimmel an den Zügeln hinter sich herführend.

„Warum ist der Kerl eigentlich rot geworden?", fragte Reiner mit säuerlicher Stimme.

„Ist er das? Habe ich gar nicht gemerkt", antwortete Maria schulterzuckend.

„Erstaunlich, dass dir selbst das nicht entgangen ist!"

„Rot wie ein Feuerball!"

„Also gut, dann ist er eben rot geworden. Vielleicht ist er ja ein wenig ängstlich, der Ärmste."

„Von wegen ängstlich. Es war wegen dir!"

„Wegen mir? Und wenn's so wäre?"

„Passiert dir das oft?"

„Was?"

„Dass die Männer rot werden, wenn sie dich sehen."

„Bisher habe ich nie darauf geachtet. Dazu bedurfte es erst eines eifersüchtigen Geliebten, der zwar blind ist, doch offenbar mehr wahrnimmt, als ich selbst mit meinen sehenden Augen. Woher zum Teufel wusstest du, dass er rot geworden ist?"

„Du hast es also doch gesehen! Dass er rot geworden ist!"

„Du willst mir nicht verraten, woran du es gemerkt hast?"

„Ich spüre es eben. Ein Gefühl. Eine Eingebung. Intuition!"

„Ach so. Dann hoffe ich nur, dass Gefühl, Eingebung und Intuition dich auch spüren lassen, wie sehr ich dich liebe. Und dass es nicht den kleinsten Grund zur Eifersucht für dich gibt. Ich gehöre dir und niemandem sonst. Und ich glaube fest daran, dass eine höhere Macht uns füreinander bestimmt hat."

Beschämt ließ Reiner den Kopf hängen. „Das glaube ich auch", erwiderte er kleinlaut. „Verzeih mir. Es ist das erste Mal, dass ich mit dir unterwegs bin. Bisher waren wir immer allein, wenn wir uns trafen. Ich muss mich noch daran gewöhnen, dass es auch noch eine Welt um uns herum gibt."

„Und was für eine! Eine Welt, in der Frauen in Verliesen schmachten, obwohl ihre Schuld in Frage steht."

Reiner seufzte. „Ich war schon der vagen Hoffnung erlegen, du hättest es dir unterwegs anders überlegt. Wirklich eine blödsinnige Hoffnung. Ich hätte es besser wissen müssen."

„Mach dir nichts daraus, deine Intuition kann ja nicht immer funktionieren."

„Wir sind also jetzt in Nideggen. Wie geht es weiter?"

Maria betrachtete nachdenklich den grauen Himmel. „Gleich wird es regnen. Deshalb sollten wir erstmal in ein Wirtshaus einkehren. Du bist doch auch hungrig, oder? Mit etwas Glück können wir uns derweil einen ersten Überblick über die Geschehnisse verschaffen. Wo sonst, außer in einem Wirtshaus, wäre wohl eine geeignete Sammelstelle für Nachrichten aller Art?"

Reiner kam die Meroder Dorfschänke in den Sinn. „Ja, vor allem für Klatsch und Tratsch. Wie im ‚Carolus Magnus'."

Sie griff nach seiner Hand und führte ihn über die Straße, auf der die Betriebsamkeit ob des drohenden Regens allmählich erstarb. „Mach dir keine Gedanken, mein Herz. Ich werde den Tratsch schon von den wirklich wichtigen Mitteilungen zu trennen wissen. Komm, da vorn gibt es eine Schänke."

Obwohl es noch nicht Mittag war, zeigte sich die Wirtsstube im ‚Goldenen Schwein' recht gut gefüllt. Vor allem Händler und Bauern aus der Umgebung mochten es sein, die dort an den Tischen hockten und aßen und tranken und schwatzten. Der Geruch von Braten und Pasteten erfüllte die Stube und ließ den Eintretenden das Wasser im Munde zusammenlaufen. Hinter einem Schanktisch stand der Wirt, ein dürres Männlein mit eingefallenen Wangen und lichtem Haar. Mit einer einladenden Geste deutete er auf einen noch unbesetzten Tisch im hinteren Teil der Stube. Als Maria und Reiner Platz genommen hatten, eilte die Wirtin herbei und erkundigte sich nach den Wünschen der beiden jungen Leute. Sie stellte das genaue Gegenteil ihres dürren Gatten dar, war groß, wohlbeleibt und besaß ein gewaltiges rotes Vollmondgesicht. In diesem aber funkelten ein paar lustige, freundliche Augen.

„Was könnt Ihr uns empfehlen?", fragte Maria, die sich Mühe gab, ihre Stimme so dunkel wie möglich klingen zu lassen, obwohl sie selbst nicht genau wusste, was sie sich davon versprach.

„Das kommt darauf an, wie Ihr es mit der Fastenzeit haltet", erwiderte sie und kniff verschwörerisch ein Auge.

„Nun, wir sind einige Stunden geritten und sehr hungrig. Ich glaube, dass der Herrgott nichts dagegen hat, wenn wir uns ordentlich stärken, denn es liegt vor allem in seinem Interesse, dass wir unseren Aufgaben in der Stadt nachkommen können."

Maria hatte mit dieser wichtigtuerischen Behauptung ihr Ziel erreicht. Neugier begann sich in dem runden Gesicht der Wirtin abzuzeichnen.

„Das müssen ja wichtige, gottgefällige Aufgaben sein", sagte sie in der Hoffnung, dass sie mehr darüber erfahren würde. Maria aber zog es vor, sie erst einmal auf die Folter zu spannen.

„Also, was empfehlt Ihr uns?"

„Unseren Wildschweinbraten natürlich. Gewürzt mit seltenen Kräutern, wie man sie in Nideggen nur im ‚Goldenen Schwein' genießen kann. Und dazu Kraut aus dem Fass, köstlich, sage ich Euch. Oder Ihr probiert unsere vorzüglichen Pasteten. Der Herzog selbst bestellt sie täglich bei uns; der gute Wilhelm weiß eben, was schmeckt. Vielleicht wollt Ihr aber auch lieber ..."

„Schon gut", unterbrach Maria den Wortschwall der Wirtin, „bringt uns die Pasteten und etwas Kraut dazu. Außerdem zwei Becher Wein, aber verdünnt, wenn ich bitten darf." Sie versetzte ihrem Geliebten einen leichten Tritt gegen den Fuß. „Ihr wollt doch auch die Pasteten, nicht wahr, Schreiberling?"

„Wie? Sicher."

Die Wirtin, plötzlich unerwartet wortkarg, nickte verwirrt und zog sich zurück.

„Wirklich sehr klug von dir", ächzte Reiner, „mich als Schreiberling zu bezeichnen. Das ist ja so, als würde man einem Tauben ein Lied pfeifen ..."

„Zugegeben", gestand Maria kleinlaut, „ich habe mich versprochen. Ich habe es einfach nicht über die Lippen gebracht, dich als meinen Lakaien auszugeben."

„Wäre aber glaubhafter gewesen. Davon abgesehen, welche vornehme Dame behauptest du eigentlich zu sein? Einen Schreiberling könnte sich allenfalls ein hochwohlgeborenes Adelsfräulein leisten."

„Lass dich nur überraschen."

„Ich kann es kaum erwarten, noch mehr Blut und Wasser zu schwitzen."

„Mein Herz, beruhige dich. Ich weiß, was ich tue. Die Wirtin ist eine sehr geschwätzige Person. Von ihr werden wir uns das Neueste vom Neuen berichten lassen."

Nach einer Weile kehrte die Wirtin zurück und brachte das Bestellte. Köstlich stieg der Duft der Pasteten in die Nasen der beiden jungen Leute. Noch bevor sie anfangen konnten zu essen, beschloss die Wirtin, die Frage loszuwerden, die ihr wie ein glühendes Stück Kohle auf der Zunge brannte.

„Und ... Ihr seid wirklich ein Schreiber, Herr?"

„Wie? Aber ja doch." Reiner bemühte sich, recht gleichmütig dreinzuschauen.

„Aber Ihr seid doch ... ich meine, versteht mich nicht falsch, aber ... wie könnt Ihr ..."

„Wie ich trotz meiner Blindheit schreiben kann? Übung, werte Frau, jahrelange Übung. Und die Hilfe Gottes ist selbstverständlich auch vonnöten."

„Ach so."

„Meine Herrin, die edle Äbtissin Maria, ist jedenfalls sehr zufrieden mit mir."

Maria verschluckte sich an ihrem Wein. „Ja, das bin ich", brachte sie schließlich keuchend hervor.

Abermals schien es der Wirtin die Sprache zu verschlagen. Skeptisch musterte sie Maria von oben bis unten. Maria kam ihrer Frage zuvor.

„Unser Auftrag hier ist geheim", erklärte sie flüsternd und warf verstohlene Blicke nach rechts und nach links. „Deshalb bin ich gezwungen, auf meine Ordenstracht zu verzichten. Lasst Euch durch meine Perücke nicht täuschen."

„Ich verstehe", erwiderte die Wirtin, doch ihre Augen verrieten, dass sie das eben nicht tat.

„Ihr werdet doch schweigen, Frau Wirtin?"

„Aber gewiss doch, ehrwürdige Mutter." Sie nickte betulich und verschwand.

„Was sollte dieser Quatsch mit der Äbtissin?", zischte Maria ihrem Liebsten zu.

„Wieso? War das nicht gut?"

„Nein, ganz und gar nicht."

„Dann verzeih mir. Ich habe mich versprochen. Habe es nicht über die Lippen gebracht, dich als meine Geliebte zu bezeichnen."

„Zum Glück, denn dann hätten wir gleich die Segel streichen können. Wahrscheinlich grübelt die Wirtin gerade darüber nach, wie eine Äbtissin wohl an diese dunkle Hautfarbe gekommen sein mag."

„Wahrscheinlich durch harte Gartenarbeit."

„Sehr komisch." Der Debatte vorläufig überdrüssig widmete sie sich hungrig ihrer Pastete und überhörte Reiners nörgelndes Gemurmel.

Als sie schließlich die geleerten Holzteller von sich schoben, ließ die Wirtin sich wieder blicken. Sie wirkte immer noch ein wenig indigniert; nun galt es, ihre natürliche Neigung zur Gesprächigkeit noch einmal zu wecken und ihr Vertrauen zu erwerben. Der forschende Blick, den der dürre Wirt ihnen vom Schanktisch herüberwarf, ließ allerdings vermuten, dass seine Frau es mit ihrem Versprechen, Stillschweigen zu wahren, nicht so genau genommen hatte.

„Das Essen war sehr gut", lobte Maria und nickte der Wirtin zu.

„Danke, ehrwürdige Mutter."

„Wie Ihr Euch vorstellen könnt, sind wir im Kloster weniger schmackhafte Speisen gewöhnt. Aber was soll's, von Zeit zu Zeit sollte man sich auch mal etwas Gutes gönnen, ob Fastenzeit oder nicht. Auf der Hochzeit zu Kanaan wird man unserem Herrn sicherlich auch nicht Brot und Wasser aufgetischt haben, denkt Ihr nicht auch? Ich meine ... nachdem unser Herr das Wasser in Wein umgewandelt hatte ..."

„Ganz Eurer Meinung, ehrwürdige Mutter." Sie machte Anstalten, den Tisch abzuräumen, doch Marias Hand legte sich sanft auf die ihre.

„Ich hoffe doch sehr", flüsterte sie geheimnisvoll, „dass Ihr nicht auch von der Furcht ergriffen seid, die viele andere Menschen dieser Stadt erfüllt."

„Wie?"

Ihr Flüstern wurde eindringlicher. „Diese Geschichte mit der jungen Bäckersfrau, die ihren Gatten vergiftet haben soll ..."

„Ach das", begriff die Wirtin und blinzelte skeptisch.

„Jetzt habe ich doch glatt ihren Namen vergessen. – Herr Reiner!"

„Äh, ihr Name ist ..."

„Mechthild", half ihm die Wirtin.

Maria nickte. „Mechthild. Was haltet Ihr von dieser Sache, werte Frau Wirtin? Glaubt Ihr, dass es Mord war?"

Das Eis war noch längst nicht gebrochen, im Gegenteil. Dass Fremde sie zu einer Stellungnahme zu dem rätselhaften Todesfall aufforderten, über den selbst die Nideggener nur hinter vorgehaltener Hand sprachen, änderte nicht das Geringste an ihrer Verschlossenheit. Maria und Reiner merkten gleichzeitig, dass es neuer Argumente bedurfte, um sie zum Reden zu bewegen. Reiner war der Schnellere der beiden.

„Ihr müsst wissen, dass die ehrwürdige Äbtissin Maria eine Tochter des auf der Burg weilenden Inquisitors ist."

„Eine Nichte", korrigierte ihn Maria streng und zog eine Grimasse, in der Hoffnung, dass Reiner dies intuitiv zur Kenntnis nahm.

„Natürlich. Bitte verzeiht mir meinen törichten Versprecher, ehrwürdige Mutter."

„Ihr seid eine Nichte des Bernhard von Marburg?", fragte die Wirtin respektvoll, beinahe ängstlich, jedenfalls keineswegs aufgeschlossener.

„Das bin ich. Mein Onkel, der sich des Falles angenommen hat, bat mich, bei den Leuten in der Stadt ein wenig zu horchen. Aber seid unbesorgt, jedes Wort, das Ihr mit mir sprecht, wird vertraulich behandelt. Euer Name wird nirgends erwähnt werden, und niemand, den wir befragen, wird seine Aussagen zu Protokoll geben müssen."

Dieses Versprechen überzeugte sie. „Jetzt verstehe ich", verkündete sie, wie von einer schweren Last befreit. Endlich begann sie aufzutauen. „Ehrlich gesagt, kam es mir etwas merkwürdig vor, dass ... aber Ihr habt es mir ja nun erklärt, ehrwürdige Mutter. Verzeiht, wenn ich ein wenig abweisend gewirkt haben sollte, das ist eigentlich niemals meine Art."

„Das glaube ich Euch aufs Wort, Frau Wirtin."

„Seitdem der Inquisitor auf der Burg weilt, ist man in der Stadt eben vorsichtiger geworden ..." Sie stockte und schlug sich eine Hand vor den Mund.

Maria lächelte begütigend. „Mein Onkel ist kein Unmensch, Frau Wirtin. Leider sehen die meisten Menschen in ihm nur den strengen Richter. Keiner leidet mehr darunter als mein werter Onkel selbst. Dabei will er doch nur das Beste für die Seelen der Menschen."

„Gewiss, ehrwürdige Mutter. Und Ihr werdet meinen Namen Eurem Onkel gegenüber wirklich nicht erwähnen?"

„So wahr ich hier sitze, Ihr habt mein Versprechen. Warum setzt Ihr Euch nicht einfach zu uns an den Tisch?"

Die Wirtin ließ ihren Blick durch die Gaststube schweifen. „Na ja, eigentlich muss ich ..."

„Nur ein paar kurze Fragen", erklärte Maria und zog sie mit sanfter Gewalt auf einen Hocker. Die Wirtin schwankte zwischen dem Entzücken, ihrem Hang zur Gesprächigkeit frönen zu können, und einem letzten Unbehagen.

„Glaubt mir, Ihr tut ein gottgefälliges Werk, wenn Ihr uns ein paar kleine Auskünfte gebt", versicherte ihr Maria. „Also, was wisst Ihr über jene Mechthild?"

„Ein stilles Wasser", sagte die Wirtin, „schweigsam und verschlossen. Um nicht zu sagen: ein wenig merkwürdig."

„Seid so gut und erläutert uns das."

Die Wirtin beugte sich vor, sodass ihr gewaltiger Busen auf den Tisch zu liegen kam, was Maria einen Moment lang fürchten ließ, dieser müsse unter einer solchen Last zusammenbrechen.

„Ich bin weiß Gott nicht redselig", begann sie.

„Selbstverständlich nicht", nickte Maria.

„Aber dieses Bäckerweib machte so gut wie nie ihren Mund auf. Allenfalls mal einen Gruß, ansonsten schwieg sie. Auch mit den anderen Frauen in der Stadt kam sie nie ins Gespräch, sodass sie allmählich von allen gemieden wurde. Sie war wirklich sehr seltsam."

„Ihr redet von ihr, als weilte sie schon nicht mehr unter den Lebenden."

„Wird sie auch nicht mehr lange, wenn Ihr mich fragt."

„Warum glaubt Ihr das?"

„Im Mund des Toten, so weiß man, fanden sich Spuren von Gift. Mechthild hat ihren Gatten umgebracht, davon bin ich überzeugt. Anfangs dachte ich, sie sei vielleicht ein wenig krank im Kopf. So wortkarg kann doch kein Mensch sein, habe ich gedacht. Doch jetzt verstehe ich einiges: Sie stand unter dem Einfluss des Teufels. Vielleicht konnte das bedauernswerte Geschöpf noch nicht mal etwas dafür, vielleicht hat der Leibhaftige sich ja das schwächste Geschöpf in der Stadt zu seinem Instrument erwählt."

„Hm! Und warum glaubt Ihr, dass es der Hilfe des Teufels bedurfte, um den Bäcker umzubringen?"

„Aber das wisst Ihr doch sicher besser als ich", erwiderte die Wirtin und blinzelte verständnislos. „Der Sohn des Bäckers hat ihn doch selbst gesehen, den Fürst der Hölle ..."

„Ich weiß, aber es ist mir wichtig zu erfahren, was die Leute in der Stadt wissen und erzählen. Meinem Onkel liegt es sehr am Herzen, Wahres von Unwahrem zu trennen."

„Na, der junge Wilfried hörte halt nachts diese unheimlichen Geräusche aus der Kammer seiner Eltern. Schreie, Gelächter, Poltern! Also ist er hingegangen, um nachzusehen. Als er eintrat, sah er seine Stiefmutter, nackt wie Eva, die neben dem Bett kniete und ...", sie schlug ein hastiges Kreuz, „... und den Teufel – lieber Gott, ich wäre entweder vor Schreck oder vor Scham tot umgefallen – den Teufel auf den Hintern küsste. Und im Bett lag der Alte, tot wie das Kaninchen in der Bärenhöhle. Als der Teufel den entsetzten Wilfried im Türrahmen stehen sah, lachte er schallend und verschwand fliegend durch das Fenster in die Nacht."

„Erzählt man sich auch, dass es in der Kammer fürchterlich nach Schwefel gestunken habe?"

„Gewiss, jetzt, wo Ihr es erwähnt ... Der arme Wilfried wäre beinahe erstickt."

„Hm. Das ist wirklich typisch!"

„Ihr sagt es."

„Warum, glaubt Ihr, hat der Teufel sich für seine Jagd nach Seelen gerade den alten Bäcker auserkoren?"

„Wenn Ihr mich fragt: Weil er bei ihm leichtes Spiel hatte."

„So?"

„Der alte Wilfried war ein Schwein. Gut, sein Gebäck war das Beste in der Stadt, das muss man ihm lassen. Wenn ich da an sein Weißbrot denke! Oder an seinen köstlichen Mandelkuchen ..." Sie präsentierte eine gespitzte Zunge, die langsam von einem Mundwinkel zum anderen wanderte.

„Aber warum war er ein Schwein?"

„Er hatte keine Skrupel, Leute übers Ohr zu hauen, die seinen Rechenkünsten nicht gewachsen waren. Außerdem war es kein Geheimnis, dass er zu Hause gern zum Berserker wurde. Ich will nicht wissen, wie oft er seine kleine Tochter durchgeprügelt hat. Sicher, Kinder brauchen manchmal Prügel, doch Wilfried übertrieb es maßlos. Oft sah man die Kleine mit blauen Augen herumlaufen. Einmal hatte sie sogar den Arm gebrochen. Und das ist bestimmt nicht beim Spielen passiert."

„Und Mechthild?"

„Die hat natürlich auch ihre Schläge abbekommen. Kein Wunder, dass Wilfrieds erste Frau es eines Tages vorgezogen hat, sich aus diesem Leben zu verabschieden. Jetzt wisst Ihr, was ich meinte, als ich sagte, der Teufel habe leichtes Spiel bei Wilfried gehabt. Er musste handeln, bevor Wilfried möglicherweise noch auf die Idee kam, ein besserer Mensch zu werden." Sie entblößte grinsend ihre Zähne, überzeugt, die junge Äbtissin mit ihrer Deutung der Dinge beeindruckt zu haben.

„Oh ja", seufzte Maria, „mein Onkel ist wahrlich nicht zu beneiden. Diese Mechthild – muss man sie bedauern oder verurteilen? Oder ist gar beides unumgänglich? Was macht man bloß mit einem Menschen, den der Teufel als sein Werkzeug benutzt? Hat sie Verwandte?"

Die Wirtin zog eine Grimasse. Mit einem fleischigen Finger tippte sie gegen ihre Stirn. „Sie hat eine Mutter. Aber die ist nicht mehr ganz dicht da oben. Na ja, da wundert es einen nicht, dass auch die Tochter so sonderbar geraten ist."

„Wo wohnt sie, die Mutter?“

„Wohnen? Hausen wäre besser ausgedrückt, ehrwürdige Mutter. Vor den Toren der Stadt, verwahrlost, in einer elenden Hütte. Wollt Ihr sie etwa aufsuchen?“, fragte sie entsetzt.

„Auch sie ist eins von Gottes Kindern.“

„Gewiss, ehrwürdige Mutter.“ Sie begegnete dem Blick ihres Gatten, der neugierig zu ihnen herüberspähte. „Verzeiht mir, ehrwürdige Mutter, aber ich muss mich jetzt wirklich wieder um die Gäste kümmern.“

„Gewiss. Nur noch eines: Wo finden wir diese elende Hütte, in der Mechthilds Mutter haust?“

Die Wirtin machte eine kurze Wegbeschreibung, nahm dankend die Münzen, die Reiner ihr reichte und wünschte den beiden einen guten Tag. Maria war davon überzeugt, dass sie ihrem Gatten penibel und unverzüglich Bericht erstatten würde, sobald sie mit Reiner das Gasthaus verlassen hatte.

Draußen hatte es aufgehört zu regnen. Die Sonne zeigte sich zwischen den zerrissenen Wolkenfeldern. Auf der Straße herrschte wieder Betriebsamkeit. Über alldem prangte ein schmucker Regenbogen.

„Äußerst aufschlussreich, dieses Gespräch mit der Wirtin“, höhnte Reiner.

„In der Tat, das war es.“

„Wie geht es nun weiter?“

„Zuerst“, entschied Maria, nachdem sie einen Augenblick lang überlegt hatte, „werden wir Mechthilds Mutter einen Besuch abstatten.“

„Was versprichst du dir davon?“

„Das sage ich dir, nachdem wir mit ihr gesprochen haben.“

„Was willst du von einer Wahnsinnigen denn schon erfahren?“ Er wurde kleinlaut, als er Marias tadelnden Blick auf sich spürte. „Ich vergaß: Sie ist ja auch nur eins von Gottes Geschöpfen. Verzeih mir – ehrwürdige Mutter.“

Paulus, der Burgvogt, hielt sich nicht lange damit auf, an die Türe des Dorfherrn zu klopfen, sondern stürmte wie ein wilder Stier in die Wohnung. Vor Schreck ließ Jutta einen Kessel fallen, der den kleinen Heinrich, der auf dem Fußboden hockte und mit Holzfiguren spielte, nur knapp verfehlte. Mathäus, an seinem Schreibpult über einem Pergament brütend, hob verärgert über diese Ruhestörung den Kopf.

„Gewiss habt Ihr eine gute Erklärung für Euer ungebührliches Benehmen, Herr Paulus“, sagte er und bohrte seinen Blick in den des Burgvogtes.

„Ist er hier?“, schrie Paulus. Sein Kopf drehte sich suchend in sämtliche Richtungen.

„Von wem sprecht Ihr?“

„Von meinem Sohn natürlich!“

„Weshalb sollte er wohl hier sein?“

Paulus trat näher und beugte sich über das Pult, sodass sein bärtiges Gesicht dem des Dorfherrn bedrohlich nahe kam. Mit seinem vernarbten Ohrrest – vor Jahren hatte er sein Hörorgan in einem Gefecht fast gänzlich verloren – sah er aus wie ein finsterer Dämon der Unterwelt. Mathäus blieb gelassen und hob nur fragend die Augenbrauen.

„Glaubt bloß nicht“, zischte Paulus, „ich wüsste nicht, was hier vor sich geht!“

„Dass Ihr dank Eurer Spitzel über sämtliche Dinge gut unterrichtet seid, ist längst kein Geheimnis mehr, Herr Paulus. Doch vielleicht kommt Ihr nun endlich zur Sache, denn wie Ihr seht, bin ich im Augenblick sehr beschäftigt.“

„Wenn Ihr wenig Zeit habt, solltet Ihr erst recht auf dieses Spielchen verzichten, Dorfherr. Längst ist mir nämlich bekannt, dass mein Sohn sich mit Eurer Zigeunerin trifft!“

Mathäus unterdrückte einen Seufzlaut. Es war eine Illusion gewesen, ernsthaft zu glauben, dass Paulus von dieser Liaison nichts gewusst hätte.

„Die Zigeunerin, von der Ihr sprecht, ist meine Ziehtochter. Und ihr Name ist Maria.“

„Ganz gleich, wie sie heißt. Tatsache ist, dass sie meinem Sohn gehörig den Kopf verdreht hat. Doch damit ist jetzt Schluss. Ich habe Reiner eine Weile gewähren lassen, weil ich glaubte, er käme schon wieder von allein zur Vernunft, wenn er dieses Weib erst einmal richtig kennen gelernt hätte. Das ist offenbar nicht der Fall. Also: Wo ist er?“

Mathäus suchte den Blick seiner Frau, die im Hintergrund stand und mit zornesrotem Gesicht den Disput der beiden Kontrahenten verfolgte. Mit einer besänftigenden Geste gebot er ihr, Ruhe zu bewahren, erhob sich von seinem Hocker und straffte die Brust, um nicht länger zum Burgvogt aufsehen zu müssen.

„Meine Tochter, Herr Paulus, hat nicht die Pest. Und was Reiner, Euren Sohn, angeht: Er ist nicht hier, wie Ihr seht."

„Dann seid so gütig und verratet mir, wo sich Eure ... hm, Tochter befindet. Denn dort dürfte auch mein Herr Sohn nicht weit sein."

„Ich weiß nicht, wo sie ist. Sie ist alt genug, um nicht über alles, was sie tut und lässt, Rechenschaft abzulegen."

„Wie generös von Euch. Aber vielleicht seid Ihr einmal so freundlich und versucht Euch zu erinnern, wann Ihr sie das letzte Mal gesehen habt!"

Das war gestern Abend, überlegte Mathäus im Stillen, doch er sah nicht ein, warum er dies dem Burgvogt mitteilen sollte. Dessen Zähne kamen nun bedrohlich zum Vorschein.

„Reiner ist seit heute morgen spurlos verschwunden", erklärte er und betonte dabei jedes Wort. „Und obwohl auch mein Sohn kein Kind mehr ist – zumindest war ich bis jetzt dieser Annahme – ist dieses Verschwinden doch äußerst merkwürdig, zumal er nicht einmal die Dienerschaft über seinen Verbleib unterrichtet hat."

„Nun gut, ich verstehe ja Eure Sorge, doch die jungen Leute werden schon auf sich aufpassen."

„Offenbar begreift Ihr überhaupt nichts, Dorfherr. Sorgen mache ich mir nur wegen Reiners Umgang. Ich gebe Euch den guten Rat, dafür Sorge zu tragen, dass die beiden sich künftig nicht mehr treffen, habt Ihr verstanden?"

Nun konnte auch Jutta nicht länger an sich halten. „Warum stört Ihr Euch an ihrem Glück?", rief sie verärgert.

Paulus ignorierte sie und ihre Worte gänzlich. Mathäus ließ er nicht einen Moment aus den Augen.

„Sagt später nicht, ich hätte Euch nicht gewarnt", flüsterte er, machte kehrt und verließ die Stube ebenso polternd, wie er hereingeplatzt war. Mathäus starrte ihm finster hinterher.

„Auf diesen Augenblick habe ich schon lange gewartet", raunte er und sank auf den Hocker zurück. „Arme Maria!"

„Dieses ... Scheusal", bedachte Jutta den Burgvogt nach kurzer Überlegung mit einem geeigneten Schimpfwort.

„Scheusal!", stimmte der kleine Heinrich nickend zu.

„Scheusal hin, Scheusal her", brummte Mathäus. „er weiß es. Manchmal glaube ich, es ist wirklich besser, wenn ..." Er senkte den Kopf.

Jutta war neben ihn getreten und fasste ihn unters Kinn. „Wenn was?", fragte sie lauernd. „Wenn wir Maria den Umgang mit Reiner verbieten?"

Genau das hatte Mathäus auf der Zunge gelegen. „Nun, es würde vieles einfacher machen."

„Seit wann bist du feige, Liebster?"

„Verdammt, du hast ja Recht. Was rede ich da? Hätte mir damals jemand den Umgang mit dir verboten, so hätte ich ihm was gepfiffen."

„Das will ich hoffen."

„... und die Liebe meines Lebens wäre heute die Frau eines anderen."

„Wahrscheinlich nicht. Ich hätte mich wohl eher für das Klosterleben entschieden. Aber es stimmt schon – mit uns beiden hätte es nichts gegeben."

„Eine schreckliche Vorstellung." Sanft zog er sie zu sich herab und küsste sie auf den Mund. „Eine wahrhaft schreckliche, trostlose Vorstellung."

Sie setzte sich auf seinen Schoß und nahm ihn in ihre Arme. „Dennoch – eine Frage bleibt offen."

„Und welche?"

„Wo ist eigentlich Maria?"

„Wo soll sie schon sein? Hat wohl ein Stelldichein mit ihrem Reiner."

„Aber wo?"

„Was geht uns das an?"

„Du weißt, im Wald treibt sich zur Zeit wieder eine Bande von Strauchdieben herum."

„Maria passt schon auf sich auf. Eher würde sie die Strauchdiebe in die Flucht schlagen. Außerdem ist Reiner bei ihr."

„Deine Sorglosigkeit finde ich maßlos übertrieben. Und Reiner ist blind, falls du das vergessen hast. Wie sollte er Maria vor ein paar Halunken beschützen?"

„Er mag zwar blind sein, doch er hat das Fechten bei seinem Vater gelernt. Und das eine muss man diesem Wüterich von einem Burgvogt lassen: Es gibt niemanden weit und breit, der ihm im Umgang mit Waffen ebenbürtig wäre."

„Das tröstet mich ehrlich gesagt wenig. Ich mache mir plötzlich Sorgen. Wenn es schon dem Paulus merkwürdig erscheint, dass Reiner spurlos verschwunden ist, dann ist was im Busch ..."

„Vielleicht sind sie ja bei deinen Eltern, in Schlich. Ich kann mir vorstellen, dass Maria schon seit langem darauf brennt, ihren Liebsten Heilwig und Johann vorzustellen."

Jutta überlegte und kam zu dem Schluss, dass diese Vermutung nicht völlig abwegig sei. „Möglich", nickte sie und erhob sich. „Ich werde gehen, um nachzusehen."

Mathäus schüttelte seufzend den Kopf. „Nicht nötig, bleib nur hier. Ich werde selbst hinreiten!"

6

Sie verließen Nideggen durch das Zülpicher Tor und fanden schon bald den Pfad, den die Wirtin ihnen beschrieben hatte. Unten, am Fuß des Berges, musste sich die Hütte der Hexenmutter – wie die Alte inzwischen in der Stadt genannt wurde – befinden.

„Du schuldest mir immer noch eine Antwort“, keuchte Reiner, den Maria an die Hand genommen hatte und zielsicher durch das Gestrüpp führte.

„Was denn für eine Antwort?“

„Was du von der verrückten Alten zu erfahren gedenkst.“

„Liebster, warum bloß diese Ungeduld? Ich habe dir gesagt, dass man oft erst hinterher weiß, wozu es eigentlich gut war.“

„Warum nehmen wir uns nicht zuerst den Sohn des Ermordeten vor?“

„Woher weißt du, dass er ermordet wurde?“

„Ermordet, totgehext, verschieden – was weiß denn ich?“

„Eben. Genau das wollen wir herausfinden. Keine Sorge, den Sohn des Bäckers habe ich keinesfalls vergessen. Um den werden wir uns als Nächstes kümmern. Aber zuerst die Mutter der Mechthild!“

„Wie befohlen, ehrwürdige Mutter.“

„Und lass diesen Quatsch mit der ehrwürdigen Mutter, wenn wir unter uns sind. Es war sowieso keine besonders gute Idee, mich zu einer Ordensoberin zu machen.“

„Aber die Geschichte mit dem Schreiberling – die war wohl klüger, wie?“

„Warum streiten wir uns denn überhaupt? Vorsicht, da gibt es ein Erdloch!“

„Du lenkst nur ab.“

„Tue ich nicht. Das Erdloch ist nun mal da. Komm, hier entlang.“

Schweigend setzten sie ihren Weg fort. Am Himmel zeigte sich ein bunter Regenbogen.

„Du kannst es mir ruhig sagen“, sagte Reiner schließlich mit halblauter Stimme.

„Was denn sagen?"

„Dass es am Himmel einen Regenbogen gibt!"

Maria blieb stehen und machte sich keine Mühe, ihre Verblüffung zu überspielen. „Du weißt es?"

„Sicher."

„Und woher, wenn ich fragen darf?"

„Eben noch hat es geregnet, und jetzt spüre ich die wärmenden Strahlen der Sonne auf meiner Haut. Außerdem hast du ständig nach oben geguckt. Ich habe es gehört – an deinem Atem."

„Wenn du es also weißt – warum sollte ich es dir sagen?"

„Manchmal habe ich das Gefühl, dass du mir die Schönheiten dieser Welt verschweigst, um mich nicht zu verletzen. Ich möchte aber, dass du sie mir schilderst. Ich möchte alles mit dir teilen, verstehst du? Alles!"

Maria schluckte und warf sich ihm in die Arme. „Verzeih mir, Liebster. Nie wieder will ich dir etwas verschweigen. Ich hab dich doch so lieb!"

„Ich dich auch", erwiderte Reiner und küsste ihr Haar.

„Es ist ein prächtiger Regenbogen mit grellen Farben. Und gleich dahinter gibt es einen weiteren, doch der ist nur ein fades Abbild von dem ersten. Viel schwächer leuchtet sein Farbenspiel, viel matter ist sein Glanz ..."

„Sagt man nicht, dass dieser zweite Regenbogen ein Werk des Teufels ist, der auf diese Weise vergeblich versucht, es dem Herrgott gleichzutun?"

Sie schob ihn ein Stück von sich und sah ihn an. „Ich hoffe, du glaubst nicht an solcherlei Unsinn!"

„Warum eigentlich nicht? Klingt doch plausibel, oder?"

„Wie alt, mein Liebster, ist die Welt? Was glaubst du?"

Reiner hob die Schultern. „Keine Ahnung. Ein paar tausend Jahre vielleicht."

„Mindestens. Und es ist anzunehmen, dass es Regenbögen seit Anbeginn der Welt gibt. Stimmst du mir hierin zu?"

„Tja – wird wohl so sein."

„Weshalb also sollte der Teufel so dämlich sein, es jedes Mal mit den Regenbögen des Schöpfers aufzunehmen, obwohl ihm längst klar geworden sein müsste, dass er sie niemals so hinbekommt? Weshalb?"

„Ist das wieder eine These von Bruder Benedikt?"

„Nein. Aber er würde sicher ähnlich argumentieren, denke ich."

„Also ein Gedanke irgendwelcher Kirchenväter?"

„Zwar habe ich die Schriften der Kirchenväter studiert, Liebster, doch das muss nicht heißen, dass ich zu allem Ja und Amen sage, was sie von sich gegeben haben. Der heilige Augustinus zum Beispiel ..."

„Ist ja schon gut, mein Alles. Vergessen wir die Sache mit dem Teufel. Natürlich baut der keine Regenbögen!"

Maria nickte . „Na also, dann lass uns endlich weitergehen. Über den Teufel müssen wir notgedrungen noch öfter sprechen, als uns lieb ist."

Endlich taten sich die morschen Wände einer windschiefen, von Ranken und Unkraut überwucherten Hütte vor ihnen auf. Hier und da waren noch Reste eines verfaulenden Strohdaches zu erkennen. Maria blieb stehen und schlug eine Hand vor ihren Mund.

„Du liebe Güte", stammelte sie.

„Lass mich raten: Die Hütte verdient diese Bezeichnung nicht, da sie beim nächsten Windhauch in sich zusammenbrechen wird."

„Zumindest ist es nur schwer vorstellbar, dass sie es nicht tun wird", stimmte Maria zu. „Vermutlich wäre dies auch schon längst geschehen, gäbe es nicht diese Ranken, die offenbar so etwas wie eine stützende Funktion besitzen."

„Und da willst du mit mir hinein?"

„Ich kann es dir nicht verübeln, wenn du hier draußen auf mich warten möchtest."

„Für wen hältst du mich?" Er seufzte leise. „Da du dich kaum davon abbringen lassen wirst, diese Bruchbude zu betreten, werde ich dich selbstverständlich begleiten."

„Fein. Dann komm!"

Sie führte ihn bis vor eine verschlagähnliche Öffnung, die wohl den Eingang der Behausung darstellte.

„Hoffentlich muss ich nicht husten", brummte Reiner in der Befürchtung, dass die Hütte daraufhin zusammenbrechen würde.

„Ist da jemand?", rief Maria vorsichtig. Sie hegte ähnliche Sorgen wie ihr Liebster.

„Wer da?", fragte eine krächzende Stimme.

Vorsichtig betraten sie das Innere der Hütte.

Mit rücklings verschränkten Händen stand Bernhard von Marburg am Fenster und starrte in den Hof hinunter. Manchmal wippte er unruhig mit den Füßen, doch ansonsten blieb er reglos. Der sorgsam gestutzte Bart, den er um Kinn und Oberlippe trug, verlieh seinem unbewegten Gesicht noch mehr Strenge. Erst als plötzlich Hufgetrampel laut wurde und eine Hand voll Berittener in den Burghof galoppierte, löste sich Bernhard aus seiner Erstarrung und steuerte das Pult an, auf dem sich die Pergamente türmten. Er nahm Platz und erwartete die Ankunft des Mannes, der ihm gleich Bericht erstatten würde.

Dieser ließ nicht lange auf sich warten. Bernhard griff nach einem Federkiel, als es an der Tür klopfte. Es ziemte sich nicht, einen seiner Dienstmannen glauben zu lassen, dass er ihn bereits mit Ungeduld erwartet habe.

Ein etwa fünfzigjähriger Mann betrat die Kammer. Die Miene, die er zur Schau trug, offenbarte nichts, doch gerade diese Ausdruckslosigkeit ließ ihn kalt und hochmütig erscheinen. Er trug ein grobmaschiges Kettenhemd und war auch sonst wie ein Soldat gekleidet. Aus der Scheide an seiner Seite ragte der kreuzförmige Griff eines gewaltiges Schwertes.

Der Inquisitor zog es vor, sich noch eine Weile mit einer vor ihm liegenden Schriftrolle zu befassen, bevor er seinen kahlen Kopf hob.

„Und?“, fragte er, seiner Stimme einen gleichmütigen Ton verleihend.

„Nichts, Herr“, antwortete der Gefragte.

„Nichts?“ Auf Bernhards Stirn erschien eine steile Falte. „Ihr habt nichts in Erfahrung bringen können?“

„So ist es, Herr.“ Obgleich seine Antwort nicht zur Zufriedenheit des Inquisitors ausgefallen war, wirkte der Soldat alles andere als unterwürfig.

„Wo habt Ihr suchen lassen?“

„In den umliegenden Dörfern, wie Ihr es mir aufgetragen habt. Niemand vermochte uns Auskunft zu geben über diese Häretiker.“

„Es ist doch immer das Gleiche. Die Bauern decken die Frevler.“

Der andere streckte seinen Oberkörper. „Herr, Ihr wisst, dass ich mir nichts verschweigen lasse. Ich habe da meine Mittel, den Bauerntölpeln die Wahrheit zu entlocken.“

Bernhard hob beschwichtigend eine Hand. „Gewiss, Arnold. Niemand macht Euch ein Alpha für ein Omega vor. Dennoch – die Ketzer müssen in der Nähe sein.“

„Vielleicht“, warf Arnold vorsichtig ein, „waren es in der Tat bloß Gerüchte.“

„Jedes Gerücht hat einen wahren Kern“, wischte Bernhard den Einwand beiseite. „Tatsache ist, dass diese Waldenser sich wieder auszubreiten beginnen wie eine Heuschreckenplage. Auch um diese Gegend werden sie keinen Bogen gemacht haben. Erweitert Eure Suche und findet sie. Und zwar rasch! Ich habe nicht Lust, bis in alle Ewigkeit der Gast des Jülichers zu sein. Bis zum Osterfest wäre ich liebend gern wieder in Köln.“

Arnold, von den Worten des Inquisitors scheinbar wenig beeindruckt, verbeugte sich leicht und schickte sich an, die Kammer zu verlassen.

„Wartet!“, befahl des Inquisitors schneidende Stimme, die aber augenblicklich wieder mild wurde.

„Ihr seid mein bester Mann, Arnold. Ich vertraue Euch!“

„Wenn es wirklich Ketzer in dieser Gegend gibt“, entgegnete der Gelobte, „dann werde ich sie für Euch finden.“

Mit lauten Schritten entfernte er sich.

Bernhard legte den Federkiel beiseite und starrte finster auf das Holz des Pultes. Als nach einer Weile wieder jemand gegen seine Tür klopfte, verschlechterte sich seine Laune um einen weiteren Deut.

„Was ist denn?“, rief er ungehalten.

Der junge Mann, der nun die Kammer betrat, stellte das genaue Gegenteil von Arnold dar: Mit gesenktem Kopf, nahezu ängstlich trat er vor den Inquisitor. Ebenso wie dieser trug er eine Dominikanerkutte.

„Bruder Melchior! Ihr schaut drein, als sei Euch soeben der Teufel begegnet.“

„Das nicht gerade, Herr Inquisitor“, beeilte sich der junge Dominikaner zu versichern.

„Was also kann schlimmer sein, als die Nachricht, die ich soeben erhielt: dass nämlich von den Ketzern noch nicht die geringste Spur ausgemacht werden konnte?“

„Es ist die Hexe, Herr Inquisitor.“

„Welche Hexe?“

„Die, die Ihr in den Kerker werfen ließet, die ihren Gatten mithilfe des Teufels umgebracht hat.“

„Ach, die. Was ist mit ihr?“

„Sie möchte ihre Untat einfach nicht gestehen.“

Bernhard machte einen tiefen Atemzug und schüttelte den Kopf. „Und wie kommentiert sie die Aussagen ihres Stiefsohnes, der den Leibhaftigen neben dem Bett des Vaters stehen sah?"

„Sie sagt, dass er lügt."

„Und die braven Leute, die sie durch die Lüfte fliegen sahen? Lügen die etwa auch?"

„Genau das behauptet sie. Vielleicht ist es angebracht, dass Ihr die Befragung weiter durchführt, Herr Inquisitor."

Unwillig spreizte Bernhard die Hände. „Glaubt Ihr nicht, dass ich schon genug zu tun habe, Bruder Melchior?"

„Gewiss, Herr Inquisitor."

„Die Reinheit unseres Glaubens wird von Ketzern und Häretikern bedroht, nicht durch eine liederliche Hexe, die einen Pakt mit dem Teufel schloss, um sich ihres Gatten zu entledigen. Dieses Problem lässt sich sehr einfach aus der Welt schaffen, und ich hatte geglaubt, dass Ihr durchaus in der Lage wäret, mich zu entlasten, Bruder Melchior."

Melchior rang in beschämter Verzweiflung die Hände. „Aber ... sie will nicht gestehen", lamentierte er.

„Dann müsst Ihr sie eben peinlich befragen", stieß Bernhard verärgert hervor. „Ich frage mich ernsthaft, weshalb Ihr nicht von selbst auf diesen Gedanken gekommen seid."

„Ich wollte nicht ohne Eure Zustimmung handeln", rechtfertigte sich Melchior.

„Nun habt Ihr sie. Fragt die Knechte – sie werden wissen, was zu tun ist. Und sucht mich wieder auf, wenn die Hexe ihre Untat gestanden hat. Ich kann mich wirklich nicht um alles kümmern."

Melchior machte eine demütige Verbeugung und beeilte sich, aus dem Blickfeld des Inquisitors zu verschwinden.

„Wer da?", krächzte die Stimme von neuem.

Maria bemühte sich, ihre Augen an die herrschende Dunkelheit zu gewöhnen. Zwar zwängte sich Sonnenlicht durch ein paar Wandspalten ins Innere und formte grelle Strahlen, die sich quer durch den Raum zogen, doch dies trug nicht unbedingt dazu bei, mehr zu erkennen, allenfalls den Staub, der durch die Luft wirbelte.

„So antworte ihr doch endlich", brummte Reiner. Er rümpfte die Nase, denn der Geruch in der Hütte war keineswegs erquicklich.

„Wir sind Freunde Eurer Tochter", rief Maria in die Richtung, in der sie Mechthilds Mutter vermutete.

„Freunde meiner Tochter", sagte die Alte halblaut und begann zu kichern. „Wusste gar nicht, dass ich eine Tochter hab'."

„Da hast du's, Liebste", flüsterte Reiner. „Was willst du von dieser Verrückten bloß erfahren?"

Inzwischen waren Marias Augen in der Lage, ein paar schattenhafte Einzelheiten auszumachen. Die Alte schien weiter vorn, gleich neben den zertrümmerten Überresten eines Tisches, apathisch auf dem Boden zu hocken. Maria griff nach der Hand ihres Liebsten und zerrte ihn, hier und da Unrat beiseite tretend, mit sich, bis sie schließlich unmittelbar vor der Alten standen.

„Ich nehme an, die Frage, ob wir uns setzen dürfen, erübrigt sich", mutmaßte Reiner.

Maria gebat ihm durch einen sanften Druck ihrer Hände, zu schweigen.

„Aber natürlich wisst Ihr, dass Ihr eine Tochter habt! Mechthild heißt sie!"

„Ach ja, Mechthild", dämmerte es der Alten. „Mechthild ..."

Maria musterte ihr faltiges Gesicht. Die Augen der Alten wanderten unstet hin und her, mieden jedoch den Blick der Ankömmlinge, als habe sie von ihnen noch nicht die geringste Notiz genommen. Ihre grauen Haare wucherten wild in alle Richtungen. Maria wunderte sich, dass sie nicht in schmutzige Lumpen gehüllt war, sondern immerhin ein halbwegs sauberes Kleid am Leib trug. Dann aber leuchtete ihr ein, dass sich Mechthild noch bis vor kurzem, soweit es ihr möglich gewesen war, um die Mutter gekümmert haben musste.

„Wie gesagt, wir sind Mechthilds Freunde", fuhr Maria fort. „Wisst Ihr, was mit ihr geschehen ist?"

„Mechthild, Mechthild", murmelte die Alte, was den Schluss nahe legte, dass sie Marias Frage nicht zur Kenntnis genommen hatte.

„Komm, lass uns wieder gehen", schlug Reiner vor, der aus seinem Unbehagen keinen Hehl machte. Er wusste, dass Maria als Antwort nur ihren hübschen Kopf schüttelte.

„Man hat Eure Tochter in den Kerker geworfen, gute Frau." Maria hatte beschlossen, nicht um den heißen Brei herumzureden. Gespannt erwartete sie die Reaktion der Alten auf diese erschütternde Mitteilung. Tatsächlich schenkte die Alte ihr nun ihre Aufmerksamkeit und sah zu ihr hoch.

„In den Kerker?“, fragte sie erschrocken. „Mechthild? Warum hat man das getan?“

„Man behauptet, sie habe ihren Mann umgebracht.“

Nun kicherte die Alte.

„Findet Ihr das etwa komisch?“

„Der olle Wilfried – tot?“

„So ist es.“

„War ein wahres Ekel. Pfui!“ Wieder ließ sie ihren Blick unruhig schweifen.

„Wie auch immer: Man hat Mechthild in den Kerker geworfen. Ihr Stiefsohn will wissen, dass sie mit dem Teufel im Bunde stand.“

„Ein Ekel“, wiederholte die Alte, wobei offen blieb, ob die wieder den älteren Wilfried, seinen Sohn oder den Leibhaftigen meinte.

„Man hält sie für eine Hexe!“

„Mechthild – eine Hexe ...“ Sie ließ die Worte ein paar Augenblicke im Raum stehen, bevor sie laut loslachte. Erschrocken zuckten Maria und Reiner zusammen, fürchtend, das Gelächter könne die Hütte zum Einsturz bringen.

„Unsinn“, sagte die Alte, nachdem sie sich etwas beruhigt hatte. „Mechthild ist doch keine Hexe. Kann nicht mal ’ne Kröte anpacken.“

„Was äußerst ungewöhnlich wäre für eine Hexe, da habt Ihr wohl Recht. Doch man muss keine Hexe sein, und man braucht auch keineswegs die Hilfe des Teufels, um einen Menschen um sein Leben zu bringen. Glaubt Ihr, dass Mechthild ihren Mann vergiftet haben könnte?“

„Nicht mal ’ne Kröte ...“

Einmal mehr blieb der Sinn ihrer Antwort im Unklaren.

„Äh – meint Ihr nun, dass sie nicht einmal eine Kröte vergiften könnte oder ...“

„Was passiert mit der Kleinen?“, unterbrach sie die Alte. Trotz der Dunkelheit erkannte Maria plötzlich das Funkeln in ihren Augen.

„Welche Kleine?“

„Die Mechthild hat doch ein Kind, ein Kind ...“

„Ihr meint die kleine Johanna, Mechthilds Stieftochter?“

Die Alte starrte sie entgeistert an. „Stieftochter? Unsinn. Ist meine Enkelin, Enkelin ... Mechthilds kleines Töchterlein ... Wo ist sie?“

Maria beschloss, sie in dem Glauben zu lassen, dass es sich bei Johanna um ihre leibliche Enkelin handelte.

„Nun, um Eure Enkelin wird sich vorläufig sicher Wilfrieds Sohn kümmern."

„Wilfrieds Sohn? Wer ist das? Bringt sie her – zu mir, zu mir ..."

„Aber ... das geht leider nicht."

„Bringt sie zu mir."

Maria hob hilflos ihre Schultern. „Ihr mögt Eure kleine Enkelin?"

„Das arme Kind! Hab' es doch so lieb!"

„Ich werde dafür sorgen, dass sie Euch besuchen darf", versprach Maria, was jedoch auf taube Ohren stieß. Unentwegt jammerte die Alte fortan vor sich hin, flehte, man möge ihr die Enkelin in Obhut geben.

Reiner stieß Maria sanft an. „Sag mal, riechst du eigentlich nichts?", fragte er flüsternd.

„Es riecht nach Unrat und Abfällen", entgegnete sie schulterzuckend.

„Das meine ich nicht. Was befindet sich rechts von uns?"

Maria spähte über ihre Schulter. „Ein klappriges Regal", erkannte sie, „mit allerhand Töpfen und Dosen darauf."

„Und darin dürften sich verschiedene Kräuter befinden. Doch nicht alle verströmen einen vertrauenerweckenden Geruch. Du solltest mal nachschauen, was unsere Hexenmutter da so aufbewahrt."

„Du darfst dieses schreckliche Wort nicht gebrauchen", raunte ihm Maria zu, tat aber dann, was er ihr geraten hatte. Der Alten war es offenbar völlig gleichgültig, dass Maria sich neugierig in ihrer Behausung umsah, sofern sie es überhaupt zur Kenntnis nahm. Noch immer war sie mit Jammern und Wehklagen beschäftigt.

„Und?", wollte Reiner von seiner Liebsten wissen.

„Wie du schon sagtest: Kräuter. Außerdem verschiedene Pulver. Und Essenzen." Sie pfiff durch die Zähne. „Ich verstehe zwar nicht viel von Giften, doch die Mengen Bilsenkraut oder Fingerhut, die ich hier finde, würden auch einer ganzen Herde Ochsen den Garaus machen."

Nein, bei ihren Großeltern war sie nicht. Heilwig und Johann hatten ihren Schwiegersohn besorgt angesehen, und Mathäus hatte sich Mühe geben müssen, seine Frage nach Maria so zu begründen, dass sie keinen Argwohn erweckte. Es lag ihm fern, Heilwig und Johann zu beunruhigen, reichte es doch vollkommen aus, dass Jutta sich sorgte. Nach wie vor war Mathäus selbst davon überzeugt, dass Maria keineswegs in irgendeiner Art von Gefahr schwebte. Sicher saß sie mit ihrem Liebsten unter einem blütenbehangenen Baum und genoss ihr Glück.

Mit der Erklärung, er habe sich lediglich auf dem Durchritt befunden, schwang Mathäus sich wieder auf Julius den Zweiten, winkte den Schwiegereltern zum Abschied freundlich zu und machte sich auf den Nachhauseweg. Unterwegs holten ihn die Erinnerungen ein und er musste schmunzeln: Am Anfang war Johann wenig begeistert davon gewesen, dass er, Mathäus, um Jutta freite. Lieber hätte Johann die Tochter mit dem Sohn eines benachbarten Bauern vermählt, bevor sie die Frau eines Beamten wurde, der den ganzen Tag hinter schweren Schreibpulten hocken mochte und wahrscheinlich nie in seinem Leben ein Dreschflegel geschwungen hatte. Mit der Zeit aber hatten die Wogen sich geglättet. Auch dank Heilwig – sie hatte den Meroder Dorfherrn von Anfang an gemocht – hatte sich Johann bald mit dem Willen der Tochter abgefunden. Mehr noch, Mathäus war ihm inzwischen so ans Herz gewachsen, als sei er sein eigener Sohn.

Der Dorfherr verließ den Strangsweg, der die Dörfer Merode und Schlich miteinander verband, und erreichte die Dorfstraße. Er liebte das Plätschern des Dorfbaches, und um ihm genussvoll lauschen zu können, ließ er Julius den Zweiten ein gemächliches Tempo einschlagen. Auf des Dorfherren Gemüt hatte der Bach, der sich, aus dem nahen Wald kommend, vom Ober- bis ins Unterdorf schlängelte, stets einen positiven Einfluss – vorausgesetzt, er trocknete nicht aus, wie es im Hochsommer oft geschah. Vorausgesetzt auch, es brachen keine Streitigkeiten zwischen den Bäuerinnen aus, wenn es um die Einhaltung der Waschtage ging – was leider nicht selten passierte.

Vor vielen Jahren hatte Mathäus dafür gesorgt, dass die Bäuerinnen des Oberdorfes nur an bestimmten Tagen ihre Schmutzwäsche im Dorfbach waschen durften. Damit sollte vermieden werden, dass die Bäuerinnen des Unterdorfes mit einer aus dem Oberdorf herabfließenden Schmutzbrühe vorlieb nehmen mussten. Diese Regelung funktionierte leider nicht immer. Unter den Bäuerinnen gab es Sturköpfe gewaltigen Kalibers, im wahrsten Sinne des Wortes, so zum Beispiel die dicke Kunigunde. Wenn es ihr nicht in den Kram passte, dass gerade die Unterdörfler ihren Waschtag hatten, schritt sie trotzdem zum Bach und wusch die Windeln ihres Jüngsten aus. Mathäus hatte dann alle Hände voll zu tun, die aufgebrachten Unterdörflerinnen zu beschwichtigen, Kunigunde und die mit ihr sympathisierenden Oberdörflerinnen zu ermahnen und beide Parteien zu einer Friedenskonferenz zu laden.

Heute freilich schien Ruhe zu herrschen, zumindest entlang der Bachufer. Mathäus überlegte, wie er Jutta die Sorge um die verschwundene Maria nehmen könne. Doch vielleicht war das gnädige Fräulein Tochter ja in der Zwischenzeit wieder aufgetaucht.

Erst jetzt fiel ihm auf, dass das Dorf wie ausgestorben war. Außer ein paar scharrenden Hühnern und einem in der Sonne dösenden Hund schien es kein Leben mehr zu geben in Merode. Ein wenig beunruhigt spornte er Julius den Zweiten nun zu einem Galopp an und erreichte schon bald sein Haus, das die magische Grenze zwischen Ober- und Unterdorf markierte. Erleichtert nahm Mathäus zur Kenntnis, dass Jutta, den kleinen Heinrich an der Hand, bei seiner Ankunft aus dem Haus trat und ihn fragend ansah.

„Bei ihren Großeltern ist sie nicht“, verkündete er, bemüht, seiner Stimme einen gleichmütigen Klang zu verleihen. Er stieg vom Pferd und führte es in die Stallung. Mit dieser Auskunft ließ Jutta sich nicht abspeisen und folgte ihm.

„Aber wo kann sie denn nur sein?“, fragte sie bang.

Mathäus schloss das Gatter hinter Julius dem Zweiten und wandte sich lächelnd seiner Frau zu.

„Liebste, es geht ihr sicher besser, als wir es uns vorstellen können. Und heute Abend wird sie wieder zu Hause sein, du wirst schon sehen. Was mich aber tatsächlich beunruhigt: Das Dorf scheint ausgestorben zu sein. Nirgends eine Menschenseele zu erblicken. Hast du eine Ahnung, wohin es die guten Leute verschlagen hat?“

„Sie sind eben geschlossen ins Oberdorf gepilgert“, seufzte Jutta.

Mathäus erbleichte. „Führten sie Heugabeln oder ähnlich gemeine Waffen mit sich?“

„Nein, sie schienen eher belustigt als aufgebracht zu sein. Manche sangen sogar fromme Lieder.“

„Was mir beinahe unglaublich erscheint. Aber warum? Gibt es auf dem Hahndorn etwas umsonst?“

„Ich hörte nur von einem Wunder, das da geschehen sein soll.“ Der Klang ihrer Stimme ließ vermuten, dass so genannte Wunder in Merode etwas Alltägliches waren. Als spreche sie eine unverbindliche Empfehlung aus, fügte sie hinzu: „Vielleicht siehst du dort mal nach dem Rechten.“

„Worauf du dich verlassen kannst.“ Nichts Gutes ahnend stapfte Mathäus von dannen.

Ein Menschenauflauf vor dem Bauernhaus der Kunigunde und ihres bedauernswerten Gatten verstärkte das ungute Gefühl, das den Dorfherrn überkommen hatte. Was um alles in der Welt denn dort los sei, fragte er einen vorüberhastenden Knaben.

„Herr, eine von Kunigundes Töchtern ...“ Atemlos schnappte er nach Luft.

„Was ist mit ihr?“

„Die Wundmale Jesu zeigen sich bei ihr!“

„Wie? Was? Wundmale?“

Der Knabe nickte heftig und rannte weiter, bis auch er in der Menschenmenge verschwand. Weitere Menschen stürmten über den Hahndorn herbei.

„Gütiger Gott im Himmel, lass das bitte nicht wahr sein“, raunte Mathäus mit einem flehenden Blick in den frühlingsblauen Himmel. „Dieser Tag könnte so schön sein. Maria! Kunigunde! Warum tut ihr mir das an?“

Er atmete tief ein und setzte seinen Weg fort, um das zu tun, was er nun tun musste, nämlich das Wunder aufzuklären. Da man ihn augenblicklich erkannte und sein wie aus Stein gemeißeltes Gesicht richtig interpretierte, beeilte man sich, ihm eine Gasse freizumachen. Endlich offenbarte sich ihm das Bild, das er sich schon im Geiste ausgemalt hatte: Vor der Eingangstür lag auf einer Bahre – sorgsam zugedeckt, den Kopf mit einem Blütenkranz geschmückt – ein rotwangiges, etwa zwölf Jahre altes Mädchen. Es schien zu schlafen, doch als es merkte, dass die Menschen bei der Ankunft des Dorfherrn verstummten, öffnete es angstvoll seine runden Augen.

Flankiert war es von seinen Eltern, zur Linken der eher schmächtige Ortwin, der Mathäus' strengem Blick beschämt auswich, zur Rechten Kunigunde, aufrecht, gewaltig und keineswegs beeindruckt vom Erscheinen des Dorfherrn.

„Darf ich fragen, was hier los ist?“, blaffte Mathäus in die plötzliche Stille hinein.

„Ein Wunder, oh Dorfherr!“ Der Stimme Kunigundes fehlten nur die sie begleitenden Harfen.

„Und was für ein Wunder genau?“, fragte Mathäus, ohne seinen Tonfall auch nur im geringsten zu verändern.

„Oh, seht nur selbst!“ Kunigunde schlug mit einer andachtsvollen Bewegung die Decke zurück, unter der ihre Tochter lag, griff sanft nach ihren Händen und hob sie in die Höhe. Auf beiden Handtellern war eine erbsengroße Wunde zu sehen, umgeben von verkrustetem Blut.

„Es begann heute Morgen, in aller Frühe“, erklärte Kunigunde ernst, „die Kleine stand plötzlich neben unserem Bett und klagte über Schmerzen an Händen und Füßen. Und dann sahen wir das da!“

„Was, die Füße auch?“

„Aber gewiss doch!“ Zum Beweis lupfte sie Decke am anderen Ende der Bahre, wo die nackten Füße der Kleinen zum Vorschein kamen und ähnliche Verwundungen aufwiesen. „Und damit nicht genug, sie blutete unaufhörlich aus allen vier Malen, sodass wir schon befürchteten, sie müsse sterben. Erst als die Blutungen aufhörten, wurde uns klar, dass der Herr im Himmel an unserer Tochter ein Wunder bewirkt hatte. In der Karwoche, der Woche Seines Leidens ...“

„Was befindet sich in der Dose dort auf dem Fenstersims?“, unterbrach sie Mathäus brüsk. Mit Adleraugen hatte er sich umgeschaut.

„In der Dose? Na ja, Geldstücke!“

„Geldstücke?“

Kunigunde warf trotzig ihren Kopf nach hinten, sodass erstmals auch ihr Hals zum Vorschein kam. „Es ist ja wohl nicht zu viel verlangt, dass jeder, der dieses Wunder schauen darf, einen kleinen Obolus berappen sollte.“ Etwas kleinlauter fügte sie hinzu: „Darf ich auch Euch bitten, wenigstens einen Pfennig ... äh ...“

„Was? Habe ich das eben richtig verstanden? Ihr verlangt auch noch Geld? Geld für diesen Hokuspokus?!“

Ein jeder, außer Kunigunde, hielt es für angebracht, ob dieses Donnerwetters tunlichst den Mund zu halten.

„Aber Herr Mathäus! Das ist kein Hokuspokus. Das ist ein Wunder.“

Mathäus trat ganz nah an sie heran. Seine eben noch dröhnende Stimme war nur noch ein gefährlich leises Flüstern.

„Werte Frau Kunigunde, ich gebe Euch einen gut gemeinten Rat: Treibt es nicht auf die Spitze. Was rede ich, Ihr habt es ja bereits getan. Ich warne Euch also: Wenn ich herausfinde, wie Ihr diese Posse aufgezogen habt, dann sollt Ihr mich kennen lernen.“

„Für Wunder kann ich nichts. Ich habe nichts zu verbergen“, erwiderte die dicke Bäuerin und stülpte beleidigt ihre wulstige Unterlippe vor.

Der Dorfherr verzichtete auf jede weitere Antwort und machte kehrt. Wieder machte ihm die raunende Menge eine Gasse frei. Offenbar waren die Meinungen der Anwesenden geteilt. Einige Mienen offenbarten grenzenlose Ehrfurcht ob des Wunders der Stigmatisierung, das hier stattfand. Andere wiederum konnten ihre Skepsis kaum verhehlen. Darunter zählte selbstverständlich auch Frieda, Kunigundes Erzfeindin aus dem Unterdorf.

„Könnt Ihr Euch das vorstellen?", zischte sie Mathäus zu, als dieser mit wehendem Umhang an ihr vorüberschritt. „Dass die Tochter einer Hexe eine Auserwählte sein soll?"

Mathäus brummte eine unverständliche Antwort und wünschte sich, dass der Herrgott augenblicklich die Erde erbeben ließe, um die Unvernünftigen vor Angst erstarren zu lassen. Doch die Mahnung blieb aus. Was blieb dem Dorfherrn vorerst übrig, als wutentbrannt nach Hause zurückzukehren.

... die Tochter einer Hexe ...

Friedas Gehässigkeiten hallten noch immer in seinen Ohren. Plötzlich blieb er stehen und stöhnte laut auf. Wie Schuppen fiel es ihm von den Augen. Unter weiteren Stöhnlauten setzte er seinen Weg fort. Als er sein Haus erreichte, stolperte er in die Stube, stürzte beinahe, schaffte es aber mit Mühe, sein Gleichgewicht zu wahren.

Mit offenen Mündern starrten Jutta und Heinrich ihn an.

„Ich weiß jetzt, wo Maria ist!", verkündete Mathäus ernst.

„Liebster! Um Himmels Willen, mach es nicht so spannend! Wo ist sie?"

„In Nideggen!"

Jutta breitete fragend ihre Hände aus. „Was macht sie in Nideggen?"

„Erinnerst du dich, wie der gute Didi gestern von der Nideggener Hexe berichtete?"

„Natürlich erinnere ich mich. Und weiter?"

„Maria hat an der Tür gelauscht."

„Neugierig, wie sie nun einmal ist. Aber warum sollte sie deshalb ..." Sie stockte, bevor die Erkenntnis sie wie ein Keulenschlag traf. „Sie glaubt nicht an Hexen. Und sie hat sich in den Kopf gesetzt, die Unschuld der Frau zu beweisen."

Mathäus nickte nervös. Obwohl er sich stets die größte Mühe gab, Jutta niemals durch vorschnell gesprochene Worte zu verängstigen, entfuhr es ihm diesmal: „Und das kann ein ungutes Ende für sie nehmen."

7

Den Pfad, den sie gekommen waren, gingen sie in die Stadt zurück. Der Weg führte sie nun bergauf und war nicht ohne Mühen zu bewältigen. Trotzdem verzichteten die jungen Leute keineswegs darauf, die Erkenntnisse, die sie beim Besuch der seltsamen Alten gewonnen hatten, zusammenzufassen und die möglichen Schlussfolgerungen zu erörtern.

„Was macht die Alte bloß mit dem ganzen Gift?", rätselte Reiner.

„Erst die Menge macht das Gift", belehrte ihn Maria. „In kleinen Dosen aber können giftige Kräuter durchaus lindernde oder gar heilende Wirkung entfalten."

„Sieh an, ich denke, du verstehst nichts von Giften?"

„Tue ich auch nicht. Aber Bruder Benedikt hat mir über Hildegard von Bingen berichtet. Sie war nicht nur eine bedeutende Mystikerin, sondern auch der Heilkunde mächtig. Bruder Benedikt besitzt sogar Abschriften einiger Bücher, die sie verfasst hat." Sie hatte noch Luft für einen Stoßseufzer aus tiefstem Herzen. „Leider werde ich nicht mehr in den Genuss kommen, sie lesen zu dürfen."

„Mein Mitgefühl. Doch wie immer man Kräuter auch anwendet, sei es zum Nutzen oder zum Schaden eines Menschen – es erscheint mir unglaubhaft, dass die Hexenmut..., verzeih, dass Mechthilds Mutter dazu imstande ist."

„Sie war nicht immer verrückt. Und vielleicht hat sie sich ihr Wissen bewahrt, trotz ihrer geistigen Umnachtung."

„Du glaubst also, dass sie für den Gifttod des Bäckers – sofern es wirklich ein Gifttod war – verantwortlich sein könnte?"

Maria überlegte lange, bevor sie sich zu einer Antwort entschloss. „Man sollte es zumindest nicht ausschließen. Immerhin hat sie über den Bäcker gewettert, was das Zeug hielt. Der alte Wilfried war ihren Gedanken gegenwärtiger als die eigene Tochter, an die sie sich nur zögerlich erinnern konnte. Sie machte keinen Hehl daraus, dass sie den Alten hasste wie die Blattern. Doch mein Gefühl sagt mir, dass sie unschuldig ist. Es bedarf schon einer sorgfältigen Planung, einen Menschen umzubringen. Und einer nicht unerheblichen Kaltblütigkeit. Beides ist ihr nur schwerlich zuzutrauen. Außerdem hätte sie sich schon in die Stadt bemühen müssen, wo sie, die Verpönte, gewiss Aufsehen erregt hätte."

Reiner nickte. „Auch ich kann mir nicht vorstellen, dass sie uns ein Theater vorgespielt hat. Ihre Worte waren zwar wirr, aber ehrlich gemeint. Doch was ist mit Mechthild, die ihre Mutter jeden Tag versorgte? Für sie wäre es ein Leichtes gewesen, sich das Gift anzueignen, das sie benötigte, um den unsäglichen Haustyrannen ins Jenseits zu befördern."

„Wohl wahr, wohl wahr", sinnierte Maria. „Und das funktioniert durchaus auch ohne die Hilfe von Teufeln oder Dämonen. Es gibt noch eine Menge für uns zu tun."

„Zu schnüffeln, meinst du wohl. Doch erlaube mir eine Frage."

„Nur zu. Seit wann diese Förmlichkeit?"

„Warum wehrst du dich so gegen den Gedanken, Mechthild könnte den Bäcker umgebracht haben?"

„Ich wehre mich nicht dagegen", widersprach Maria energisch. „Ich wehre mich nur dagegen, dass man sie als Hexe verurteilen möchte. Es gibt keine Hexen."

„Und Teufel? Gibt es die?"

„Willst du etwa theologische Fragen mit mir erörtern?"

„Aber das ist doch deine Lieblingsbeschäftigung. Also, was ist mit den Teufeln?"

„Ich glaube, dass es sie gibt. Aber ich bin davon überzeugt, dass sie weder Pferdefüße, Bockshörner, Ochsenschwänze noch ähnliche Attribute besitzen. Wahrscheinlich treten sie in Menschengestalt auf und sind sich überhaupt nicht der Tatsache bewusst, dass sie Teufel sind."

„Wer hat das gesagt? Der heilige Thomas von Aquitanien?"

„Es gibt keinen heiligen Thomas von Aquitanien. Diese Überlegungen stammen von mir selbst."

„Sei doch nicht gleich beleidigt."

„Bin ich gar nicht. Als Nächstes werden wir uns den jüngeren Wilfried zur Brust nehmen."

Nachdem sie die Stadt wieder erreicht hatten, führte Maria ihren Liebsten zielstrebig bis vor die Backstube des Wilfried.

„Da wären wir. Ich überlege schon die ganze Zeit, wie wir ihm unser Erscheinen begründen. Was könnte Wilfried wohl dazu bewegen, zwei ihm völlig fremden Menschen Rede und Antwort zu stehen?"

„Da mach dir keine Sorgen, Liebste. Wozu bin ich denn mitgekommen?"

Sie lachte, stellte sich auf die Zehenspitzen und gab ihm einen Kuss. „Genau das wollte ich von dir hören, mein Herz. Komm!"

Sie betraten die Backstube. Der Duft frisch gebackenen Brotes stieg ihnen verführerisch in die Nasen.

Wilfried war anwesend, ebenso wie seine kleine Schwester Johanna, die ihm zur Hand ging und ziemlich unglücklich dreinschaute.

„Kommt später wieder, wenn Ihr Brot kaufen wollt", rief Wilfried den Ankömmlingen über seine Schulter zu.

„Oh, wir sind nicht gekommen, um Brot zu kaufen", erwiderte Maria freundlich, „obwohl der verlockende Duft uns das Wasser im Mund zusammenlaufen lässt."

Erst jetzt schenkte Wilfried ihnen seine volle Aufmerksamkeit. Die Schönheit der jungen Frau, die da unversehens die Backstube betreten hatte, war nicht zu übersehen und ließ sein Herz einen Schlag lang aussetzen. Sie musste fremd sein in der Stadt, denn er hatte sie nie zuvor gesehen, ebenso wenig wie ihren Begleiter, der offenbar blind war und nichtsdestotrotz wie ein Ritter aussah und ein Schwert an seiner Seite trug. Wilfried wischte sich die mehligen Hände an seiner Schürze ab und ermunterte die beiden mit einer Geste, näher zu treten.

„Was kann ich sonst für Euch tun?"

„Wie wir hörten", sagte Maria und schlug einen klagenden Ton an, „gibt es einen Trauerfall in Eurer Familie. Bitte nehmt unsere Beileidsbekundungen entgegen."

Im Gesicht des jungen Bäckers glomm plötzlich Misstrauen auf. „Danke für Euer Mitgefühl. Kanntet Ihr meinen Vater vielleicht?"

„Nein", gab Maria zu, „wir haben ihn niemals kennen gelernt."

„Darf ich dann fragen, weshalb Ihr ..."

Maria hatte sich einmal mehr für eine geradlinige Vorgehensweise entschieden. „Wir kommen in der Absicht, Euch ein paar Fragen über den Tod Eures Vaters zu stellen, Wilfried."

„Fragen?" Wilfried lachte verunsichert. „Wer seid Ihr überhaupt? Schickt Euch der Amtmann? Oder der Inquisitor?"

„Wer wir sind, tut nichts zur Sache."

„Dann weiß ich beim besten Willen nicht, warum Ihr mir Fragen stellen wollt. Geht jetzt! Wie Ihr seht, bin ich beschäftigt."

Maria verschränkte die Arme und kehrte Wilfried den Rücken zu. „Schreiberling! Walte deines Amtes!", sagte sie bedauernd.

„Jawohl, ehrwürdige Mutter!"

Reiner trat nach vorn und packte den jungen Bäcker beim Kragen. Dieser war so verblüfft über die Tatkraft des Blinden, dass er zunächst keine Anstalten machte, sich aus dessen eisernen Griff zu befreien. Als er es schließlich doch versuchte, tat er es ohne Erfolg. Johanna verfolgte das Geschehen reglos. Wenn die Kleine in diesem Augenblick Angst verspürte, so zeigte sie es zumindest nicht.

„Ihr könnt ihn jetzt befragen, ehrwürdige Mutter!"

Maria drehte sich um. „Hatte ich dich nicht schon zweimal höflich gebeten, diesen Unfug mit der ehrwürdigen Mutter sein zu lassen?"

„Wie? Oh ja, verzeiht mir!"

Zunächst schenkte sie dem Schwesterchen des Bedrohten ein wohlwollendes Lächeln. Ein schlechtes Gewissen erfüllte sie plötzlich. Gewalt hatte sie selbst in der Kindheit mit ansehen und am eigenen Leib erfahren müssen. Und noch heute träumte sie oft von den Geschehnissen, die doch so viele Jahre zurücklagen.

„Du bist Johanna, nicht wahr? Nun, mach dir keine Sorgen, Johanna. Wir werden dir nichts tun. Und deinem Bruder auch nicht. Das verspreche ich dir. Er wird mir nur ein paar Fragen beantworten, ja?"

„Was zur Hölle wollt Ihr von mir?", schrie Wilfried, der seine Bemühungen, sich Reiners Griff zu entwinden, endgültig aufgegeben hatte.

„Erzählt uns von der Nacht, in der Euer Vater starb."

„Was gibt es da zu erzählen? Jedermann weiß inzwischen, was geschehen ist."

„Es ist also wahr, dass Ihr seltsame Geräusche hörtet, die aus der Kammer Eures Vaters und Euer Stiefmutter drangen?"

„Wenn Ihr es wisst – warum fragt Ihr?"

„Ihr seid also gegangen, um der Sache auf den Grund zu gehen. Was geschah dann?"

„Als ich die Kammer betrat, lag mein Vater bereits reglos in seinem Bett. Meine Stiefmutter kniete nackt daneben und vergnügte sich mit dem Teufel, der ebenfalls anwesend war."

„So? Oh, da müsst Ihr aber sehr erschrocken gewesen sein bei seinem Anblick."

„Sicher. Was denkt Ihr denn?"

„Und auf welche Weise vergnügte sich Eure Stiefmutter mit dem Fürst der Hölle?"

„Ich sah, wie sie seinen Hintern küsste."

„Igitt. Hat der Teufel eigentlich auch Haare auf seinem Hintern?"

„Wie? Ein paar, glaube ich."

„Und sonst? Wie sieht der Kerl sonst aus?"

Wilfrieds Augen weiteten sich zu einem neuerlichen Aufbegehren, doch Reiner verstärkte noch einmal unerbittlich den Druck seiner Hände.

„Ich glaube, man hat Euch eine Frage gestellt, Wilfried. Wie sah der Teufel aus?"

„Er war groß und behaart. Auf seinem Kopf hatte er zwei gewaltige Bockshörner, und sein rechtes Bein war das von einem Pferd. Und hinten ..."

„Hinten hatte er einen langen Ochsenschwanz", nickte Maria. „Und außerdem stank er ganz erbärmlich."

„Es ist mir gleichgültig, ob Ihr mir Glauben schenkt oder nicht. Ich weiß, was ich gesehen habe. Als der Teufel merkte, dass ich am Türrahmen stand, stieß er ein grässliches Lachen aus und verschwand durch das Fenster in die Nacht hinaus."

„Gewiss, gewiss." Wieder wandte Maria sich der kleinen Johanna zu. „Hast du den Teufel etwa auch gesehen?"

Maria entging nicht der fragende Blick, den sie ihrem Bruder zuwarf. Schließlich schüttelte sie zögerlich den Kopf.

„Und Ihr, Wilfried: Habt Ihr Eure Stiefmutter nicht zur Rede gestellt, nachdem Ihr Zeuge dieser schauerlichen Begebenheit geworden wart?"

„Könnt Ihr Euch nicht vorstellen, wie aufgeregt ich in diesem Moment war? Ich zitterte am ganzen Leib, doch meine erste Sorge galt dem Vater. Ich fragte Mechthild, ob er tot sei. Sie aber kicherte nur und lief ans Fenster, wo sie nach dem Teufel rief. Offenbar wünschte sie sich, dass er sie mitnahm. Zum Glück aber kehrte er nicht zurück."

„Hattet Ihr denn keine Sorge, dass sie auch Euch verhexen könnte?"

„Sicher. Doch schon bald wurde mir klar, dass sie dazu ohne die Hilfe des Leibhaftigen nicht imstande war."

„Und am nächsten Morgen habt Ihr die Sache unverzüglich zur Anzeige gebracht."

„Hättet Ihr vielleicht anders gehandelt?"

„Natürlich nicht. Und was für ein Glück, dass soeben ein Inquisitor in der Stadt weilte. Ich danke Euch für Eure Auskünfte. – Schreiberling?"

„Ja?"

„Du kannst ihn jetzt wieder loslassen!"

„Jawohl, ehrwü..., ich meine ... von mir aus."

Reiner gehorchte und entließ den jungen Bäcker in die Freiheit. Grimmig zupfte dieser an seiner in Unordnung geratenen Kleidung herum. Maria zwinkerte der kleinen Johanna zu, sprach ein paar huldvolle Abschiedsworte in die Richtung des Befragten und verließ, indem sie Reiner an die Hand nahm, mit zügigen Schritten die Backstube.

Draußen atmete sie tief durch. „Du brauchst mir nicht zu erklären, dass er gelogen hat, mein Herz. Auch mit meinen weniger ausgeprägten Sinnen habe ich gemerkt, dass sich die Balken biegen wollten, wenn er auch nur den Mund aufmachte."

„Und was schließen wir daraus?"

„Die Frage muss lauten: Welche Wahrheit versucht er durch seine Lüge zu verbergen? Komm, verschwinden wir von hier. Es ist mir wohler, wenn wir in der Menschenmenge untertauchen."

Auf dem Marktplatz ließ sich ihr Vorhaben am besten in die Tat umsetzen. Nachdenklich verharrten sie vor der Puppenspielerbühne: Noch immer befanden sich die Spielleute in der Stadt, und offenbar war das allgemeine Interesse an den Schabernacken, die hier inszeniert wurden, unverändert groß. Bilder aus der Vergangenheit nahmen vor Marias Augen Gestalt an. Der Tag, an dem sie entführt worden war ...

„Mein Alles, geht es dir nicht gut?"

„Wie? Doch, sicher. Es ist nur ..."

„Was?"

„Schon gut. Wo waren wir eben stehen geblieben?"

„Bei der Verschweigung der Wahrheit durch den Sohn des toten Bäckers."

„Genau. Also: Warum lügt er?"

„Vielleicht, weil er den Vater selbst umgebracht hat. Schließlich hätte er ein Motiv: Nun gehört ihm die Backstube allein. Den Tyrannen ist er los."

„Was aber nicht erklärt, warum er seine Stiefmutter der Hexerei und der Buhlschaft mit dem Teufel bezichtigt."

„Vielleicht trat er nur die Flucht nach vorn an. Wenn Mechthild ihn des Mordes verdächtigt hätte, wäre er nun in der unheilvollen Lage, seine Unschuld beweisen zu müssen. Also kam er ihr zuvor."

„Möglich." Maria starrte auf die prügelnden Puppen, die von ein paar johlenden Zuschauern zu neuen Gewalttaten angestachelt wurden. „Eine weitere Möglichkeit: Nach dem Tod des Bäckers – wer immer von den beiden auch dafür verantwortlich sein mag – glaubte Wilfried, sich an Mechthild heranmachen zu können."

„An seine Stiefmutter?"

„Du vergisst, dass sie jung ist, mein Herz. Gewiss nicht viel älter als Wilfried. Und die Natur ... aber das weißt du ja selber."

„Also schön: Wilfried war schon seit langem scharf auf seine junge Stiefmutter. Und als der Alte endlich über den Jordan war, machte er sich an sie heran. Und weiter?"

„Sie wies ihn zurück."

„Wie edel von ihr. Womit du wieder einmal zugegeben hast, dass du sie gern unschuldig sähest."

„Ich versuche nur, die Fakten völlig logisch zu betrachten."

„Aber die Gifte lagern bei Mechthilds Mutter. Und Mechthild besuchte sie jeden Tag."

„Jeder, der einen Mord plant, findet Möglichkeiten, um an Gift zu gelangen. Das gilt nicht nur für Mechthild."

„Und wer sagt dir, dass die beiden nicht in trauter Gemeinsamkeit den Alten ums Leben gebracht haben?"

„Der jüngere Wilfried hätte sie in diesem Fall wohl kaum der Hexerei bezichtigt, musste er doch befürchten, dass sie, um ihre Schuld zu relativieren, die echte und einzige Wahrheit gestehen würde."

„Meinetwegen. Der junge Wilfried hat sich an sie herangemacht, und sie hat ihn zurückgewiesen. Und was geschah dann?"

Statt einer Antwort sah sie ihn nur offen an.

„Oh, ich verstehe", verkündete Reiner nickend. „Der gute Wilfried fühlte sich in seiner Ehre verletzt und beschloss, sich bitterlich an ihr zu rächen. Ja, das klingt in der Tat plausibel. Aber wie, um alles in der Welt, willst du das bloß beweisen?"

„Die kleine Johanna! Sie ist der Schlüssel zur Wahrheit. Sie hat etwas gesehen in jener Nacht."

„Wer wird diesem Kind glauben? Zumal Wilfried sie gehörig eingeschüchtert hat."

„Aber nur so geht es. Das muss jedem vernünftig denkenden Menschen klar sein, der sich die Fakten vor Augen hält."

„Und was willst du tun? Zum Inquisitor gehen und ihn freundlich darauf hinweisen, dass er sich doch bitte mal die Mühe machen sollte, der kleinen Johanna ein paar Fragen zu stellen?"

„Warum eigentlich nicht?"

Reiner bekam einen heftigen Hustenanfall, von dem er sich erst erholte, als Maria ihm mehrmals auf den Rücken klopfte. Als er endlich wieder frei atmen konnte, trafen ihn auch nicht länger die missbilligenden Blicke der vor der Puppenbühne harrenden Zuschauer, die wegen dieser lauten Ruhestörung wichtige Einzelheiten verpasst hatten.

„Geht es dir wieder besser, mein Herz?", fragte Maria einfühlsam.

„Du willst wirklich zum Inquisitor?"

„Trotz des Furcht erregenden Rufes, den er genießt, gehe ich davon aus, dass er ein kluger, studierter Mann ist. Und wenn er nach der Befragung der kleinen Johanna immer noch glauben sollte, dass Mechthild eine Hexe ist, dann können auch wir nichts mehr daran ändern. Aber er besitzt Erfahrung mit der menschlichen Seele. Und ein eingeschüchtertes Kind wird ihm nicht lange etwas vormachen können. Um ehrlich zu sein frage ich mich, warum er und seine Leute noch nicht von selbst auf diesen Gedanken gekommen sind."

„Genau das sollte dir ein Alarmsignal sein. Vielleicht ist der Inquisitor doch nicht so klug, wie du ihn gern machen möchtest."

„Unsinn. Gerade er wird sich der Logik nicht verschließen können. Ich weiß nicht, auf welche Wahrheit er am Ende stoßen wird. Aber er wird begreifen, dass hier keine Hexerei im Spiel ist."

„Und du glaubst allen Ernstes, dass er dich anhören wird?"

„Keine Sorge, ich weiß schon, wie ich das bewerkstellige. Komm mit, zur Burg!"

Sie fasste nach seiner Hand und zog ihn mit sich fort.

Jutta war immer noch fassungslos. „Ich kann es einfach nicht glauben ..."

„Aber so ist es wohl", sagte Mathäus bitter. „Und jetzt frage ich mich, warum mir nicht gestern schon der Gedanke kam, sie einfach ins

Burgverlies zu sperren. Ich hätte wissen müssen, dass die Geschehnisse in Nideggen ihr keine Ruhe lassen würden."

„Wir müssen sie zurückholen!", sagte Jutta entschlossen.

Mathäus nagte an seiner Unterlippe. „Darauf kannst du dich verlassen. Ich werde sofort den Dietrich losschicken und ihm Prügel androhen, falls er ohne Maria zurückkehrt. Den Hintern versohle ich ihr später höchstpersönlich."

„Du solltest lieber selbst reiten."

„Würde ich tun, wenn es auf dem Hahndorn nicht dieses neue Problem gäbe, dem ich zunächst auf den Grund gehen muss, bevor der Herrgott Merode das gleiche Schicksal widerfahren lässt wie einst Sodom und Gomorrha ..."

Jutta blinzelte verständnislos. Mit kurzen Worten erklärte Mathäus ihr, was im Oberdorf vor sich ging.

„Stigmatisiert?"

„Und jedem, der die Wunden schaut, verlangt sie einen Pfennig ab."

„Was willst du tun?"

„Ich muss die Sache mit Rikalt und Konrad bereden, bevor sich die Geschichte wie ein Lauffeuer verbreitet und das halbe Reich nach Merode pilgert."

„Das fehlte noch. Aber vergiss nicht, zuerst den Dietrich zu entsenden."

„Wie könnte ich das wohl vergessen", knurrte Mathäus.

Im nächsten Augenblick war er wieder verschwunden, denn seine Vorhaben duldeten keinen Aufschub.

Die Welt rauschte an ihm vorüber. Er war in seinem Element. Auf dem Rücken eines Pferdes war er in der Lage, seine Sorgen und Nöte zu vergessen. Sofern er überhaupt welche besaß. In den letzten Jahren waren es jedenfalls deutlich weniger geworden. Genauer: Seitdem er Regina kannte. Inzwischen war sie seine Frau geworden und er war der stolze Vater von fünf Kindern. Es war deshalb nur eine Frage der Zeit, wann sie ihm erneut mitteilen würde, dass sie in anderen Umständen war.

Ja, was wäre die Welt bloß ohne Regina und die Pferde? Und ohne Menschen wie den Dorfherrn Mathäus, der vor Jahren dafür gesorgt hatte, dass man ihn, Dietrich, zum Stallmeister auf Burg Merode beförderte. Mathäus war für ihn ein Held. Ein Mann mit Verstand und Ehre.

Menschen wie ihn gab es nicht wie Bäume im Wald. Sein letztes Wams hätte er für den Dorfherrn weggegeben. Das grobschlächtige Verhalten, das dieser manchmal an den Tag legte, durfte man nicht persönlich nehmen.

Dass er ihm zum Beispiel eine gehörige Tracht Prügel angedroht hatte, falls er ohne Maria nach Merode zurückkehrte, war nichts anderes als ein humoriges Stilmittel seiner Redeweise. Dietrich war stolz, dass der Dorfherr ihn meistens wie einen guten Freund behandelte, als gäbe es nicht den geringsten Unterschied zwischen einem Beamten des Herzogs und einem Mann, der die meiste Zeit des Tages damit verbrachte, sich in Stallungen herumzutreiben, wo er Pferde striegelte und arbeitsscheuen Stallburschen in den Aller-wertesten trat.

Wenn es galt, eilige Botenritte zu erledigen, dann war er, Dietrich, der richtige Mann dafür. Er war unzweifelhaft der schnellste Reiter der Herrschaft. Vor ein paar Jahren, als ihn ein Botenritt zur Nideggener Burg geführt hatte, wurde er von Wilhelm, damals noch nicht Herzog, sogar als schnellster Reiter der Grafschaft bezeichnet. Von diesem Lob zehrte Dietrich heute noch. Wilhelm war nicht gerade verschwenderisch mit Schmeicheleien, zumindest nicht, wenn es sich bei seinem Gegenüber um Vertreter des männlichen Geschlechts handelte. Selbst der griesgrämige Burgvogt Paulus musste neidlos anerkennen, dass Dietrichs Reitkünste von niemandem übertroffen wurden. Auch nicht von Edlen ritterlichen Blutes.

Sein heutiger Auftrag war ebenfalls ein eiliger, allerdings von gänzlich anderer Natur als üblich. Denn es war weder ein Schriftstück noch eine geheime Nachricht, die es zu übermitteln galt. Er hatte diesmal nichts anderes zu tun, als die Tochter des Dorfherrn in Nideggen aufzuspüren, ihr auszurichten, dass sie sich unverzüglich auf den Heimweg zu machen habe und sie im Falle einer Weigerung zu schultern und gewaltsam nach Merode zurückzubringen. Ein seltsamer Auftrag, ohne Frage. Doch für Herrn Mathäus hätte Dietrich sich auch in die Hölle geschlichen, um dem Teufel einen Kübel geweihten Wassers über den gehörnten Schädel zu schütten.

Überall blühte die Natur. Dietrich sog den frischherben Duft des Waldes in sich hinein. Ein junger Fuchs schaffte es im letzten Augenblick, nicht unter die wirbelnden Hufe des Pferdes zu geraten, das dahingaloppierte, als seien sämtliche Metzger der Welt hinter ihm her.

Plötzlich Waffenlärm.

„Brrrr, mein Liebling.“ Sanft zog Dietrich an den Zügeln. Nur wenige Sekunden später stand das Pferd still. Aufmerksam lauschte Dietrich in den Wald hinein. Kein Zweifel, es wurde gekämpft; irgendwo da vorn, hinter der Wegbiegung. Menschen schrien.

Dietrich fluchte leise. Das hatte ihm noch gefehlt. Vorkommnisse, die seinen Ritt verzögerten, waren ihm so willkommen wie eine Magenverstimmung. Und er hatte nicht die geringste Lust, Zeuge einer mörderischen Keilerei zu werden, die irgendwelche Strolche sich untereinander lieferten. Einen Moment lang spielte er mit dem Gedanken, einen Umweg einzuschlagen. Doch auch sein Gewissen meldete sich deutlich zu Wort. Was, wenn es in Wirklichkeit brave Reisende waren, die dort von gottlosen Schurken attackiert wurden und möglicherweise Hilfe brauchten? Zwar waren Dietrichs Waffenkünste weiß Gott nicht so berühmt wie seine Reitkünste – er war heilfroh, wenn er sich bei der Handhabung des Schwertes nicht selbst verletzte –, aber seine Christenpflicht gebot es ihm, zumindest nach möglichen Verwundeten zu schauen und ihnen beizustehen. Dazu musste er erst das Ende des Kampfes abwarten und darauf hoffen, dass sich die Strauchdiebe nach vollendetem Werk rasch mit ihrer Beute zurückzogen und nicht auch noch ihn bedrohten. Wie auch immer: Es war zu befürchten, dass dieser Tag und sein Auftrag nicht nach Plan verlaufen würden.

Nach zwei weiteren Flüchen, die er vor sich hinbrummte, fiel Dietrich auf, dass das Kampfgeschrei inzwischen verklungen war. Nur noch friedliches Vogelgezwitscher und ein ebenfalls unbeeindruckter Kuckuck waren zu vernehmen. Das Herz klopfte dem Stallmeister plötzlich bis zum Hals.

„Also gut, mein Liebling“, raunte er seinem Pferd zu. „Wollen wir mal nachschauen, wen es da erwischt hat.“

So geräuschlos wie nur möglich näherte sich Dietrich dem vermeintlichen Ort des Gemetzels.

Der Anblick, der sich ihm schließlich hinter der Wegbiegung bot, ließ ihn beinahe aus dem Sattel fallen – was übrigens ein Novum in seinem Leben gewesen wäre –, so unglaublich erschien er ihm. Die drei in dreckige Lumpen gehüllten Gestalten, die dort seltsam verrenkt und zweifellos mausetot in ihrem Blut auf dem Boden lagen, waren gewiss keine braven Reisenden. Das waren die Strauchdiebe! Selbst im Tod waren ihre Gesichter noch verwegen. Und daneben standen wie selbstverständlich ihre Bezwinger, die braven Reisenden nämlich. Der eine, ein Berg von einem Mann, säuberte die blutverschmierte Klinge seines Kurzschwertes am Kittel eines Toten. Bei dem anderen handelte es sich um einen Ordensbruder. Stumm starrte dieser auf die leblosen Körper zu seinen Füßen.

Räuspernd näherte sich Dietrich den Männern.

„Äh, braucht Ihr Hilfe?"

„Ihr kommt zu spät, tapferer Recke", erwiderte der Mönch. Seine dunkle Stimme schien vor Spott zu triefen. „Doch seid unbesorgt: Mein treuer Begleiter hat das Problem, das sich uns in den Weg stellte, bereits beseitigt. Gott möge ihm vergeben, denn er handelte in Notwehr. Und den Seelen der drei Unholde", er schlug ein Kreuz über die Leichen, „möge der Allmächtige den ewigen Frieden schenken."

Erst jetzt erkannte Dietrich, dass der Ordensbruder ein Krüppel war. Seine Hände – vielmehr das, was von ihnen übrig geblieben war – verschwanden in den Ärmeln seiner Kutte. Dietrichs anfänglicher Unglaube war inzwischen einer maßlosen Bewunderung gewichen. Er musterte den Koloss von Kopf bis Fuß.

„Und Ihr habt die Kerle ganz allein ...?"

„Nein, der Erzengel Michael kam mir mit seinem Flammenschwert zu Hilfe."

„Sogar noch scherzen könnt Ihr nach diesem Schreck. Wohin führt Euch Euer Weg?"

„Was geht Euch das an?" Die Augen des Riesen begannen böse zu funkeln. Bedrohlich trat er dem Reiter entgegen, dessen Pferd nervös zurücktänzelte. „Wir brauchen Eure Hilfe nicht. Gehabt Euch wohl."

Dietrich schluckte unbehaglich und suchte den Blick des verkrüppelten Mönches. Der nickte ihm wohlwollend zu.

„Danke, dass Ihr uns zur Seite stehen wolltet, mein Sohn. Verzeiht dem Samson seine ungestüme Art, aber er hat Recht: Wir kommen zurecht! Gott segne Euch!"

Dietrich nickte und wendete sein Pferd. Er war froh, seinen Weg nach Nideggen fortsetzen zu können, zumal die beiden seltsamen Männer ihm ebenso wenig geheuer waren wie die toten Strauchdiebe.

8

„Sie will zum Inquisitor! Sie will tatsächlich zu ihm!" Reiner, der mit sich selbst sprach, schüttelte unermüdlich den Kopf.

„Reg dich ab, Liebster. Ich weiß schon, was ich tue. Zuerst müssen wir mit Herzog Wilhelm sprechen."

Sie erreichten das Haupttor der Burg und wollten es eben durchschreiten, als sich ein baumlanger Wächter vor ihnen aufbaute. Seine Hände umklammerten eine Lanze, die ihn sogar noch um einiges überragte.

„Langsam, Herrschaften. Wo soll's denn hingehen?"

„Zum Herzog", erwiderte Maria mit einer Selbstverständlichkeit, die den Langen veranlasste, seine Stirn in tiefe Falten zu legen.

„Nun, schönes Kind, ich fürchte, der Herzog hat keine Zeit für euch."

„So? Und woher wollt Ihr das wissen?"

„Eine Audienz musst du schon beantragen. Komm morgen wieder, schönes Kind, und wende dich an den Secretarius."

„Was faselt der da ständig von einem schönen Kind?", brummte Reiner missmutig.

„Lass ihn doch", flüsterte Maria ihm zu.

„Ich mag das aber nicht."

„Jetzt ist wirklich keine Zeit für unsinnige Eifersüchteleien." Sie wandte sich wieder an den Langen und klapperte mit den Augenlidern. „Ich fürchte, unser Anliegen duldet keinen weiteren Aufschub. Aus diesem Grund muss ich den Herzog schon heute sprechen."

Der Lange war hin und her gerissen zwischen eiserner Pflichterfüllung und dem Charme der jungen Frau, die dort vor ihm stand und ihn ansah, als sei er der Mann ihrer Träume.

„Lass das", zischte Reiner.

„Was denn?"

„Guck ihn nicht so an."

„Muss leider sein."

Der Lange blinzelte misstrauisch. „Was tuschelt ihr da? Hat dein Begleiter ein Problem?"

„Keines", versicherte ihm Maria. „Also, was ist nun? Dürfen wir?"

„Ich weiß nicht so recht ..."

„Wisst Ihr eigentlich, wer ich bin?"

„Um ehrlich zu sein: nein. Wer bist du denn, schönes Kind?"

„Ich bin die Tochter des Mathäus Dreyling, Dorfherr zu Merode, der im Dienste des Herzogs steht. Und der edle Herr hier ist Reiner von Mausbach. Ihr kennt doch das Geschlecht der Mausbacher?"

„Wie? Sicher."

„Na also. Dann seid so freundlich und lasst uns jetzt hinein. Wir müssen dringend zum Herzog."

„Aber ... woher weiß ich, dass du die Wahrheit sagst, schönes Kind? Schließlich kann nicht jeder Dahergelaufene ..."

„Wir sind keine Dahergelaufenen, das versichere ich Euch!" Reiner konnte nicht länger an sich halten. „Und wenn Ihr sie noch einmal schönes Kind nennt, dann dürft Ihr Euch über zwei schöne blaue Augen freuen."

„Er macht nur Spaß", winkte Maria mit einem gequälten Lächeln ab.

„Äußerst lustig", knurrte der Lange. „Trotzdem kann ich euch nicht einfach hier reinlassen."

„Fragt den Burschen dort!" Maria deutete auf einen der Stallknechte, der im Hintergrund über den Burghof schlich und verstohlen zu ihnen herüberschielte. „Er kann Euch bestätigen, dass ich die bin, für die ich mich ausgebe."

„Sicher auch einer dieser galanten Verehrer von dir", vermutete Reiner.

„He, Waldo! Komm doch mal her!", rief der Lange.

Der Bursche gehorchte.

„Kennst du dieses schöne Kind?"

„Ddas ist doch ddie Tochter des Meroder Ddorfherrn", stotterte der Herbeizitierte errötend.

„Seht Ihr?", frohlockte Maria. „Man kennt mich hier!"

„Kann man wohl sagen", murmelte Reiner verdrossen.

„Und jetzt seid so freundlich und sorgt dafür, dass man uns zum Herzog führt."

„Also gut, ich will sehen, was sich machen lässt. Aber dein Begleiter muss zuerst sein Schwert ablegen!"

„Ich soll was?“, brauste Reiner auf. „Ich bin ein Mausbacher und werde den Teufel tun. Mein Ehrenwort muss genügen.“

„Vorschrift ist Vorschrift“, blieb der Lange unerbittlich. Er musterte den jungen Mausbacher von Kopf bis Fuß.

„Was glotzt Ihr mich an?“

„Ich glotze doch gar nicht.“

„Ich kann Euch versichern, dass ich trotz meiner Blindheit durchaus mit einer Waffe umgehen kann.“

„Genau deshalb sollt Ihr mir Euer Schwert aushändigen.“

Bevor Reiner seiner Empörung erneut Ausdruck verleihen konnte, spürte er Marias sanfte Hände auf seinen Armen.

„Liebster, bitte! Gib ihm doch dieses verdammte Schwert. Vertrau mir.“

Reiner grummelte etwas Unverständliches und entledigte sich mit fuchtigen Bewegungen des Schwertgurtes.

„Stigmatisiert?“ Konrad, Herr der westlichen Hälfte von Burg Merode, grinste schief. „Ihr macht wohl Scherze, Herr Mathäus.“

„Leider nicht, Herr Konrad.“

Die Blicke der im Saal der ‚Scheiffarts‘ Versammelten hafteten auf den Dorfherrn wie Kletten auf dem Wams eines Waldgängers. Konrad grinste unverdrossen weiter. Sein Cousin, der jüngere Rikalt, Herr der östlichen Burghälfte, schaute dagegen ziemlich ernst drein, besorgt beinahe. Seit einigen Jahren war der junge Meroder bereits mündig; nichtsdestotrotz wich der Burgvogt Paulus, der einst Rikalts abwesenden Vormund vertreten hatte, selten von seiner Seite. Rikalt, obschon keineswegs beeinflussbar, ließ den Burgvogt gern gewähren. Mit Paulus im Rücken, der allein durch seinen finsteren Anblick Furcht einflößte, besaß Rikalt immerhin die Gewissheit, dass sein Cousin Konrad es sich gründlich überlegen musste, ob er sich die andere Burghälfte, die er unverhohlen begehrte, mit Gewalt aneignen wollte. Mit Paulus und seinen Männern war eben nicht zu spaßen. So ungehobelt, gewalttätig und starrsinnig Paulus auch war – an seiner Loyalität bestanden keinerlei Zweifel.

Im Jahre des Herrn 1294 waren Burg und Herrschaft von Merode unter zwei Zweigen der Familie aufgeteilt worden. Wahrscheinlich hatte der Urheber dieser Maßnahme, der selige Johann Scheiffart, auf diese Weise lediglich Erbstreitigkeiten vorbeugen wollen, doch erreicht hatte er das genaue Gegenteil. Seit jenem Tag bestand die Ortschaft Merode aus einem Ober- und einem Unterdorf, waren die Bauern der einen Dorfhälfte diesem Herrn von Merode untertan, die anderen jenem. Dies führte nicht nur unter den Herrschenden zu niemals endenden Rivalitäten, sondern hatte außerdem zur Folge, dass die Ober- und die Unterdörfler einander schikanierten, was das Zeug hielt. Um diesem Zustand entgegenzuwirken – und um dem Ehrgeiz der Herren von Merode die Grenzen aufzuzeigen – hatte Wilhelm von Jülich einst den Posten des Dorfherren geschaffen, der schlichten, Frieden stiften und zwischen potentiellen Streithähnen vermitteln sollte. Mathäus war dieser Aufgabe bisher zu Wilhelms vollster Zufriedenheit nachgekommen.

„Stigmata! Oh, welch ein Wunder", höhnte Konrad. „Und das in meiner Dorfhälfte. Der Herrgott schickt uns ein Zeichen!"

„Lass diesen Quatsch jetzt bleiben, Vetter", knurrte Rikalt ungehalten. „Herr Mathäus, Ihr habt völlig Recht: Wo der Glaube ins Spiel kommt, da hört der Spaß gänzlich auf! Es ist an uns, etwas zu unternehmen."

„Wir müssen eben prüfen, ob diese Wundererscheinung wirklich von da oben kommt", schlug der Burgvogt vor und deutete mit dem Kinn Richtung Decke.

„Ihr könnt ja mal dort anfragen, Paulus", sagte Konrad und gähnte herzhaft.

Mathäus trommelte mit den Fingern auf der Tischplatte, verzichtete aber darauf, diese Äußerungen zu kommentieren. „Nun, ich will keineswegs behaupten, dass ich nicht an göttliche Zeichen und Wunder glaube. Doch wenn sich diese Zeichen und Wunder an einem der Bälger der Kunigunde offenbaren, dann habe ich wahrhaftig meine Zweifel."

„Aber Herr Mathäus", witzelte Konrad, „unser Herrgott offenbarte sich der Menschheit als der Sohn eines armen Zimmermanns."

„Das stimmt, aber die Jungfrau Maria und ihr Mann Joseph hatten mit Kunigunde und Ortwin so viel gemein wie ...", Mathäus überlegte kurz und fuhr dann dort, „wie Ihr zum Beispiel mit dem Herzog von Jülich."

Konrad erbleichte, doch er zog es vor, fortan zu schweigen. Eine Gelegenheit, dem Dorfherrn diese Zurechtweisung zu vergelten, würde sich schon irgendwann ergeben.

„Sollte sich herausstellen“, schloss Mathäus, „dass hier bei uns in Merode fauler Zauber, ja Blasphemie betrieben wird, kann das unangenehme Konsequenzen für die Herrschaft haben.“

Rikalt nickte. „Also müssen wir dafür Sorge tragen, dass dieser Spuk so schnell wie möglich aufhört, bevor Pilgerscharen aus dem ganzen Herzogtum hier auftauchen.“

Paulus erhob sich von seinem Stuhl. „Also gut, ich erledige das!“

„Gemach, Herr Paulus.“ Mathäus schüttelte mit dem Kopf. „So einfach ist es leider nicht.“

Die Augen des Burgvogtes schossen unaufhörlich Blitze auf den Dorfherrn ab. „Bei Euch ist nie etwas einfach, Mathäus. Und was diese Geschichte mit meinem Sohn und Eurer Tochter angeht ...“

„Das tut hier nichts zur Sache“, unterbrach ihn Rikalt barsch.

„Also schön. Was ist daran verkehrt, dieser verrückten Kunigunde unverzüglich das Handwerk zu legen?“

„Viele Leute glauben tatsächlich daran, dass es sich bei der Stigmatisierung um ein Wunder handelt. Wir müssen sie zuerst davon überzeugen, dass alles nur ein hausgemachter Schwindel ist. Sonst empören sie sich am Ende. Und daran wollt Ihr doch nicht schuld sein, oder?“

„Er hat Recht, wir müssen behutsam vorgehen und den Betrug beweisen“, erklärte Rikalt und bedeutete dem Burgvogt mit einer Geste, sich wieder zu setzen. Zähne knirschend gehorchte dieser. Rikalt sah dem Dorfherrn schmunzelnd in die Augen.

„Herr Mathäus, wollt Ihr diese Aufgabe übernehmen?“

„Gewiss doch, Herr Rikalt. Meine offizielle Beauftragung in dieser Angelegenheit war schließlich Zweck dieser Versammlung.“

Herzog Wilhelm war über die Ruhestörung keineswegs erbaut. Missmutig hob er seinen Kopf.

„Was ist?“, fragte er den Diener barsch.

„Verzeiht, Durchlaucht. Aber da sind zwei Personen, die verlangen, Euch dringend zu sprechen.“

„Was du nicht sagst. Schick sie zum Teufel. Ich habe jetzt wirklich andere Sorgen.“

Er widmete sich wieder der Kladde, die vor ihm auf dem Pult lag.

Der Diener räusperte sich. „Durchlaucht, ich fürchte, die beiden werden sich kaum abweisen lassen. Das Mädchen behauptet, dass etwas Schreckliches geschehen werde, wenn man sie nicht zu Euch vorließe.“

„So? Und hat sie vielleicht auch gesagt, was das wohl sein könnte?"

„Es geht um eine möglicherweise zu Unrecht des Mordes angeklagte Person, sagt sie."

„Wie fürsorglich von ihr. Wer ist dieses Mädchen?"

„Sie behauptet die Tochter des Meroder Dorfherrn zu sein."

„Die Tochter des Mathäus? Trottel, warum sagst du das nicht gleich? Lass sie eintreten!"

Kurz darauf betraten Maria und Reiner das Amtszimmer des Herzogs. Wilhelm erhob sich mit einer für sein Alter erstaunlichen Behändigkeit von seinem Stuhl. Mit einer abwinkenden Handbewegung bat er die beiden, auf die üblichen Gesten der Ergebenheit zu verzichten. Lächelnd trat er auf sie zu.

„Maria!" Er ergriff ihre Hand und küsste sie. „Wie ich sehe, sind die Geschichten, die mir über dich zu Ohren kommen, keineswegs übertrieben."

„Und welche Geschichten hört Ihr über mich, Durchlaucht?"

„Dass du die schönste Blüte meines Herzogtums bist. Kein Wunder, dass die Männer, die dich einmal gesehen haben, fortan unruhige Nächte haben."

Sein Fauxpas wurde dem Herzog bewusst, als sein Blick auf Marias Begleiter fiel.

„Oh, und Ihr müsst Reiner von Mausbach sein. Auch von Euch hörte ich bereits. Verzeiht mir, wenn meine Worte taktlos klangen; es war keine Absicht."

„Macht Euch darüber keine Gedanken, Durchlaucht", erwiderte Reiner, „wenn ich solche Worte höre, wird mir immer wieder bewusst, welch einen kostbaren Schatz ich da eigentlich besitze."

„Aber zuerst spielt er eine Weile den Eifersüchtigen", entfuhr es Maria.

„Ist doch überhaupt nicht wahr!"

„Ist wohl wahr!"

Herzog Wilhelm schmunzelte und verkündete seine Meinung in dem sich anbahnenden Disput. „Wenn ich Reiner wäre und ein Mädchen wie dich hätte, Maria, würde ich jeden Mann, der dir auch nur nahe käme, windelweich prügeln."

„Oh!" Des Herzogs rabiate Erklärung ließ Maria etwas verwirrt dreinschauen. Zudem war sie des Themas überdrüssig. Früher wäre sie rot geworden, doch jetzt hatte sie Mühe, sich keine Verärgerung anmerken zu lassen. Schließlich stand sie vor dem Herzog von Jülich. Und den wollte sie um etwas bitten.

„Verzeiht uns, dass wir unangemeldet vor Euch erscheinen, Durchlaucht."

„Aber das macht überhaupt nichts. Wie ich hörte, geht es um eine Mordverdächtige?"

„So ist es."

Wilhelm schmunzelte erneut. „Diese Person muss es gewiss verdienen, dass ihr euch für sie einsetzt. Um wen handelt es sich?"

Maria holte tief Luft. „Um die Frau des Bäckers, Durchlaucht."

Das Lächeln auf Wilhelms Lippen erstarb. „Was?", fragte er heiser.

„Ihr Name ist Mechthild. Sie sitzt in Eurem Burgverlies."

„Natürlich sitzt sie dort." Wilhelm verschränkte die Arme vor seiner Brust und wirkte mit einem Mal unnahbar. „Was wollt ihr?"

„Wir haben guten Grund zu der Annahme, dass Mechthild unschuldig am Tod ihres Gatten ist."

„Keine Sorge, der Inquisitor Bernhard von Marburg, der zufällig als Gast auf meiner Burg weilt, hat sich der Sache schon angenommen."

„Ob dies kein Grund zur Sorge sein soll, möchte ich dahin gestellt lassen", entfuhr es Maria eher ungewollt. Sie räusperte sich und verkündete fordernd: „Wir möchten mit dem Inquisitor sprechen!"

„Ausgeschlossen!" Wilhelms Ton ließ keinen Zweifel, dass er keinen Widerspruch duldete. Freilich war es ein hoffnungsloses Unterfangen, Maria, die er eben noch umschmeichelt hatte, auf diese Weise einzuschüchtern.

„Warum?", fragte sie trotzig. „Warum dürfen wir nicht mit dem Inquisitor sprechen?"

„Weil das nicht möglich ist!"

„Um Vergebung, Durchlaucht. Mit dieser Antwort will ich mich nicht zufrieden geben."

Wilhelm schüttelte fassungslos den Kopf. „Sie ist wie ihr Vater", murmelte er vor sich hin.

„Ist das als Lob gedacht oder als Beleidigung, Durchlaucht?"

„Weder noch! Es ist eine Feststellung, Maria Dreyling."

„Dann werdet Ihr wissen, dass ich eine klare Antwort von Euch erwarte. Weshalb ist es nicht möglich, mit dem Inquisitor zu sprechen?"

„Maria", zischte Reiner. „Du stehst vor dem Herzog."

„Und wenn er der Kaiser selbst wäre“, antwortete sie laut und vernehmlich, „er kann uns nicht behandeln, als wären wir kleine Kinder. Ich habe ihm eine Frage gestellt!“

„Maria! Liebste! Um Himmels Willen, halt jetzt deinen zuckersüßen Mund, den ich doch so sehr liebe ...“

„Ich werde den zuckersüßen Mund schon früh genug halten.“ Sie sah Wilhelm offen an. „Sobald der Herzog meine Frage beantwortet hat.“

Wilhelm stülpte die Unterlippe vor und wusste offenbar nicht, wie er der Unbeharrlichkeit des Mädchens begegnen sollte. Er entschied sich für die Methode der Geduld und schaffte es, das Lächeln, für das er bekannt war – zumindest wenn sich hübsche Frauen in seiner Gegenwart befanden –, wieder um seine Mundwinkel zu zaubern.

„Der Inquisitor mag es nicht, wenn man sich in diese Angelegenheit einmischt, mein Kind. Und glaube mir, er ist auch ohne eure Mutmaßungen in der Lage, die Wahrheit herauszufinden. Schließlich handelt er im Auftrag der Mutter Kirche. Der heilige Geist und alle Heiligen stehen ihm zur Seite. Ihr braucht euch also wirklich keine Sorgen zu machen. Alles wird nach Gottes Willen geschehen.“

„Alles wird nach Bernhard von Marburgs Willen geschehen“, unterbrach ihn Maria brüsk, „und ob der mit dem Willen Gottes identisch ist, wage ich zu bezweifeln.“

„Genug jetzt“, erwiderte der Graf mit neuem Unwillen. „Ich habe dir eine Antwort gegeben, Maria Dreyling. Die Audienz ist hiermit beendet!“

Reiner machte eine leichte Verbeugung und griff rasch nach Marias Hand, die diese ihm jedoch sofort wieder entzog.

„Ihr wisst selbst, dass Eure Antwort alles andere als befriedigend ist, Durchlaucht“, sagte sie unbeugsam.

„Es ist nicht meines Amtes, jedermanns Fragen zu beantworten. Ich habe andere Pflichten.“

„Das Wohl der Menschen in Eurem Herzogtum sollte auch zu Euren Pflichten gehören. So zum Beispiel auch das der Bäckersfrau, die wahrscheinlich zu Unrecht in Eurem Kerkerloch da unten schmachtet.“

Wilhelm Gesicht wurde für einen Moment lang so rot wie ein Flusskrebs. Reiner, in Erwartung eines verbalen Donnerwetters, zuckte bereits zusammen, doch zu seiner Überraschung blieb es aus. Der Herzog stieß die eingesogene Luft aus seinem Brustkorb und kam mit sanften Schritten auf die beiden zu. Unmittelbar vor Maria blieb er stehen.

„Offenbar überschätzt du meine Möglichkeiten", sagte er traurig.

„Ihr seid der Herzog. Ihr könnt tun und lassen, was Euch beliebt."

„Wie wenig du doch weißt, mein Kind. Nun, in einem hast du Recht: Das Wohl der Menschen in meinem Herzogtum liegt mir durchaus am Herzen. Erst recht das Wohl der Menschen, die mir nahe stehen. Und dazu zählst auch du, Maria, denn du bist die Tochter des Mathäus Dreyling, den ich schätze wie kaum einen anderen Menschen. Ich möchte nicht, dass du und auch dein Gefährte euch in Gefahr begebt.

„Wieso Gefahr?" Maria spreizte flehentlich die Hände. „Was ist daran gefährlich, dem Inquisitor bei seinen Ermittlungen behilflich zu sein?"

„Glaube mir nur, Maria: Es ist besser so. Das Ganze ist leider kein Kinderspiel. Was, wenn jemand auf die Idee kommt, Euch der Mittäterschaft zu bezichtigen?"

„Aber warum sollte das jemand tun? Und wie wollte er es beweisen?"

„Nicht alle Fragen lassen sich mit Logik beantworten, mein Kind." Er dämpfte geheimnisvoll die Stimme. „Noch bevor Bernhard von Marburg mein Gast wurde, ist mir einiges über ihn und die heilige Inquisition zu Ohren gekommen. Um ehrlich zu sein: Ich kann es kaum erwarten, ihn und seine Konsorten wieder von der Burg verschwinden zu sehen. Und ich sage es jetzt zum letzten Mal: Ich werde euch nicht zu ihm vorlassen."

„Wirklich Euer letztes Wort?"

„Das allerletzte!"

Maria kaute auf einem Mundwinkel. „Gestattet uns wenigstens einen Besuch bei der Bäckersfrau."

„Den Teufel werde ich tun. Ihr habt mit dieser Geschichte nicht das Geringste zu schaffen. Und das soll auch so bleiben. Ich habe wahrlich keine Lust, dem widerborstigen Mathäus später etwas erklären zu müssen. Gehabt euch wohl. Kommt erst wieder zu mir, wenn ihr mir euren Stammhalter präsentieren wollt. Ich verstehe ohnehin nicht, wie ihr beiden Turteltauben überhaupt noch an etwas anderes denken könnt."

„Ich auch nicht", knirschte Reiner.

Maria wiegte nachdenklich ihr Kinn. „Ihr habt wohl Recht, Durchlaucht", erklärte sie schließlich mit einer Einsicht, die Reiner staunen ließ. „Wir werden Euren Rat beherzigen."

„Es war kein Ratschlag, sondern ein Befehl", lächelte Wilhelm versöhnlich.

„Danke, dass Ihr ein Ohr für uns hattet!"

Sie erwiderte sein Lächeln, verbeugte sich und verließ gemeinsam mit Reiner den Raum.

„Grüßt mir Mathäus, diesen sturen Hund", rief Wilhelm ihnen hinterher.

„Werden wir tun", sagte Maria leise, als sie sich bereits auf dem Korridor befanden. „Aber alles zu seiner Zeit."

„Was heckst du aus?", wollte Reiner von ihr wissen. Seine Augenbrauen verengten sich in dunkler Vorahnung.

„Zuerst werden wir Mechthild in ihrem Kerkerloch besuchen. Und dann Bernhard von Marburg."

Bei allen Märtyreren, hast du denn nicht gehört, was der Herzog gesagt hast?"

„Sicher. Bin ja nicht taub."

„Du hast ihm versprochen, seinen Rat zu beherzigen."

„Ja, das habe ich. Wenn unser Stammhalter einst da ist, werden wir wieder bei ihm vorstellig."

„Das meinte er nicht. Das weißt du ganz genau. Er hat dir verboten, weiter in dieser Hexenangelegenheit zu schnüffeln."

„Es gibt keine Hexen!"

„Mir egal. Auf jeden Fall machen wir uns jetzt hier dünn!" Seine Hand suchte das fehlende Schwert an seiner Seite. „Verdammt, man kommt sich regelrecht nackt vor. Komm jetzt!"

„Zuerst zu Mechthild, sagte ich. Und dann zum Inquisitor!"

Reiner hob flehend beide Hände. „Gütiger Gott im Himmel, warum macht sie das bloß?"

„Gib dir keine Mühe, der gütige Gott im Himmel ist ebenfalls ein Freund der Gerechtigkeit." Sie winkte den Diener herbei, der sie bereits beim Herzog angekündigt hatte. Dass Wilhelm den beiden so schnell und freudig eine Audienz gewährt hatte, davon war er sehr beeindruckt. Beflissen trat er näher.

„Wir möchten zum Kerker", erklärte Maria ihm.

„Wie?"

„Zum Kerker. Wo die Frau des Bäckers sitzt!"

Der Diener zupfte verunsichert an seiner Nasenspitze. „Ich weiß nicht, ob ich Euch einfach – äh ..."

„Sicher könnt Ihr! Befehl des Herzogs! Worauf wartet Ihr noch?“

„Nun, eigentlich müsste ich zuerst beim Herzog ...“

„Ihr glaubt mir nicht?“

„Wie? Sicher, aber ...“

„Dann hurtig. Wir haben nicht viel Zeit.“

„Jawohl, edles Fräulein. Folgt mir.“

„Was sagst du nun?“, flüsterte Maria ihrem Liebsten unterwegs zu.

„Mir fehlen die Worte“, erwiderte Reiner seufzend. Und er meinte es ernst.

9

Es war der gleiche Bursche, der bereits die Pferde der beiden Verliebten in Empfang genommen hatte. Diesmal näherte er sich diensteifrig dem Dietrich, der soeben durch das Stadttor geritten kam und suchend umherspähte.

„Herr, wenn Ihr wollt, nehme ich Euer Pferd in Verwahrung."

„Du?" Dietrich musterte ihn von oben bis unten.

„Es wird Euch nicht viel kosten, Herr."

„Ich bin kein ‚Herr', also sei ruhig sparsam mit deinem Atem." Er stieg vom Pferd und deutete auf das vor Dreck starrende Wams des Burschen. „Wenn es in deinem Stall genau so aussieht, habe ich wenig Lust, meinen Liebling in deine Obhut zu geben."

„Wie? Welchen Liebling?"

„Mein Pferd, du Esel."

„Ach so, Euer Pferd. Oh, seid unbesorgt, den Stall habe ich gestern noch ausgemistet." Er grinste. „Was glaubt Ihr, weshalb ich so aussehe?"

Dietrich sah ihn immer noch skeptisch an. „Zuerst wirst du meinen Liebling mit Stroh abreiben."

„Sicher."

„Mit frischem Stroh, hast du verstanden? Wage es nicht und verwende welches, das alle Hunde dieser Stadt als Latrine benutzt haben."

„Mit frischem Stroh, nicht mit bepisstem. Was glaubt Ihr denn?"

„Aber vorher wirst du ihm noch frisches Wasser geben."

„So frisch wie aus einem Quell."

„Ich hoffe, du hast auch etwas Hafer für meinen Liebling."

„Das wird sich einrichten lassen."

„Also gut." Dietrich reichte dem Burschen die Zügel. „Wenn mein Liebling sich über dich beklagt, breche ich dir alle Knochen einzeln", sagte er mit einer Belanglosigkeit, als spreche er über das Wetter.

Der Bursche, der nicht wusste, wie ernst er diese Drohung zu nehmen hatte, zog es nach ein paar Augenblicken des Grübelns vor, darüber zu lächeln.

„Das war alles andere als ein Spaß", räumte Dietrich sämtliche Zweifel aus.

„Oh, macht Euch keine Sorgen um das Pferd. Ihr bekommt es wohlbehalten zurück. Den Stall findet Ihr dort hinten, direkt neben der Schmiede." Er hatte es nun eilig zu verschwinden, doch Dietrich hielt ihn fest.

„Warte!"

Der Bursche verdrehte die Augen und stöhnte leise. „Eure Besorgnis in allen Ehren, aber ich versichere Euch, dass Euer Pferd sich bei mir in den besten Händen befindet."

„Nein, das meine ich nicht. Was das Pferd angeht, habe ich mich klipp und klar ausgedrückt."

„Kann man wohl sagen."

„Vielmehr erbitte ich noch eine Auskunft. Vielleicht kannst du mir ja weiterhelfen. Ich suche eine junge Frau, die sich in Begleitung eines Mannes befindet. Sie hat lange schwarze Haare, hat ein, äh, sehr hübsches Gesicht und ..."

„... und ist die schönste Frau, die diese Stadt seit langem betreten hat." Er zwinkerte vielsagend mit einem Auge. „Und ihr ritterlicher Begleiter ist offenbar blind."

„Du hast die beiden gesehen?"

„Sie haben mir sogar ihre Pferde in Verwahrsam gegeben. Und das, mit Verlaub, mit weitaus höflicheren Worten als Ihr es getan habt."

„Wohin sind sie gegangen?"

Er zuckte die Achseln. „Was weiß ich? In die Stadt. Ich bin nicht neugierig, frage meine Kunden nicht nach dem Woher und Wohin. Ist das Mädchen Eure Tochter? Hat dieser blinde Ritter sie etwa entführt?"

„Nicht neugierig, wie?"

„Verzeiht mir. Darf ich jetzt Euer Pferd versorgen?"

„Bitte!"

Nachdenklich blickte Dietrich Bursche und Pferd hinterher. Geschwind nach Nideggen zu reiten war das kleinere Problem. Die Tochter des Dorfherrn hier zu finden ein größeres. Sie von der Notwendigkeit zu überzeugen, schnell nach Merode zurückzureiten das allergrößte. Schritt für Schritt mussten diese Aufgaben bewältigt werden. Das Vertrauen des Dorfherrn in ihn war groß, er durfte ihn nicht enttäuschen. Die Stadt hatte er ja bereits erreicht – wenn auch mit einer kleinen, merkwürdigen Verzögerung. Hier in Nideggen hielt

Maria es also für angebracht, ihre hübsche Nase in Angelegenheiten zu stecken, die sie nichts angingen. In gefährliche Angelegenheiten, wie Mathäus eindringlich betont hatte: Der ermordete Bäcker! Seine der Hexerei angeklagte Frau! Der Inquisitor! Was, zum Teufel, dachte sich die eigenwillige Ziehtochter des Dorfherrn eigentlich dabei, sich hier einzumischen?

Alles Grübeln führte zu nichts. Er musste sie finden. Irgendwo. Mathäus hatte ihm empfohlen, sich zunächst einmal unauffällig umzuhören und sich dann, falls erforderlich, direkt an den Herzog zu wenden. Wilhelm würde aus alter Freundschaft zum Dorfherrn nicht zögern, das Notwendige zu veranlassen, um bei der Suche nach Maria zu helfen, bevor sie größeres Unheil anrichten konnte.

Immer noch über die genaue Vorgehensweise nachsinnend, marschierte Dietrich die Straße zum Marktplatz hinab, ignorierte die Puppenspieler, um die sich wieder eine beachtliche Menschenmenge geschart hatte, und gelangte zum ‚Goldenen Schwein'. Da er Durst verspürte, beschloss er, das Angenehme mit dem Nützlichen zu verbinden und kurz dort einzukehren. Bekanntlich wussten Wirte ja stets, was die Spatzen von den Dächern pfiffen. Das war auch in Nideggen nicht anders.

Die Wirtsstube war gut gefüllt. Da es keinen freien Tisch mehr gab, setzte sich Dietrich zu einem fetten Kesselflicker und merkte zu spät, dass dieser hoffnungslos betrunken war. Bei der kaum weniger beleibten Wirtin bestellte er einen Becher Bier.

„Junge, was machst du denn hier?", lallte der Kesselflicker und rülpste laut. „Dich habe ich hier – hicks – noch nie gesehen!"

„Einmal ist es immer das erste Mal", murmelte Dietrich.

„Und witzig ist er auch noch. Hicks!" Seine Hand fiel klatschend auf Dietrichs Schulter. „Also, was machst du hier in Nideggen?"

Dietrich wollte ihm zunächst eine barsche, abweisende Antwort erteilen, doch dann besann er sich. Warum sollte ein Betrunkener ein schlechterer Informant sein als jeder andere? Jedenfalls würde er ihn nicht belügen, zumindest wenn man dem alten Sprichwort Glauben schenken durfte, dass Betrunkene und kleine Kinder stets die Wahrheit sprachen.

„Nun, ich suche jemanden", bekannte er deshalb aufrichtig.

„Soso, du suchst jemanden. Ist deine – hicks – ist deine Alte etwa vor dir davongelaufen, he?"

„Warum sollte meine Regina vor mir weglaufen? Dafür gibt es keinen Grund. Ich suche eine junge Frau!“

„So einer bist du also.“ Der Kesselflicker grinste breit und rülpste von neuem. „Ich nehme an, deine Ragine, äh, Regina weiß nichts von dieser Suche.“

„Du verstehst mich nicht. Ich suche diese junge Frau ja nicht für mich.“

Der Kesselflicker blinzelte interessiert. „Für wen sonst? Für einen Kumpel?“

„Quatsch! Sie ist die Tochter eines Freundes und von zu Hause weggerannt.“

„Ts, ts, wie ungezogen von ihr. Wie sieht sie, hicks, wie sieht sie denn aus?“

Inzwischen war die Wirtin am Tisch erschienen und brachte das bestellte Bier.

„Sie ist schlank, recht hübsch“, er räusperte sich, „hat langes, schwarzes Haar, eine auffallend dunkle Haut und ist keineswegs auf den Mund gefallen.“

„Die Nichte des Inquisitors!“, nickte die Wirtin, die Dietrichs Worten andächtig gelauscht hatte.

Dietrich verschluckte sich fast an seinem Bier. „Die Nichte des Inquisitors?“, prustete er.

„Ja, die war hier. Gegen Mittag. Und in ihrer Begleitung befand sich ihr blinder Schreiber.“

„Blinder Schreiber“, wiederholte Dietrich mit tonloser Stimme.

„Na ja, ich glaube nicht, dass der Mann tatsächlich blind war. Er hat bloß so getan. Und die Nichte des Inquisitors ist in Wirklichkeit die Äbtissin eines Nonnenkonvents. Um von niemandem erkannt zu werden, hat sie sich eine Perücke aufgesetzt.“ Sie wedelte mit einem Finger und flüsterte verschwörerisch: „Ihr braucht mir nichts vorzumachen, ich weiß, worum es geht. Die Nichte des Inquisitors und ihr blinder Schreiber stellen Nachforschungen an: Die Geschichte mit Mechthild, der Hexe, Ihr wisst schon. Gehört Ihr vielleicht auch zu den Männern des Inquisitors?“

„Wie? Nein, ich meine: doch!“

Das Flüstern der Wirtin wurde so leise, dass es kaum noch zu verstehen war. „Seid unbesorgt, ich bin verschwiegen wie ein Grab. Ich habe es der ehrwürdigen Mutter hoch und heilig versprochen.“

„Sicher. Habt Ihr eine Ahnung, wo ich, äh, die ehrwürdige Mutter und ihren Schreiber finden kann?"

„Ihr stellt Fragen. Woher sollte ich das wohl wissen? Doch wartet, wenn ich überlege ... Sie sprachen davon, der Mutter der Hexe vor den Toren der Stadt einen Besuch abzustatten. Wenn Ihr mich fragt, ist die Alte selbst eine Hexe. Zudem eine, die nicht ganz dicht im Kopf ist. Und das macht sie noch gefährlicher."

„Hexen, überall Hexen, Hexen", begann der Kesselflicker lauthals zu singen. Dietrich brachte ihn mit einem heftigen Rippenstoß zum Schweigen. Einen Augenblick lang stand zu befürchten, der Kesselflicker müsse sich übergeben ob dieser plötzlichen Erschütterung seines Leibes, doch dann sank er schlaff in sich zusammen und schlief den Schlaf des Gerechten.

„Wo finde ich diese alte Hexe?"

„Wie gesagt, vor den Toren der Stadt. Ihr wollt wirklich zu ihr?"

„Ja, das will ich", verkündete Dietrich und erhob sich abrupt von seinem Hocker.

Der Diener zückte einen Schlüssel und steckte ihn in das Schloss. Unter unsäglichem Gequietsche öffnete sich die Tür zum Verlies. Dumpfer Gestank nach Moder und Fäkalien schlug ihnen entgegen.

„Ich werde allein hineingehen", erklärte Maria dem naserümpfenden Diener. „Bitte wartet hier auf mich."

„Und ich?", fragte Reiner.

Maria reckte sich zu ihm hoch. „Du bleibst bei ihm", flüsterte sie ihm ins Ohr, „damit er bloß nicht auf den Gedanken kommt, sich in der Zwischenzeit schlau zu machen. Er muss uns schließlich noch zum Inquisitor führen."

„Ich mag gar nicht daran denken."

„Mach dir keine Sorgen, Liebster." Sie küsste ihn und verschwand in dem Kerkerloch. Hinter ihr fiel die Tür polternd ins Schloss.

Dunkelheit umfing sie. Nur durch ein winziges Loch am oberen Mauerwerk drang etwas Licht. Immerhin reichte es aus, um nach ein paar Augenblicken der Gewöhnung graue Umrisse erkennen zu können. Dort, an einen schweren Stein, war eine Person gekettet. Mechthild, zweifellos. Sie trug ein langes dünnes Hemd, das irgendwann einmal weiß und frei von Löchern und Rissen gewesen sein musste. Maria trat näher.

„Wer seid Ihr?", fragte eine heisere Stimme. Die Angst in diesem Loch war nahezu greifbar.

„Mein Name ist Maria. Ich bin gekommen, um Euch ein paar Fragen zu stellen, Mechthild."

„Bitte, fragt mich nicht. Tut mir nicht weh. Ich habe doch schon alles gesagt."

Maria beugte sich zu ihr herab. „Ihr braucht Euch nicht vor mir zu fürchten, Mechthild. Ich will nur Euer Bestes."

Diese Behauptung beruhigte die Gefangene keineswegs. „Das hat dieser Mann in der Kutte auch gesagt. Und dann kamen seine Männer und taten mir weh!" Sie kauerte sich zusammen und begann heftig zu zittern. Sanft ergriff Maria ihre Hand.

„Ich werde Euch nicht wehtun. Das schwöre ich beim Allmächtigen. Ich möchte versuchen, Euch zu helfen!"

„Wer seid Ihr überhaupt?"

„Mein Name ist Maria Dreyling. Betrachtet mich als eine Bekannte des Herzogs, die einfach nicht glauben will, was man sich über Euch erzählt."

„Ich habe meinen Mann nicht vergiftet", schniefte Mechthild. „Und mit dem Teufel habe ich erst recht nichts zu schaffen."

„Habt Ihr das auch den Männern des Inquisitors erzählt?"

„Mehr als einmal, das könnt Ihr mir glauben."

„Sie haben Euch nicht geglaubt."

„Sie haben mich auf eine Streckbank gelegt und ..." Weinend vergrub sie ihr Gesicht.

„Und dann habt Ihr einen Mord gestanden, den Ihr nicht begangen habt, nicht wahr?"

„Was sollte ich tun? Die Schmerzen, diese furchtbaren Schmerzen ..."

„Und Eure angebliche Buhlschaft mit dem Teufel! Habt Ihr die auch gestanden?"

„Nein, aber sie werden wiederkommen und mich wieder auf diese schreckliche Bank schnallen. Ach, ich habe solche Angst!"

Maria drückte den Kopf der Schluchzenden an ihre Brust und streichelte mit sanften Bewegungen durch ihr Haar. „Weint nicht, Mechthild. Es wird alles gut werden."

„Sie werden wiederkommen. Heute oder morgen."

„Erzählt mir, was in jener Nacht wirklich geschah, als Euer Gatte starb."

Es dauerte eine Weile, bis Mechthilds Tränen versiegt waren. Doch sie hatte sich dazu durchgerungen, Vertrauen zu der seltsamen Fremden zu fassen, die behauptete, ihr helfen zu wollen.

Falls diese Maria wirklich so etwas wie eine Spionin des Inquisitors war, konnte sie das Unheil, das ihr widerfuhr, nur schwerlich noch vergrößern.

„Es war wie immer", hub sie an, „er lag neben mir und schnarchte laut. Ich war noch wach, hatte den Kopf voller Gedanken. Und plötzlich merkte ich, dass er nicht mehr atmete." Sie blickte Maria mit leeren Augen ins Gesicht. „Wilfried war tot. Einfach tot!"

„Was habt ihr getan?"

„Ich bin auf den Korridor gerannt und habe geschrien. Nur noch geschrien."

„Bis Euer Stiefsohn herbeieilte."

Mechthild senkte den Kopf und nickte stumm.

„Wollt Ihr mir erzählen, was weiterhin geschah, Mechthild?"

Die Gefragte zögerte.

„Vielleicht ist es Euch lieber, wenn ich es Euch sage. Nachdem der junge Wilfried sich vom Tod seines Vaters überzeugt hatte, wurde er zudringlich."

Mechthilds betretenes Schweigen war Antwort genug.

„Ihr aber habt ihn zurückgewiesen. Diese Kränkung zahlte er Euch anderentags mit den bekannten Anschuldigungen heim."

„Und dabei habe ich ihn wirklich geliebt", flüsterte Mechthild mit neuen Tränen in den Augen. „Ich habe ihn geliebt, Gott möge mir diese Sünde verzeihen. Warum hat er das nur getan?"

„Glaubt Ihr, dass er seinen Vater umgebracht hat?"

„Ich kann es mir nicht vorstellen."

„Konntet Ihr Euch etwa vorstellen, dass er Euch denunzieren würde?"

Mechthild biss sich auf die Lippen und schüttelte den Kopf.

„Die kleine Johanna", fuhr Maria fort. „War auch sie Zeuge des Vorfalls?"

„Plötzlich stand sie an der Tür. Ich weiß nicht, was sie gesehen hat und was nicht."

„Immerhin könnte sie bezeugen, in der Kammer nicht dem Leibhaftigen begegnet zu sein. Leider hat Wilfried ihr jedoch eingeschärft, dass sie nichts gesehen hat."

Maria drückte ein letztes Mal die Hand der Gefangenen und erhob sich. „Gebt die Hoffnung nicht auf, Mechthild. Ich werde mit Bernhard von Marburg sprechen. Noch in dieser Stunde!"

Auf dem Burghof begegnete dem Dorfherrn Friedrich, der Kastellan. Friedrich war ein in die Jahre gekommener rundlicher Mann, der stets etwas verlottert aussah und wenig davon hielt, sich die Bartstoppeln, die wild in seinem Gesicht wucherten, abzurasieren. Doch auch wenn sein Äußeres, das an einen Wegelagerer erinnerte, einen etwas anderes glauben lassen wollte, besaß er in Wirklichkeit ein gutes Herz. Und er plauderte gern. Vor allem mit Mathäus. Sooft er diesen erblickte, versuchte er, ihn in seine Laube zu zerren, wo er stets ein gutes Tröpfchen bereithielt.

Manchmal ließ Mathäus sich erweichen, und oft genug hatte er die Laube angesäuselt wieder verlassen. Zum Glück hielt Juttas Zorn sich in Grenzen, wenn er nach einem solchen Besuch nach Hause kam. „Und? Hat der Wein des Kastellans deinem Gaumen zugesagt?", pflegte sie dann stets zu fragen.

Heute war Mathäus wirklich nicht nach einem Plausch mit Friedrich zumute. Doch der weigerte sich beharrlich, die Eile, in der der Dorfherr sich zweifelsohne befand, zur Kenntnis zu nehmen.

„Herr Mathäus! Schön, Euch zu sehen. Und wie man hört, werdet Ihr demnächst wieder stolzer Vater. Meinen Glückwunsch!"

„Danke, Friedrich. Danke." Der Kastellan baute sich vor ihm auf und hinderte ihn am Weitergehen. „Äh, hört zu, Friedrich, leider muss ich jetzt ..."

„Ich weiß, ich weiß: die Pflichten. Aber zuerst noch ein Tröpfchen, ja? Das macht munter!"

Mathäus, der tatsächlich Durst verspürte, gab jeden Widerstand auf und ließ sich in die Laube des Kastellans zerren. Vielleicht würde ein kühler Trunk in der Tat seinen Geist beleben. Und den brauchte er jetzt. Er schwor sich, es bei diesem einen Trunk zu belassen, denn ein Dorfherr, der voll war wie ein Ochsentreiber, würde kaum imstande sein, sich den Problemen zu widmen, die es zu lösen galt.

„Habt Ihr schon gehört?", fragte Friedrich, während er sich gemächlich nach zwei Trinkbechern umschaute.

„Was gehört?"

„Vom Balg der fetten Kunigunde. Trägt die Male des Heilands."

„Sicher habe ich davon gehört. Was glaubt Ihr denn, warum ich eigentlich keine Zeit habe, hier mit Euch zu sitzen und zu trinken?"

„Verstehe. Auch Ihr haltet das Wunder für falschen Zauber und wollt die Posse beenden. So ist es doch, oder?"

„Ihr wart schon immer ein sehr scharfsinniger Mensch, Friedrich. Sagt mal, gibt es einen Schnüffler, den Ihr mir empfehlen könnt?"

„Ihr braucht einen Schnüffler?"

„Sonst hätte ich Euch nicht danach gefragt. Also, kennt Ihr jemanden auf der Burg, der sich durchsichtig machen kann?"

Endlich war Friedrich fündig geworden. Aus einer Truhe kramte er zwei Becher hervor und blies den Staub aus ihnen heraus.

„Warum fragt Ihr nicht Paulus? Der bildet seine Spione höchstpersönlich aus."

Mathäus winkte ungehalten ab. „Paulus' Leute kommen nicht in Frage. Inzwischen kennt jedes Kind in Merode ihre scheinheiligen Nasen. Ich brauche einen unabhängigen Burschen, der dreinschaut, als könne er kein Wässerchen trügen. Ihr wisst, was ich meine?"

„Wo ist denn dieser verdammte Wein?" Friedrich befand sich erneut auf der Suche.

„He! Hört Ihr mir überhaupt zu?"

„Wie? Sicher. Tut mir leid, sonst kenne ich niemanden, der, äh ... Fort! Der Wein ist fort! Hier hat er gestanden. Da bin ich mir sicher."

„Hat eben nicht sollen sein", seufzte Mathäus und erhob sich.

„Dieser verfluchte Bengel!" Friedrich ballte die Fäuste. „Wenn ich ihn diesmal kriege, dann gnade ihm Gott!"

„Von wem sprecht Ihr da?"

„Von Till natürlich."

„Till? Ist das nicht Euer junger Neffe?"

„So ist es. Meine Schwester würde sich im Grab herumdrehen, wenn sie wüsste, was der Strolch so alles anstellt!"

„Tja, so sind sie eben, die Burschen."

„Aber Till ist der König der Lausebengel, glaubt mir. Letztens hat er dem Herrn Konrad aus dem Saal der ‚Scheiffarts' einen Wandbehang aus Damast gestohlen. Könnt Ihr Euch vorstellen, dass ich Blut und Wasser geschwitzt habe? Nicht auszudenken, wenn man den Bengel erwischt hätte."

„Hm! Doch rechtschaffen, wie Ihr seid, habt Ihr bestimmt dafür gesorgt, dass der Wandbehang wieder an Ort und Stelle kam?"

„Hätte ich selbstverständlich getan, wenn der Unverschämte seine Beute nicht inzwischen an einen fahrenden Händler verschachert hätte. Das Gleiche macht er mit meinem Wein. Ich will nicht wissen, wie viele Nachtgestalten sich schon auf meine Kosten betrunken haben. Und ich bin mir sicher, dass er die Mägde schon seit langem heimlich beim Bad beobachtet. Herrje, wenn die das wüssten, dann wäre was los ..."

„Warum versohlt ihr dem Bengel nicht gründlich den Hintern?"

„Was glaubt Ihr, was ich täglich tue? Aber Prügel beeindruckt ihn überhaupt nicht. Außerdem streitet er alles ab. Noch nie habe ich ihn auf frischer Tat ertappen können. Er ist einfach zu gerissen. Manchmal denke ich, dass er ..." Er stockte, weil ihm die Worte des Dorfherrn in Erinnerung kamen.

„... dass er sich durchsichtig machen kann", schloss er nachdenklich.

„Und Ihr behauptet, keinen Schnüffler zu kennen? Holt mir den Bengel her. Ich glaube, er ist der Richtige für die Aufgabe, die es zu erledigen gilt."

Bernhard von Marburg kniete betend vor dem kleinen Altar in seiner Kammer.

„Jetzt nicht!", rief er ungehalten, als es an seiner Tür klopfte.

„Verzeiht, Herr Inquisitor", kam es gedämpft zurück, „aber die Herrschaften behaupten, es sei von höchster Dringlichkeit."

„Was kann so dringend sein, mich beim Gebet zu stören?"

Die Türe öffnete sich und herein traten Maria und Reiner. Vergeblich versuchte der Diener, sie davon abzuhalten.

„Wie könnt Ihr es wagen?", zischte der Inquisitor.

„Wir würden es nicht tun, wäre es nicht so wichtig, Herr", versicherte ihm Maria und verbeugte sich. Sie hatte es für angebracht gehalten, ihre Haare unter einer Haube zu verbergen.

Ein paar Augenblicke lang musterte Bernhard die beiden argwöhnisch. Dann entließ er den erregten Diener mit einem kurzen Nicken und erhob sich.

„Wer seid Ihr?", fragte er schroff.

„Herr, mein Name ist Maria Dreyling, und mein Gefährte hier ist Reiner von Mausbach. Wir haben Euch etwas mitzuteilen."

„So?" Völlig unbeeindruckt vom drängenden Ton in Marias Stimme steuerte er mit gemächlichen Schritten sein Pult an, ließ sich dort nieder und forderte die beiden auf, näher zu treten. „Ich bin schon sehr gespannt zu hören, was so wichtig sein kann, meine Zwiesprache mit Gott zu stören."

„Zwiesprache?", wunderte sich Maria. „Heißt das etwa, er antwortet Euch?"

„Bitte, halt' deinen Mund", zischte Reiner ihr flehend zu. Er konnte die steile Falte, die sich auf der Stirn des Inquisitors zu bilden begann, regelrecht vor sich sehen.

„Verzeih mir, Fräulein, aber ich konnte nicht verstehen, was du eben gesagt hast!"

„Es war nichts von Wichtigkeit, Herr Inquisitor. Wichtig ist vielmehr die Feststellung, dass die Frau des Bäckers, die im Verlies dieser Burg schmachtet, aller Wahrscheinlichkeit nach unschuldig ist."

Das eisige Schweigen, dass sich nun ausbreitete, schien Ewigkeiten zu währen.

„Äh, habt Ihr mich schon wieder nicht verstanden, Herr?"

„Wer schickt euch?", fragte Bernhard lauernd.

„Niemand, Herr. Wir kommen aus freien Stücken."

„Ihr wisst, dass die Frau des Bäckers der Hexerei angeklagt ist?"

„Sicher. Aber mein Gefährte und ich sind davon überzeugt, dass sie weder ihren Gatten vergiftet hat noch mit dem Leibhaftigen im Bunde steht."

Bernhard von Marburg erhob sich langsam von seinem Stuhl. Er schob die Hände in die Ärmel seiner schwarzen Kutte, kehrte Maria und Reiner den Rücken zu und ging mit fast lautlosen Schritten zum Fenster, durch das er reglos nach draußen starrte.

„Wilfried, der Sohn des toten Bäckers, ist ein Lügner!", behauptete Maria mit fester Stimme. „Niemals hat er den Teufel in jener Nacht gesehen. Er hat sich diese haarsträubende Geschichte bloß ausgedacht, um seiner Stiefmutter, die seine Annäherungen zurückwies, Schaden zuzufügen."

„Glaubst du etwa nicht an den Teufel?", fragte der Inquisitor nach einer Weile.

Maria wäre dieser Falle auch ohne Reiners warnendes Flüstern entgangen.

„Aber gewiss doch. Er hat doch unseren Herrn Jesus selbst in der Wüste aufgesucht, um ihn zu versuchen. Was ihm natürlich nicht gelungen ist. Und auch viele Heilige wissen von Begegnungen mit dem

Teufel zu berichten. So zum Beispiel Franz von Assisi, der den Versucher eines Nachts neben seinem Lager stehen sah und ..."

„Wie ich höre, kennst du dich gut aus mit Geschichten über den Teufel", unterbrach sie der Inquisitor abrupt und widmete ihr seine volle Aufmerksamkeit. Ein unergründliches Lächeln umspielte seinen Mund.

„Ja, ich habe einiges darüber gelesen, Herr."

„Du kannst lesen?"

„Ja, Herr."

„Wer hat dich das gelehrt?"

Maria verspürte den Wunsch, laut zu fluchen. Nun hatte sie sich von dem Dominikaner doch in die Enge treiben lassen.

„Es lehrten mich Menschen, die es gut mit mir meinten, Herr."

„Das ist keine Antwort auf meine Frage, Mädchen."

„Ein alter Einsiedler lehrte es mich. Aber er ist schon vor einiger Zeit gestorben." Der Dominikaner hatte erreicht, was sie strikt hatte vermeiden wollen: dass sie ihn anlog.

„Soso, ein Einsiedler." Die höhnische Stimme des Inquisitors ließ keinen Zweifel daran, wie viel Glauben er der Antwort Marias schenkte.

Reiner hatte sich damit abgefunden, dass die Sturheit seiner Liebsten sie in diese Situation gebracht hatte. Nun hielt er es für angebracht, Maria aus den Fängen Bernhards zu befreien.

„Jedenfalls hat der Sohn des Bäckers gelogen", behauptete er laut und räusperte sich.

Bernhard betrachtete ihn eingehend. „Vermutlich könnt Ihr nicht lesen." Diesmal lag kein Spott in seiner Stimme. Es war eher eine nüchterne Feststellung.

„Wie könnte ich wohl, Herr? Seit meiner Geburt bin ich blind."

„Ihr seid ein Ritter?"

„Nein, Herr. Aber ich wäre bereit, einen Eid zu leisten, dass der Sohn des Bäckers die Unwahrheit gesprochen hat."

„Hm. Auch der Sohn des Bäckers hat einen Eid geleistet."

„Ja, das hat er – einen Meineid!"

„Warum sollte er das tun?"

„Meine Gefährtin hat es Euch eben erklärt."

„Eure Gefährtin ..." Der Inquisitor stützte sein Kinn. „Was ist mit dem Sakrament der Ehe? Verschmäht Ihr es etwa?"

Maria begann die Geduld zu verlieren. „Nein, Herr. Wir verschmähen es keineswegs. Wir werden heiraten, sobald unsere Eltern es uns erlauben. Und bevor Ihr fragt: Er hat mich noch nicht ... erkannt!"

Auf Reiners Stirn perlte der Schweiß. „Der ... der Sohn des Bäckers hat gelogen", wiederholte er stotternd.

Bernhards eisiger Blick wanderte zwischen den beiden hin und her. „Wenn er wirklich gelogen hätte, so wäre das ein böses Handeln."

„Böses Handeln ist widervernünftiges Handeln", sagte Maria. „Denn die Vernunft vollendet sich in der Erkenntnis der Wahrheit."

Die Brauen des Inquisitors verengten sich. „Das sind die Worte des Thomas von Aquin."

„Thomas von Aquin war ein Dominikaner. So wie Ihr!"

„Aber ich glaube kaum, dass du in der Lage bist, seine Worte zu begreifen, Mädchen."

„Und warum nicht?"

„Nur weil du ein paar schaurige Geschichten vom Teufel kennst, ermächtigt dich das nicht, mit einem Vertreter der heiligen Inquisition theologische Fragen zu disputieren!", schrie der Inquisitor, dem der Geduldsfaden riss. „Und was die Aussagen des jungen Bäckers angeht: Es gibt Zeugen, die in jener Nacht den Teufel aus dem Haus verschwinden und durch die Lüfte fliegen sahen."

„Wer sind diese Zeugen?", fragte Maria, die um Beherrschung rang.

„Unbescholtene Leute."

„Würdet Ihr uns gütigst ihre Namen nennen?"

„Du naseweise Person! Natürlich werde ich die Namen der Zeugen nicht öffentlich nennen. Es ist meine Pflicht, sie vor der Rache der Hexe und ihres teuflischen Buhlers zu bewahren."

„Soll das heißen, dass jeder behaupten kann, was ihm gerade einfällt, und das auch noch anonym? Feine Aussichten sind das."

„Jeder hat sich an die Wahrheit zu halten. Und wo wir einmal bei der Wahrheit sind: Es besteht keinerlei Zweifel, dass der Bäcker vergiftet worden ist. In seinem Mund fanden sich Reste giftiger Kräuter. Und den Giftmord hat die Frau des Bäckers längst gestanden! Auch ihre Buhlschaft mit dem Leibhaftigen wird sie früher oder später noch gestehen."

„Unter der Folter, nehme ich an."

„Glaubst du etwa, dass unser Herrgott es zulassen würde, dass einer Unschuldigen in seinem Namen Unrecht widerfährt?" Der Inquisitor hatte sich entschlossen, seine Überlegenheit dem Mädchen, das dort so trotzig und unverschämt vor ihm stand, schonungslos zu offenbaren. „Glaubst du das, ja?“

„Seine Wege sind unergründlich, wie Ihr sicher besser wisst als meine Wenigkeit. Wenn Mechthild in der Lage war, ihren Gatten zu vergiften, weshalb bedurfte sie dann noch der Hilfe des Teufels?“

„Man nennt es höllische Willkür, Mädchen. Der Teufel ist ein boshaftes Wesen, dem nicht mit billiger Logik beizukommen ist. Er will die Menschen und ihre Gedanken verwirren. Bei schwachen Menschen gelingt ihm das leicht. Deshalb gib gut auf dich Acht!“

„Danke, dass Ihr Euch um mein Seelenheil sorgt, Herr.“

„Das ist meine Berufung, Mädchen.“

„Ich dachte nur, dass es auch in Eurem Interesse liegen müsste, Gründe und Gegengründe abzuwägen. Sic et non! Pro et contra !“

„Es imponiert mir keineswegs, dass dir jemand über Petrus Ablaerdus erzählt zu haben scheint. Wer immer es auch getan haben mag – er hätte besser geschwiegen. Man versucht schließlich auch nicht einem Esel das Sprechen beizubringen. Und jetzt geht mir aus den Augen, beide! Ich habe genug Zeit mit euch verschwendet. Die Welt ist voller Ketzer, da habe ich wahrlich anderes zu tun, als mit euch über Dinge zu sprechen, die ihr nicht begreift. Geht, bevor ich beschließe, dass ihr der Frau des Bäckers Gesellschaft leisten dürft.“

Maria war bleich geworden.

„Lass uns gehen“, raunte Reiner ihr zu.

„Eine letzte Bitte an Euch“, sagte Maria mit heiserer Stimme. Da Bernhard von Marburg sie nur durchdringend anstarrte, anstatt zu antworten, fuhr sie fort: „Die kleine Tochter des Toten ... Ihr solltet sie ...“ Maria hielt den Atem an. Was, wenn sie die kleine Johanna am Ende auch noch in Gefahr brachte? Bernhard von Marburg schien gegen jede Art von Logik gestählt zu sein.

„Was sollte ich mit der Kleinen tun, Mädchen? Sprich!“

„Nichts! Danke, dass Ihr uns Euer Ohr geliehen habt, Herr Inquisitor!“

Gemeinsam mit dem immer noch schwitzenden Reiner verließ Maria den Raum.

10

Auch nachdem er durch die verschlagähnliche Eingangsöffnung der Hütte getreten war, hielt Dietrich sich gebückt. Seine Furcht, die Behausung könne über ihm zusammenbrechen, war nicht gering. Das Holz ächzte an allen Ecken, doch die herrschende Dunkelheit verwehrte es ihm, etwas zu erkennen.

„Hallo?", rief er. „Jemand hier?"

Ein Kichern war die Antwort.

„Seid Ihr die Mutter der Mechthild?", fragte Dietrich in die Dunkelheit hinein.

„Mechthild! Bist du es?", kam es hoffnungsvoll zurück.

„Nein." Dietrich seufzte und trat näher. Inzwischen waren seine Augen in der Lage, schattenhafte Umrisse zu erkennen. Auf dem Boden kauerte ein altes Weib, das offenbar damit beschäftigt war, getrocknete Kräuter in einem Mörser zu einem feinen Pulver zu zerstoßen.

„Ich suche zwei Personen – eine Jungfer und einen jungen Herrn. Wie ich hörte, sind sie bei Euch gewesen."

„Mechthild! Sie ist im Kerker, im Kerker ..."

„Sind die beiden hier gewesen?", fragte Dietrich eindringlich.

„Ein junger Herr und eine Jungfer. Oh ja, die waren hier. Und Mechthild sitzt im Kerker ..." Verschwörerisch fügte sie hinzu: „Man sagt, dass sie eine Hexe ist, Hexe ist ..."

„Wie lange ist es her, dass die beiden hier gewesen sind?"

„Welche beiden?"

Verzweifelt schaute Dietrich sich um. Erst jetzt bemerkte er, dass in der Hütte noch eine weitere Person anwesend war. Dort, vor den wackligen Regalen, hockte ein Kind und erwiderte angstvoll seinen Blick.

„Sieh an, wer bist du denn?" Dietrich machte aus seiner Verblüffung, ein Kind an diesem sonderbaren Ort anzutreffen, keinen Hehl.

„Lasst sie bloß in Frieden", keifte die Alte. „Ist meine Enkelin!"

„Seid unbesorgt, ich will Eurer Enkelin keinen Schaden zufügen, gute Frau. Sie ist die Stieftochter der Mechthild, nicht wahr?"

„Lasst sie bloß in Frieden!"

Dietrich trat auf die Kleine zu, die furchtsam zusammenzuckte. „Du brauchst keine Angst vor mir zu haben, Kleine. Wie ist dein Name?"

„Wenn Ihr Johanna anrührt, verwandle ich Euch in eine Kröte", schrie die Alte und rappelte sich mühsam auf.

Dietrich hob beschwichtigend die Hände. „So beruhigt Euch doch, gute Frau. Eure Zauberkünste werdet Ihr nicht anwenden müssen. Ich will niemandem etwas zuleide tun, glaubt mir. Die Jungfer und ihr Begleiter – sie sind also hier gewesen. Was wollten sie von Euch wissen? Wisst Ihr, wohin sie gegangen sind?"

„Haben gesagt, dass sie Mechthilds Freunde sind. Vielleicht wollen sie Mechthild ja befreien."

„Das fürchte ich auch", brummte Dietrich vor sich hin. „Verwette meinen Hintern, dass sie schnurstracks zur Burg gegangen sind. Gütiger Himmel, sie werden doch nicht etwa ..."

Er stockte, denn in diesem Augenblick betrat jemand geräuschvoll die Hütte. Gleißendes Licht fiel ins Innere. Der Ankömmling stemmte die Hände in die Hüften und reckte bedrohlich seinen Oberkörper.

„Johanna! Bist du hier?", schrie er zornig.

„Verschwinde", zischte die Alte.

Unbeeindruckt kam der Andere näher. „Wo ist sie?" In seiner Stimme klirrte Eisen. Dann erspähte er die Kleine. „Johanna! Komm her, zu mir!"

Sie gehorchte augenblicklich, wenngleich es offenkundig war, dass sie die Bestrafung fürchtete, die eine Verweigerung zur Folge gehabt hätte. Nichtsdestotrotz erhielt sie von ihrem Bruder eine schallende Ohrfeige, was die Alte gänzlich aus der Fassung brachte.

„Du Schwein! Lass sie in Frieden!"

Mit einem ausgestreckten Arm hielt sich Wilfried die Heranstürmende vom Leib. Seine Mundwinkel zuckten verächtlich. „Wenn ich die Kleine noch einmal hier bei dir finde, werde ich dafür sorgen, dass du deiner Tochter Gesellschaft leisten darfst."

„Du ... du hast den Alten selbst umgebracht", wütete die Alte. „Ich werde dich in eine Kröte verwandeln, in eine Kröte, Kröte ..."

„Na dann, gutes Gelingen." Wilfried schenkte nun dem abseits stehenden Dietrich seine Aufmerksamkeit. „Darf ich fragen, wer zum Teufel Ihr überhaupt seid und was Ihr hier zu suchen habt?"

„Ich heiße Dietrich und erfülle einen Auftrag."

Wilfried musterte ihn abfällig. „Gehört Ihr zu den Leuten des Herzogs?"

„Na ja, indirekt schon."

„Was soll das heißen?"

„Ich glaube nicht, dass ich Euch Rede und Antwort schulde. Warum sprechen wir nicht lieber über Euch? Ihr seid der Sohn des toten Bäckers, nicht wahr?"

„Kommt Ihr etwa im Namen des Inquisitors hierher?"

Einen Augenblick lang spielte Dietrich mit dem Gedanken, ihn anzulügen, doch er entschied sich letztlich für die Wahrheit, schließlich hatte Mathäus seinen Auftrag klar und überdeutlich formuliert.

„Nein, ich bin kein Knecht des Inquisitors. Ich bin vielmehr hier, um nach zwei Personen zu suchen."

„Zwei Personen?", fragte Wilfried lauernd.

„Eine Jungfer und ein junger Herr. Sie müssen sich in Nideggen befinden."

„Was ist mit ihnen? Haben sie etwas ... verbrochen?"

„Mitnichten." Dietrich lachte gequält. „Habt Ihr sie vielleicht gesehen?"

Wilfrieds Gesicht war seltsam erstarrt. „Wer sind diese beiden?"

„Oh, wie ich merke, habt Ihr bereits ihre Bekanntschaft gemacht."

„Ihr irrt, ich kenne diese Leute nicht!" Wilfried, dessen plötzliche Verunsicherung unübersehbar war, packte Johanna grob bei den Schultern und schob sie vor sich her. Ohne ein weiteres Wort verließen sie die Hütte der Alten.

„Du elendes Schwein!", rief Mechthilds Mutter dem Bäcker nach und begann herzerweichend zu schluchzen.

Dietrich zögerte, sie tröstend in seine Arme zu nehmen, tat es aber schließlich doch. Zu seiner Verwunderung wehrte sich die Alte nicht gegen seine Tröstungen.

„Ihr mögt die kleine Johanna sehr, nicht wahr? Und sie mag Euch, das spürt man."

„Dieses Schwein von Bäcker ... Hat den eigenen Vater umgebracht ... Und Mechthild sitzt im Kerker, im Kerker ... Johanna, wo ist meine Johanna ...?"

Unbeholfen tätschelte er ihren buckligen Rücken. Ihre spindeldürren Arme legten sich um seine Schultern.

„Ich, äh ... muss jetzt aber gehen, gute Frau."

„Bringt mir meine kleine Johanna zurück! Geschwind!"
„Ich fürchte, das geht nicht."
„Bleibt! Sonst verwandle ich Euch ..."
„... in eine Kröte, ich weiß." Dietrich seufzte und löste sich vorsichtig aus ihrer Umarmung.
„Wohin geht Ihr?", schniefte sie verzweifelt.
„Zur Burg. Und ich kann nur hoffen, dass meine dunklen Vorahnungen mich trügen."
Draußen hörte er wieder ihr Kichern.

„Du weißt, wonach du zu suchen hast, Till?"
Der Junge grinste übers ganze sommersprossige Gesicht und nickte. „Seid unbesorgt, Herr. Ich werde es schon finden."
„Gut. Dann geh. Und denk daran: Du bist durchsichtig. Vollkommen durchsichtig."
„Durchsichtiger geht's nimmer, Herr."
Er verschwand in der Menschenmenge, die immer noch unverdrossen vor dem Haus der Kunigunde harrte und den Worten der Bäuerin lauschte. Mit lauter Stimme berichtete sie von neuen Geschehnissen. Mathäus hörte von dem Erzengel, der in der vergangenen Nacht das Wunder angekündigt hätte.
„Kunigunde, fürchte dich nicht, sagte der Engel, deine Tochter ist auserkoren. Die Wundmale des Herrn werden sich bei ihr zeigen, damit sich erfülle, was geschrieben steht."
Ab und zu hörte man Geldmünzen klingeln. Einer von Kunigundes Knaben stolzierte mit der Gelddose durch die Reihen. Mathäus spürte, wie sein Blut erneut in Wallung geriet. Unsanft stieß er die Leute beiseite, bis er schließlich vor der Bahre der jungen Auserkorenen stand. Ortwin, Kunigundes schmächtiger Gemahl, sah ihn zuerst und räusperte sich verhalten.
„Was ist?", blaffte ihn Kunigunde an.
Zaghaft deutete Ortwin mit dem Kinn auf den Dorfherrn.
„Was steht denn geschrieben, Frau Kunigunde?", fragte dieser wohlartikuliert.
„Wie?"
„Ihr spracht doch gerade von dem Erzengel, der Euch von der Berufung Eurer Tochter berichtete. Damit sich erfülle, was geschrieben

steht. Nun, ich überlege die ganze Zeit, um welche Stelle in der Heiligen Schrift es sich hierbei handeln mag, und es ist mir geradezu peinlich, dass es mir nicht einfallen möchte. Bitte, helft mir doch, Frau Kunigunde."

„Nun ja", Kunigunde kratzte ihren Kopf, „heißt es nicht irgendwo: Und ein Kind wird tragen die Wundmale, äh ... jedenfalls bläst einer der Engel währenddessen die achte Posaune, und ..."

„Oh, der Erzengel zitierte aus der Offenbarung? Und ich hätte schwören können, dass dort nur von sieben Posaunen die Rede ist."

„Tja, jeder kann sich mal irren, Herr Mathäus. Kann ich sonst noch etwas für Euch tun?"

„Ja!" Er kam ihr bedrohlich nahe und flüsterte: „Beendet endlich diese Posse. Was Ihr hier veranstaltet, ist Blasphemie. Ich glaube kaum, dass der ewige Richter am Tag des Jüngsten Gerichtes herzhaft darüber lachen kann."

Erstmals zeigten sich Spuren von Furcht in Kunigundes gedunsenem Gesicht. Nichtsdestotrotz blieb sie weiterhin unbeugsam. „Ich habe Euch schon einmal gesagt, dass ich für Wunder nichts kann", erwiderte sie schluckend.

„Bin ich hier richtig?", unterbrach eine vernehmliche Stimme ihr stilles Gespräch. Alle Blicke richteten sich auf einen verkrüppelten Mann, der sich mühsam auf zwei Krücken stützte und völlig außer Atem war. „Komme extra aus Echtz hierher", keuchte er. „Stimmt es, dass hier Wunder geschehen?"

„Oh, und was für welche!" Mathäus blickte zum Himmel und breitete die Arme aus. „Nicht nur, dass sich die Wundmale des Herrn an Händen und Füßen von Kunigundes auserkorener Tochter manifestieren! Auch wissen wir nun, dass uns Johannes in seiner Offenbarung eine Posaune unterschlagen hat."

„Hä?" Der Krüppel blinzelte verwirrt.

„Falls Ihr Euch also an diesem wundersamen Ort eine Linderung oder gar Heilung Eures Gebrechens versprecht, so seid guter Dinge. Oh, aber vergesst nicht, einen kleinen Obolus zu entrichten – für all die Mühen, die die Eltern der Auserkorenen auf sich laden müssen, um den Wünschen der Pilger gerecht zu werden." Die Skeptischen unter den Zuschauern lachten ungeniert, während die Zweifelnden sich verunsicherte Blicke zuwarfen. Mathäus aber verließ mit stapfenden Schritten den Wallfahrtsort und machte sich auf den Nachhauseweg.

Es war bereits später Nachmittag. Am Himmel zogen Wolken auf. Übellaunig trat Mathäus nach einem hungrigen Köter, der um ihn herum schlich und sich durch wüste Verwünschungen allein nicht vertreiben lassen wollte. Kaum weniger mürrisch betrat er sein Häuschen. Seine erste Frage galt Maria. Klagend teilte Jutta ihm mit, dass sie immer noch nicht aufgekreuzt sei, ebenso wenig wie Dietrich. Mathäus ließ sich stöhnend auf einen Hocker fallen und sackte in sich zusammen. Der kleine Heinrich, dem des Vaters schlechte Laune nicht entgangen war, verzichtete auf die übliche lebhafte Begrüßung und trollte sich wohlweislich. Aber selbst das Kerlchen wusste, dass es einen Menschen auf dieser Welt gab, der das aufgewühlte Gemüt des Vaters zu beruhigen verstand.

Jutta war hinter ihren Mann getreten und massierte sanft seine Schultern.

„Wie ich dich liebe“, sagte Mathäus nach einer stummen Weile.

„Immer noch?“

„Es wird sich nie etwas daran ändern!“

Sie beugte sich über ihn und küsste ihn auf den Mund. Seufzend berichtete Mathäus von den Vorkommnissen auf dem Hahndorn. „Wenn wenigstens Maria wieder hier wäre“, schloss er. „Die Sorge um sie lähmt mich geradezu. Wenn ich Kunigunde wutentbrannt eine Närrin schelte, sehe ich in Wirklichkeit nur das Gesicht unserer Tochter vor mir.“

Von draußen hörte man Hufgetrampel und laute Männerstimmen. Mathäus horchte auf und erhob sich abrupt.

„Mindestens zehn Reiter“, mutmaßte er. „Wer kann das sein?“

Jutta hob die Schultern. „Vielleicht die Leute des Burgvogtes.“

„Nie und nimmer sind das Paulus' Leute.“ Er hastete zur Türe und trat hinaus. Der Trupp hatte das Haus des Dorfherrn passiert und bewegte sich, eine wirbelnde Staubwolke hinter sich herziehend, Richtung Hahndorn.

„Was sind das für Männer?“, fragte Mathäus einen Knecht, der am Straßenrand stand und den Reitern mit offenem Mund hinterhergaffte.

„Keine Ahnung, Herr. Ich kenne sie nicht. Aber ich glaube, sie kommen von der heiligen Inqua..., Inqui...“

Mathäus erbleichte. „Inquisition?“

„Ja, genau. Was ist das eigentlich, Inqui...?“

Der Dorfherr überging die Frage und packte ihn beim Kragen. „Bist du sicher, dass es Männer von der Inquisition waren?“

Der Knecht nickte verwirrt. Mathäus ließ ihn los und begann, leise mit sich selbst zu reden. „Natürlich, ich hätte es wissen sollen. Sie suchen nach den Häretikern, von denen der Herzog sprach.“

„Was ist los?“, wollte Jutta wissen, die inzwischen ebenfalls auf der Straße erschienen war und reichlich verwirrt dreinschaute.

„Ich muss sofort zurück, zum Hahndorn!“, verkündete Mathäus mit Leichenbittermiene.

Auf dem Burghof herrschte die übliche Betriebsamkeit. Knechte und Knappen stoben umher, eine Magd trieb eine Schar laut schnatternder Gänse voran, und aus der Werkstatt des Schmiedes dröhnte lautes Gehämmer. Irgendwo quiekte herzerweichend ein Schwein, das man zur Schlachtbank führte.

„Uff! Ich hatte schon daran gezweifelt, jemals wieder frische Luft schmecken zu können“, Reiner machte einen tiefen Atemzug, „wähnte ich uns doch bereits in einem finsteren, stinkenden Kerkerloch.“

„Ein starker Mann mit Angst?“, murmelte Maria. Im Gegensatz zu ihrem erleichterten Geliebten wirkte sie äußerst zerknirscht, doch für einen Seitenhieb hatte sie noch etwas Zorn übrig. Allerdings bereute sie schon im nächsten Augenblick, diesen an ihrem Liebsten ausgelassen zu haben. „Verzeih. Es war unrecht, deine Tapferkeit in Frage zu stellen.“

„Vor allem, wenn man der Schreiber einer neugierigen Äbtissin ist. Da gerät man unweigerlich in Teufels Küche. Ich hoffe, das Ganze war dir eine Lehre, Liebste.“

„Was meinst du mit Lehre?“, fragte Maria mit neuem Trotz in der Stimme.

„Deine süße Nase nicht in Angelegenheiten zu stecken, die dich nichts angehen.“

„Oh, ich habe in der Tat etwas gelernt, nämlich dass es mit der Gerechtigkeit auf dieser Welt nicht weit her ist.“

„Und das wusstest du vorher nicht? Vielleicht hast du ja zu viele kluge Schriften studiert. Die Welt hat sich eben verändert, sie ist nicht mehr die von vor hundert oder tausend Jahren, als der heilige Weißnichtwer sich über sie ausließ.“

„Die Welt mag sich verändert haben, aber das Wesen der Menschen ist gleich geblieben. Doch dass ein Mann, der im Dienste Gottes steht, so engstirnig und so menschenfeindlich sein kann, hat mich dennoch zutiefst erschreckt." Sie warf den Kopf in den Nacken und stemmte die Arme in die Hüften. „Und was mein Studium so genannter kluger Schriften angeht: Wenn dir das nicht passt, hättest du dir eben eine andere suchen müssen."

„Mein Alles, was sagst du da?" Reiner riss sie an sich und küsste sie heftig. Maria ließ es nicht nur geschehen, sondern erwiderte die Leidenschaft des jungen Mausbachers mit der gleichen Überschwänglichkeit. Erst als ein paar Burschen, die sich im Nu halbkreisförmig um sie postiert hatten, johlend Beifall klatschten, lösten sie sich aus ihrer Umarmung.

„Was gibt es denn da zu glotzen?", herrschte Reiner sie an.

„Nichts für ungut", erwiderte einer der Schaulustigen, „macht ruhig weiter und lasst Euch durch unsere Anwesenheit nicht stören."

„Könnte euch so passen." Reiner fasste nach Marias Hand und zog sie mit sich fort.

„Warum bist du denn immer gleich so griesgrämig?", fragte Maria schmunzelnd. „Sie freuen sich doch nur über unser Glück."

„Unser Glück, da hast du Recht. Nicht ihres. Und jetzt will ich endlich mein Schwert wiederhaben. Ich fühle mich so nackt."

Als man ihm die Waffe ausgehändigt hatte, wirkte Reiner entspannter. Sie verließen den Burghof und schlugen den Weg hinunter zur Stadt ein.

„Alsdann, zurück nach Merode!" Zielstrebig erhöhte Reiner das Schritttempo. „Wir können es noch schaffen, bevor es dunkel wird."

„Zurück nach Merode", murmelte Maria tonlos, was für Reiner Anlass genug war, abermals stehen zu bleiben und sich argwöhnisch der Liebsten zuzuwenden.

„Du spielst doch nicht etwa mit dem Gedanken ... Liebste! Wir haben nichts erreichen können für die Frau des Bäckers, von der du glaubst, sie sei unschuldig. Wir haben uns sogar selbst einer nicht geringen Gefahr ausgesetzt – ohne Erfolg. Du hast mir versprochen, die Sache auf sich beruhen zu lassen, wenn der Inquisitor sich nicht von deinen Argumenten überzeugen ließe."

„An dieses Versprechen kann ich mich nicht erinnern."

„Wie auch immer, wir werden jetzt nach Hause reiten. Ob du willst oder nicht. Du hast deinen Willen bekommen, nun bin ich an der Reihe."

„Oh, der Herr der Schöpfung hat gesprochen!"

„Und ich bin noch nicht damit fertig! Ich werde nicht länger zulassen, dass du in der Höhle des Löwen umherstreifst. Dein Vater würde mich wohl umbringen, wenn dir etwas geschieht. Wir haben Glück genug gehabt, dass der Inquisitor deine vorlauten Sprüche nicht allzu persönlich genommen hat. Und außerdem: Was könntest du noch tun? Deine Argumente will niemand hören und mit Gewalt kannst du die Frau des Bäckers auch nicht aus ihrem Elend befreien. Also reiten wir nach Hause. Unverzüglich!"

Maria seufzte aus tiefstem Herzen. Sie war ratlos. Widerwillig begann sie zu begreifen, dass die Worte ihres Liebsten keineswegs aus der Luft gegriffen waren.

„Also schön", hauchte sie schließlich. „Reiten wir nach Hause und lassen der Ungerechtigkeit ihren Lauf."

Tröstend legte Reiner einen Arm um ihre Schultern, als sie ihren Weg fortsetzten. Am Himmel waren graue Wolken aufgezogen.

„Wir werden nass sein bis auf die Knochen, wenn wir in Merode ankommen", mutmaßte Maria.

„Falls das ein Versuch ist, unseren Aufenthalt in Nideggen zu verlängern, so hast du dich gründlich getäuscht, Liebste. Wir reiten jetzt nach Merode zurück!"

„Wo du gerade von Merode sprichst ..." Maria blieb stehen und blickte auf den Mann, der ihnen entgegeneilte und lebhaft mit den Armen gestikulierte, als sei ein ganzer Schwarm wilder Bienen hinter ihm her. „Rate mal, wen mein gestrenger Vater mit meiner Abholung beauftragt hat."

Reiner horchte den hastigen, sich schnell nähernden Schritten. „Ohne Zweifel, das ist Dietrich, unser guter Stallmeister. Dein Vater muss sich große Sorgen um dich machen, wenn er schon den Höllenreiter nach dir ausschickt."

„Maria!", schrie der fündig Gewordene schon von weitem. Als er die beiden erreichte, stützte er sich atemlos auf seine Knie. „Endlich, da bist du!", keuchte er.

„Sei gegrüßt, wackerer Didi. Ungewöhnlich, dich nicht auf einem Pferderücken zu sehen. Ist vielleicht der Teufel hinter dir her?"

„Von wegen. Der Teufel, und zwar in der Gestalt deines Vaters, holt mich nur, wenn ich ohne dich nach Merode zurückkehre, Fräulein Nichte des Inquisitors."

„Wie? Woher weißt du ... Lass mich raten, du warst zu Gast in einem Wirtshaus mit dem wohlklingenden Namen ‚Zum Goldenen Schwein'."

„Du ahnst ja nicht, was ich mitgemacht habe, Dietrich", sagte Reiner mürrisch.

„Ich kann's mir ungefähr vorstellen." Der Stallmeister lächelte vielsagend und forderte die Tochter des Dorfherrn mit einer höflichen, aber bestimmten Geste auf, ihm zu folgen. „Die Heimat ruft", erklärte er und wunderte sich, dass Widerspruch ausblieb.

Sie erreichten die Innenstadt, wo nach wie vor reges Treiben herrschte. Die Stimme eines verlumpten Bußpredigers, der auf einer klapprigen Holzkiste stand und allen Sündern mit den ewigen Feuern der Hölle drohte, ging im allgemeinen Trubel völlig unter. Ohnehin war niemandem mehr danach zumute, sich gedanklich mit Satan und seiner fürchterlichen Unterwelt auseinander zu setzen, galt es doch jetzt, Vorkehrungen für das anstehende Osterfest zu treffen. Über Teufel und Hexen war in den vergangenen Tagen genug gemunkelt worden, nun sehnte man sich nach Normalität. Dies fand auch eine alte Begine, die sich ein Herz fasste und den Prediger unter dem Beifall der Leute mit Fußtritten davonjagte.

„Ist es wahr, Maria?", fragte Dietrich. Seine Überraschung, den Auftrag des Dorfherrn ohne die erwarteten Schwierigkeiten ausführen zu können, war inzwischen unweigerlich der Neugier gewichen.

„Ist was wahr?"

„Dass du nach Nideggen gekommen bist, um die Unschuld der Hexe zu beweisen?"

„Sie ist keine Hexe, verdammt noch mal!"

„Wie kannst du so was behaupten, Dietrich?", fügte Reiner seufzend hinzu.

„Aber was ist denn jetzt mit ihr? Ist sie schuldig oder nicht?"

„Sie ist unschuldig!", sagte Maria. „Nichtsdestotrotz schmachtet sie weiter im Verlies, den Folterknechten des Inquisitors hilflos ausgeliefert. Dieser ist der unerschütterlichen Meinung, dass dies auch so bleiben soll – auch, wenn gute Gründe gegen ihre Schuld sprechen."

Dietrich schnappte nach Luft. „Ihr beide habt wirklich mit dem Inquisitor gesprochen?"

„Wie hätten wir ihn sonst überzeugen können? Was guckst du wie ein Fisch an Land?"

„Erzähl das bloß nicht deinem Vater. Ich bin mir nicht sicher, ob sein Herz das aushält."

„Mein Vater hat das Herz eines Ochsen. Und ich könnte schwören, dass er ähnlich gehandelt hätte. Sagt man mir nicht nach, ich besäße seinen Dickkopf?"

„Gewiss, aber es ist schließlich etwas anderes, wenn, äh ..."

„Wenn was? Wenn es sich um eine Frau handelt, die das Rätsel zu lösen versucht?"

„Das habe ich nicht gesagt. Du weißt doch, wie sehr ich deine Bildung bewundere. Ich bin nicht so wie die anderen, die sich darüber lustig machen."

„Tun sie das? Oh, so erfahre ich wenigstens, was die Leute im Dorf von mir halten."

„Nur die gehässigen Weiber", beschwichtigte Dietrich und zwinkerte mit einem Auge. „Die meisten Männer dagegen ..."

„Lass es gut sein", fiel ihm Reiner eifersüchtig ins Wort. „Was ist das für ein Gelächter, da vorne?"

„Die Spielleute!", erklärte Maria. „Lassen immer noch ihre Puppen tanzen. Oder besser gesagt: aufeinander einprügeln."

„Aber nicht mehr lange!" Dietrich deutete auf drei mit Lanzen bewaffnete Männer, die dunkle, nietenbesetzte Kleidung trugen und sich der Bühne mit martialisch anmutenden Schritten näherten. Bruder Melchior, der junge Dominikanermönch, folgte ihnen gesenkten Hauptes. Noch erschien er eher wie ein reuiger Büßer, aber schon bald sollte er sich als drohender Mahner entpuppen.

„Wer ist das?", fragte Reiner.

Marias Gesicht verfinsterte sich erneut. „Leute des Inquisitors! Ein Dominikaner ist auch bei ihnen. Aber es ist nicht der Marburger."

Die Menge verstummte, als sie der Männer ansichtig wurden, und auch auf der Puppenbühne erstarb das Spiel. Melchior trat nach vorn, flankiert von den finster dreinblickenden Gesellen. Er erhob die Stimme, die im Widerspruch zu der Verkündigung, die er machte, weder sonderlich scharf noch Respekt heischend klang. Allein die Anwesenheit der schwarzen Knechte ließ niemanden am Ernst seiner Worte zweifeln.

Er bezichtigte die Zuschauer und die Puppenspieler der schweren Sünde, da sie es in der Karwoche vorgezogen hatten, sich albernen Vergnügungen hinzugeben, anstatt ihre Gedanken dem leidenden

Christus zu widmen, der ja schließlich für die Sünden aller Menschen gestorben war. Die anwesenden Kinder schüchterte er zusätzlich ein, indem er mit erhobenem Finger von den grausamen Dämonen berichtete, die bei unterhaltungssüchtigen Menschen leichtes Spiel hätten. Schließlich rief er alle zur Beichte und zur Buße auf, womit seine Rede überraschenderweise schon beendet war. Unverzüglich begannen die Spielmänner, die Puppenbühne abzubauen, und die Zuschauer suchten schnell das Weite. Vielen war die Erleichterung anzusehen, dass es bei dieser Mahnung geblieben war, gesprochen aus dem Mund eines Mönches, der zweifellos zum Gefolge des Inquisitors gehörte. Erst als die Menge sich halbwegs aufgelöst hatte, entfernten sich auch Melchior und die schwarzen Gesellen vom Ort des Geschehens.

Maria nickte verstehend. „Sieh einer an, Bernhard von Marburg hat einen Lehrling mitgebracht."

„Schade", grinste Reiner, „die Prügelei auf der Puppenbühne hätte mir nach dem heutigen Tag sicherlich Freude bereitet."

„Ach was", winkte ein krausköpfiger Knabe ab, dem Reiners bedauernde Worte nicht entgangen waren. „Langsam wurd's langweilig. Seit Tagen immer nur das Gleiche."

„Recht hat der Junge." Maria lächelte und strich ihm über den Kopf. „Prügel, Prügel und nochmals Prügel. Wer kann das auf Dauer schon ertragen?"

„Und wenn sie sich geprügelt haben", fuhr der Knabe ächzend fort, „dann kommt die große Rache der Else."

„Else? Wer ist das?"

„Die Tochter des bösen Schuhmachers. Der hat sie immer windelweich geschlagen. Bis sie ihm Gift in die Suppe gestreut hat."

„Und das haben sie jeden Tag gespielt?", fragte Maria stockend.

Der Knabe nickte und schickte sich an, zu gehen, doch Maria hielt ihn an der Schulter fest.

„Jeden Tag?", wiederholte sie.

„Seit mindestens einer Woche. Denen fiel doch nichts Neues mehr ein!" Nun entließ sie ihn aus ihrem Griff. Die Erkenntnis traf sie wie ein Hammerschlag.

„Was hast du?", fragte Dietrich.

„Oh, ich kann dir genau erklären, was meiner Liebsten gerade durch den Kopf geht", antwortete Reiner an ihrer statt. „Johanna, die kleine Tochter des Bäckers ..."

„Auch sie hat das Puppenspiel sicher gesehen“, schnitt Maria ihm das Wort ab. „Und beschloss, so zu handeln wie Else, damit die Prügelorgien des Vaters endlich ein Ende nahmen.“

Dietrichs Stirn legte sich in feine Fältchen. „Du glaubst, dass Johanna ihren Vater vergiftet hat?“

„Wir müssen mit ihr sprechen“, verkündete Maria mit neuer Entschlusskraft.

„Von wegen“, sagte Reiner. „Wir reiten sofort nach Merode zurück.“

„Wenn ihr unbedingt wollt – bitte schön: Ich bleibe und werde Johanna suchen.“

Die Kinnladen der beiden Männer hoben und senkten sich im Gleichtakt. Reiner war der Erste, dem es gelang, ein paar Worte zu artikulieren.

„Aber was willst du ... du kannst doch nicht ... und wenn es so wäre?“

„Wir sollten sie gewaltsam mitnehmen“, schlug Dietrich dem Mausbacher vor.

„Wagt das bloß nicht!“ Marias Augen blitzten wie die einer Raubkatze auf der Jagd. Sie machte auf dem Absatz kehrt und ließ die beiden stehen.

„Und was jetzt?“, fragte Dietrich ratlos und verzweifelt. „Wohin geht sie?“

Reiner seufzte aus tiefster Brust. „Zur Backstube des Wilfried, nehme ich an. Folgen wir ihr. Denn eher stürzt der Himmel über uns zusammen, als dass sie sich von ihrem Entschluss noch abbringen lässt.“

11

„Ihr schon wieder?"

Das nervöse Flackern in den Augen des Bäckersohnes war unübersehbar. „Wie ich sehe", sagte er mit Blick auf den Stallmeister, „habt Ihr die Leute gefunden, nach denen Ihr suchtet."

Dietrich nickte. „Die Leute, von denen ihr behauptet habt, sie nicht zu kennen."

„Wir möchten mit dem Kind reden", erklärte Maria entschieden.

„Das geht nicht. Wir haben zu tun, wie Ihr seht. Habt Ihr uns heute nicht schon genug Zeit gestohlen? Verschwindet endlich, bevor ich die Stadtwächter rufen lasse. Ich weiß, dass Ihr weder im Auftrag des Amtmannes noch des Inquisitors unterwegs seid."

„Oh, Ihr habt Euch erkundigt", stellte Maria fest. „Wie dem auch sei, wir bestehen drauf, mit Johanna zu sprechen. Und zwar mit ihr allein!"

Ängstlich lugte die Kleine zu ihnen herüber, doch es fiel auf, dass ihr keineswegs der Gedanke kam, Schutz hinter dem Rücken des Bruders zu suchen. In diesem Augenblick war sie, so dachte Maria erschüttert, das einsamste und hilfloseste Kind unter Gottes weitem Himmel.

„Keine Angst, Johanna, es wird dir nichts passieren!" Maria trat lächelnd auf sie zu und beugte sich zu ihr herab. „Ich möchte nur, dass du mir ein paar Fragen beantwortest. Und dein großer Bruder wird so lange draußen warten."

„Während Dietrich und ich ihm Gesellschaft leisten", fügte Reiner hinzu. „Damit er nicht auf die Idee kommt, nach der Stadtwache zu rufen!"

„Das werdet Ihr noch bitter bereuen." Wilfried war bemüht, seiner Stimme einen unheilschwangeren Ton zu verleihen.

„Stimmt nicht ganz", dementierte Reiner und presste einen Klagelaut hervor. „Wir bereuen es schon jetzt. Dennoch werdet Ihr mit uns die frische Luft da draußen genießen."

Mit dem Sohn des Bäckers in Ihrer Mitte verließen Reiner und Dietrich die Backstube.

„Nun sind wir beide ungestört, Johanna.“ Maria griff nach den Händen der Kleinen, die diese ihr nicht entzog. „Willst du mir nicht von der Nacht erzählen, in der dein Bruder den Teufel gesehen hat?“

Sie schüttelte mit dem Kopf.

„Warum nicht? Macht es dir Angst, darüber zu sprechen?“

„Wilfried hat es mir verboten“, gab sie schließlich zu.

„Das ist Unrecht von ihm.“ Maria runzelte nachdenklich die Stirn. „Magst du Mechthild, deine Stiefmutter?“, fragte sie dann beiläufig.

Die Kleine nickte.

„Warum magst du sie?“

„Sie ist immer nett zu mir. Und schlägt mich nicht. Und erzählt mir Geschichten, wenn ich schlafen gehe.“

„Und dein Bruder? Schlägt der dich?“

„Manchmal. Wenn ich nicht das tue, was er will, dann gibt er mir Ohrfeigen.“

„Möchtest du, dass Mechthild wieder nach Hause kommt?“

„Ja. Aber Wilfried sagt, das geht nicht. Weil sie eine Hexe ist.“

„Ich will dir ein Geheimnis verraten, Johanna.“ Marias Stimme ging in ein geheimnisvolles Flüstern über. „In Wirklichkeit ist Mechthild gar keine Hexe.“

Johanna schwieg und starrte zu Boden.

„Was sagst du denn dazu? Überrascht es dich kein bisschen, dass sie keine Hexe ist?“

„Weiß ich doch“, bekannte sie endlich.

„Du weißt es? Aber dein Bruder hat doch gesehen, wie sie mit dem Teufel verkehrte.“ Johanna nagte an ihrer Unterlippe.

„Wilfried lügt!“ Nun war es ausgesprochen.

„Was hast du also gesehen in dieser Nacht?“

Zögerlich begann die Kleine zu berichten. Ab und an musste sie ermuntert werden fortzufahren, doch am Ende war Maria über die wahren Ereignisse der Todesnacht im Bilde. Freilich gab es keine Überraschungen mehr im Bericht der kleinen Johanna, alles war so geschehen, wie Maria es sich in ihren Gedanken längst ausgemalt hatte. Die letzte Wahrheit aber musste noch aufgedeckt werden. Maria machte ein paar tiefe Atemzüge.

„Nun, ich kann verstehen, dass du bisher geschwiegen hast, Johanna. Wer will schon ständig Ohrfeigen bekommen? Aber wenn du Mechthild helfen willst, musst du über deinen Schatten springen.“

„Wie soll ich das tun?“, schniefte die Kleine.

„Indem du bei der Wahrheit bleibst, denn ich möchte dir eine weitere Frage stellen!“

„Aber ... ich habe doch alles gesagt.“

„Eben nicht alles, Johanna.“ Maria drückte sanft ihre Händchen. „Du magst deine Großmutter sehr, nicht wahr?“

Sie nickte eifrig.

„Sicher hat sie dir einiges über Kräuter beigebracht.“

Diesmal dauerte es länger, bis sie sich zu einem Nicken durchrang.

„Johanna! Welches Kraut hast du dem Vater in den Wein gemischt?“

Mathäus stockte der Atem. Die Männer waren von ihren Pferden gestiegen und hatten den Wallfahrtsort regelrecht umstellt. Über den Hahndorn schallte die schneidende Stimme ihres Anführers. Zweifellos gedachte dieser in Erfahrung zu bringen, was hier eigentlich vor sich ging. Flink wühlte sich der Dorfherr durch die Menge, bis er schließlich vor der Bahre der Stigmatisierten stand. Erstmals wirkte auch die dicke Kunigunde eher kleinlaut in Anbetracht des waffenstarrenden Fremden, der sich vor ihr und dem zitternden Ortwin aufgebaut hatte. Als der Fremde den herbeigeeilten Dorfherrn bemerkte, steckte er beide Daumen hinter seinen Schwertgurt. „Wer seid Ihr?“, blaffte er.

„Eigentlich wäre es zunächst an Euch, vorstellig zu werden, findet Ihr nicht?“, erwiderte Mathäus und hielt seinem durchdringenden Blick stand. „Denn zu den Leuten des Herzogs zählt Ihr nicht!“

Einen eisigen Augenblick lang schwieg der andere, dann begann er dröhnend zu lachen. „Also gut, Ihr sollt wissen, mit wem Ihr es zu tun habt. Mein Name ist Arnold, merkt Euch diesen Namen, falls Ihr bis jetzt noch nicht von mir gehört haben solltet. Ich bin im Auftrag des Inquisitors Bernhard von Marburg hier. Und wer, bitte schön, seid Ihr?“

„Ich bin Mathäus Dreyling, Beamter des Jülicher Herzogs und Dorfherr zu Merode. Bitte, Herr Arnold, seid so gütig und erklärt mir Euer unhöfliches Erscheinen.“

Dass der Dorfherr sich durch sein martialisches Auftreten nicht beeindrucken ließ, überraschte Arnold, war er es doch gewohnt, dass die Menschen vor ihm kuschten. „Wenn Ihr ein Beamter des Herzogs seid, Herr Mathäus, dann habt Ihr vielleicht auch schon von den Häretikern gehört, die in dieser Gegend predigen sollen.“

„Ihr meint die Waldenser, ja, ich hörte davon. Ich kann Euch versichern, dass in der Herrschaft noch niemand von ihnen gesichtet wurde, geschweige denn, dass sie hier gepredigt hätten."

„Wirklich nicht?"

„Welchen Grund hätte ich, Euch zu belügen?"

„Hm!" Arnold grinste schief, wenngleich seine Augen unheilvoll funkelten. „Und was ist das hier?" Mit einer ausholenden Handbewegung deutete er zunächst auf die Bahre mit dem Mädchen, dann auf die daneben stehenden Eltern und schließlich auf die Menge der eingeschüchterten Schaulustigen, von denen sich niemand mehr zu mucksen wagte.

„Was meint Ihr?", stellte Mathäus sich dumm.

„Dieses Mädchen dort trägt die Wundmale des Heilandes an ihren Händen. Findet Ihr das vielleicht komisch?"

„Durchaus nicht!"

„Und dennoch lasst Ihr solche betrügerischen Gotteslästereien zu? Was glaubt Ihr wohl, wird der Inquisitor dazu sagen?"

Man hätte eine Nadel fallen hören können.

„Ich weiß nicht, was Ihr von uns wollt", erwiderte Mathäus schließlich gleichgültig. „Niemand will hier jemanden betrügen."

„Ihr behauptet also, dass sich an diesem Mädchen ein Wunder offenbart?"

„Niemand behauptet das. Wir proben hier nur ein Passionsspiel! Übermorgen ist Karfreitag, wie Ihr wisst."

„Ein Passionsspiel?" Die Brauen des anderen verengten sich bedrohlich. „Und ein Mädchen spielt dabei den Heiland, wie?"

„Der eigentliche Darsteller ist leider plötzlich erkrankt. Das Mädchen war die Einzige, die den Text auswendig aufsagen konnte. Deshalb spielt sie nun die Rolle des Gekreuzigten. Gewiss wird unser Herrgott nichts dagegen haben, für ihn sind doch alle Menschen gleich. Oder seid Ihr da vielleicht anderer Meinung?"

Statt einer Antwort blickte Arnold der dicken Bäuerin fest ins Gesicht. „Also ein Passionsspiel?"

„Wie? Sicher", stammelte Kunigunde.

„Und kein Wunder?"

„Wunder? Wie kommt Ihr denn darauf, Herr?"

„Nun, ich frage mich, warum ich keine anderen Darsteller hier sehe. Wer von Euch ist zum Beispiel der Pontius Pilatus?"

„Oh, das bin ich, Herr!“, verkündete Bauer Lukas vom Unterdorf und trat mutig nach vorn. „Habe eben noch meine Hände in Unschuld gewaschen.“ Er präsentierte seine Hände, die freilich alles andere als gereinigt waren.

„Und ich bin Maria Magdalena“, behauptete Edeltrud, die Tochter des Wiprecht aus dem Oberdorf.

Wenigstens einmal schalten sie ihr Gehirn ein, freute Mathäus sich im Stillen. Er sah den Mann des Inquisitors langsam auf sich zuschreiten.

„Glaubt bloß nicht, dass mich diese Posse beeindruckt hat, Herr Mathäus“, flüsterte er. „Ihr habt Glück, dass ich nur die Befehle ausführe, die man mir ausdrücklich erteilt hat. Nun, ich will Euch gern glauben, dass die Häretiker nicht hier gewesen sind. Aber falls es dem Marburger einfallen sollte, Gerüchten über unverfrorene Lästerer auf den Grund zu gehen, dann werde ich dieses Wespennest ausheben. Oh, keine Sorge, ich werde meinen Mund halten. Sorgt nur dafür, dass es auch die Bauern tun. Und wascht ihnen gehörig den Kopf.“ Sein Flüstern wich einer sonoren Stimme. „Es hat mich wirklich gefreut, Eure Bekanntschaft zu machen. Vielleicht begegnen wir uns ja eines Tages wieder.“

Ein seltsames Lächeln ließ darauf schließen, dass er seine Worte ernst gemeint hatte. Mathäus nickte ihm stumm zu. Arnold machte kehrt und winkte seine Männer zusammen. Schon bald verließen die Reiter den Hahndorn und ließen eine raunende, aber aufatmende Menschenmenge zurück.

Inzwischen war der junge Till neben den Dorfherrn getreten. „Herr, ich glaube, ich habe es gefunden!“

Er reichte ihm einen rostigen Nagel, dem Mathäus sogleich prüfende Aufmerksamkeit schenkte.

„Lag neben der Bettstatt des Mädchens. Seht Ihr das Blut daran?“, fragte der Sohn des Kastellans.

„Oh ja, das sehe ich!“ Er strich dem Jungen über den Kopf. „Danke, Till. Du hast mir sehr geholfen. Ich werde mir eine Belohnung für dich ausdenken. Doch nun lauf rasch nach Hause!“

Begeistert gehorchte Till. Mathäus sammelte sich für seinen Auftritt.

„Kunigunde!“, schrie er, sodass augenblicklich alle verstummten.

„Diesmal seid Ihr zu weit gegangen! Und dafür werdet Ihr und auch Euer Gatte mindestens drei Wochen im Burgverlies schmachten, dafür sorge ich! Keine Gnade diesmal!“

„Aber weshalb?“, wehrte sich die Bäuerin uneinsichtig. „Ein Wunder ist ein Wunder!“

„Soeben seid Ihr mit knapper Not den Schergen der Inquisition entgangen, ist Euch das überhaupt bewusst? Das ist das eigentliche Wunder!“

„Aber wenn sie doch auserwählt ist ...“

„Von wegen auserwählt!“ Er streckte den Nagel in die Höhe und präsentierte ihn der gaffenden Menge. „Hiermit hat sie ihrer eigenen Tochter Schaden zugefügt. Damit ihr Hornochsen an ein Wunder glaubt. Und dann hat sie euch euer Geld abknöpft.“ Er verschluckte sich beinahe an seiner Fassungslosigkeit. „Ihrer eigener Tochter weh getan! Und sie schämt sich nicht einmal.“

„Habe nur ihre Haut geritzt“, bekannte Kunigunde mit hochrotem Kopf. „Lisa, sag ihm doch, dass ich nur deine Haut geritzt habe.“

„Stimmt“, nickte die Entstigmatisierte eifrig. „Hat überhaupt nicht weh getan.“

Inzwischen war das Raunen der Zuschauer einer allgemeinen Empörung gewichen. „Geht nach Hause! Alle!“, befahl der Dorfherr streng. „Für die Bestrafung sorge ich allein. Euer Geld werdet ihr bald zurückbekommen. Niemand soll es wagen, seinen Unmut an den Schuldigen auszulassen.“

„Schuldige! Ihr redet von uns, als seien wir Strauchdiebe“, sagte Kunigunde eingeschnappt, doch sie schwieg, als des Dorfherrn lodernder Blick sie traf.

„Noch ein Wort, Frau Kunigunde, und aus den drei Wochen werden drei lange Jahre. Und weiterhin werde ich dafür sorgen, dass Ihr der Obhut des Herrn Paulus anheim fallt!“

Diese Drohung war für Kunigunde in der Tat Grund genug, fortan den Mund zu halten. Über den Wipfeln des Waldes, der sich auf sanften Hügeln hinter der Ortschaft erhob, begann allmählich die Sonne zu versinken.

„Werde ich jetzt bestraft?“, schluchzte Johanna.

Maria streichelte ihr beruhigend über den Kopf. „Niemand wird dich bestrafen, das verspreche ich. Weil niemand jemals etwas davon erfahren wird. Denn du hast ihn ja nicht wirklich töten wollen. Wolltest ihm nur eine kleine Strafe aufbürden, so wie die Else es auf der Puppenbühne mit ihrem bösen Vater gemacht hat. Aber leider ist die

Wirklichkeit anders als ein Puppenspiel, Johanna. Auf der Bühne ist der Bestrafte bei der nächsten Vorstellung wieder so frisch und munter und böse wie zuvor, doch im wahren Leben steht niemand von den Toten auf."

„Werde ich einst in die Hölle kommen?"

„Bestimmt nicht."

„Und Mechthild auch nicht?"

„Warum sollte sie? Sie hat niemandem etwas Böses getan. Doch leider weiß das außer dem lieben Gott und uns niemand. Deshalb müssen wir dafür sorgen, dass sie wieder freigelassen wird."

„Ich will nicht wieder zu Wilfried zurück."

„Aber du musst. Zumindest, solange Mechthild noch im Kerker sitzt."

Johanna begann bitterlich zu weinen. Maria zog sie an sich und streichelte sanft ihren Rücken. „Nun gut, ich will schauen, wo wir dich unterbringen, bis Mechthild wieder frei ist."

Draußen wurden sie bereits erwartet.

„Endlich", sagte Wilfried säuerlich. „Nun lasst die Kleine in Ruhe und verschwindet – am besten für immer!"

„Die Kleine wird mit uns kommen", verkündete Maria sehr entschlossen.

„Wie?", entfuhr es Reiner und Dietrich gleichzeitig.

„Ich bin nicht gewillt, sie länger in der Obhut ihres Bruders zu lassen."

Wilfrieds Gesicht war krebsrot angelaufen. „Was soll das? Ihr könnt doch nicht einfach ..."

„Klappe halten!" Dietrich gab ihm einen unsanften Rippenstoß.

Reiner räusperte sich. „Liebste, was soll das heißen? Wir werden nach Merode zurückreiten, und die Kleine, ähm ..., wir können sie doch nicht einfach ... ich meine ..."

„Wir können! Schon bald, so denke ich, wird Mechthild sich wieder um sie kümmern können." Sie wandte sich an den Bäcker. „Ich warne Euch, Wilfried: Was immer Ihr auch gegen unser Vorhaben zu unternehmen gedenkt – das Netz der Lügen, das Ihr gesponnen habt, wird Euch am Ende selbst zum Verhängnis werden."

Wilfried schluckte, und die Röte auf seinen Wangen war nun einer fahlen Blässe gewichen.

„Geht!", forderte Maria ihn auf.

Das ließ er sich nicht zweimal sagen. Im nächsten Augenblick war er in der Backstube verschwunden.

„Diesem Mistkerl hast du's gegeben, mein Alles", sagte Reiner und fügte Unheil ahnend hinzu: „Aber von welchem Vorhaben hast du da eben eigentlich gesprochen? Und wie kommst du auf den Gedanken, dass Mechthild sich schon bald in Freiheit befinden könnte? Ich kann kaum glauben, dass du unser Gespräch mit dem Inquisitor bereits vergessen hast."

„Das will ich Euch in Ruhe erklären. Lasst uns ins ‚Goldene Schwein' gehen. Eine kleine Stärkung haben wir uns ohnehin verdient. Und ich könnte mir vorstellen, dass unsere hilfsbereite Frau Wirtin sich der kleinen Johanna für einen Tag annehmen würde."

„Nun mal langsam!" Dietrich schüttelte verwirrt den Kopf. „Haben wir nicht eben beschlossen, uns auf den Rückweg zu machen?"

„Kommt!" Maria nahm Johanna an der Hand und ging mit ihr voran.

„Und was jetzt?", fragte der ratlose Dietrich den Mausbacher nun schon zum zweiten Mal an diesem Tag.

„Ich habe beschlossen, ihr so selten wie möglich zu widersprechen. Es hätte sowieso keinen Zweck. Und ehrlich gesagt bin ich unendlich neugierig, was sie uns zu erzählen hat."

Von der Wirtin wurden sie überschwänglich empfangen. Der Bitte der „ehrwürdigen Mutter", das Kind für einen Tag in Verwahrsam zu nehmen, kam sie gern nach, wenngleich es ihr unmöglich war, ihre Neugier zu bändigen.

„Selbstverständlich kann die Kleine bis morgen bei mir bleiben, wenn Ihr es so wünscht, ehrwürdige Mutter. Wird schon seinen Sinn und Zweck haben. Das Kind kann ja schließlich nichts dafür, dass die Stiefmutter eine Hexe ist, nicht wahr? Ach, Euer Onkel hat wahrlich keine leichte Aufgabe zu erfüllen. Aber ich helfe, wo ich helfen kann. Ihr habt gut daran getan, hierbei an mich zu denken. Euer Vertrauen ehrt mich sehr. Sagt, gibt es Neuigkeiten in diesem Fall? Hat sie gestanden? Wie wird man sie bestrafen? Wird man sie ...", sie verstieg sich in ein Flüstern, um der kleinen Johanna das schreckliche Bild zu ersparen, „wird man sie auf dem Scheiterhaufen verbrennen?"

„Gewiss habt Ihr Verständnis dafür, dass ich hierzu schweigen muss, Frau Wirtin", erwiderte Maria mit der gleichen Flüsterstimme. „Doch schon bald werdet auch Ihr erfahren, was es in Wirklichkeit mit der

Frau des Bäckers auf sich hat. Wenn Ihr Euch einstweilen nur um Johanna kümmern wollt!"

Sie bückte sich zu der Kleinen hinab und küsste ihre Stirn. „Alles wird gut. Du musst mir versprechen, bis morgen bei der Frau Wirtin zu bleiben. Wirst du das tun?"

Johanna nickte und unterdrückte tapfer ihre Tränen, bevor sie sich von der munter auf sie einschwatzenden Wirtin fortführen ließ.

„Armes Kind", seufzte Reiner. „Doch nun, Liebste, schuldest du uns eine Erklärung. Und zwar eine einleuchtende, wenn du nichts dagegen hast."

Die Wirtsstube war gut gefüllt, denn für viele Nideggener war das Tagewerk vollbracht. Maria, Reiner und Dietrich ließen sich an einem der freien Tische nieder.

„Wir hören!", sagte Dietrich mit nahezu finsterer Stimme, denn in Gedanken spürte er schon die Tritte des Meroder Dorfherrn in seinen Allerwertesten.

Zunächst berichtete Maria vom „Geständnis" der kleinen Johanna. Erschüttert hörten die beiden Männer ihr zu.

„Also gut", sagte Reiner schließlich. „Nun kennen wir die ganze Wahrheit: Die Kleine hat ihren tyrannischen Vater vergiftet. Über die wahren Ausmaße ihrer Tat war sie sich nicht im Klaren. Und was nun? Willst du etwa noch einmal zum Inquisitor gehen und ihm das erzählen? Glaubst du denn allen Ernstes, er würde dir abermals Gehör schenken?"

„Schwerlich", gab Maria zu.

„Und davon einmal abgesehen: Selbst, wenn man Mechthild daraufhin frei lassen würde – was geschähe mit Johanna? Der Gedanke, ein Kind der Gerechtigkeit des Marburgers zu überlassen, bereitet mir echtes Unbehagen."

„Mir auch", stimmte Maria ein.

„Siehst du? Auch wenn wir die Wahrheit kennen – es ändert nicht im Geringsten etwas an unserer Hilflosigkeit. Und deshalb reiten wir nach Merode zurück."

Maria schüttelte den Kopf. „Ich habe Johanna ein Versprechen gegeben. Und ich habe vor, dieses Versprechen einzulösen. Alles andere wäre wenig ritterlich, findest du nicht, mein Herz?"

Verzweifelt sackte Reiner in sich zusammen. „Und was gedenkst du zu tun?", stieß er heiser hervor.

„Wenn Bernhard von Marburg sich logischen Argumenten verschließt, so helfen ihm möglicherweise übersinnliche Ereignisse bei der Suche nach der Wahrheit."

„Um ehrlich zu sein: Ich verstehe kein Wort", seufzte Dietrich.

„Keine Sorge, Didi. Ich werde Euch meinen Plan ausführlich erklären. Hört mir gut zu!"

Keiner der beiden Männer traute sich, sie bei ihren Ausführungen zu unterbrechen. Angestrengt lauschten sie den flüsternden Worten der Tochter des Mathäus. Erst als sie nach einer Weile schwieg und sich mit erwartungsvollem Blick und verschränkten Armen in ihren Stuhl zurücklehnte, fand Reiner seine Stimme wieder.

„Das kann nicht dein Ernst sein."

„Ist es aber."

„Du musst verrückt sein."

„Manchmal, wenn alles andere aussichtslos erscheint, helfen eben Verrücktheiten."

„Vor allem helfen sie uns, doch noch in des Inquisitors Folterkeller zu gelangen."

„Vertrau mir, es wird funktionieren. Schließlich hat Bernhard von Marburg auch nicht den geringsten Zweifel daran, dass der Leibhaftige sich in dieser Stadt tummelt."

„Mag sein. Aber die Gottesmutter ...?"

„Für mich ist das ..." Dietrich stockte unfreiwillig und nieste laut.

„Gesundheit, Didi."

„Herrje, habe mir wohl eine Erkältung auf dem Ritt hierher zugezogen. Aber was tut man nicht alles für den Dorfherrn? Man ärgert sich sogar mit seiner ungehorsamen Tochter herum. Für mich ist dein Plan jedenfalls Blasphemie, wollte ich sagen."

„Mein Plan dient der Gerechtigkeit. Was ist daran gotteslästerlich? Macht ihr mit oder nicht?"

„Und wenn nicht?", fragte Dietrich lauernd.

„Was fragst du?", brummte Reiner. „Dann wird sie es eben allein tun und in ihr Verderben rennen. Aber das wollen wir doch nicht, oder?"

Maria hob drohend einen Finger. „Oh nein, Didi, sprich es nicht schon wieder aus. Wage es nicht, mich mit Gewalt von hier fort zu schleppen."

„Gott stehe uns allen bei!", sprach Reiner leise.

„Gott wird ihr schon beistehen", tröstete Mathäus seine Frau, die leise schluchzte und ihren Kopf gegen seine Schulter drückte. „Und gleich morgen früh, mit dem ersten Tageslicht, werde ich nach Nideggen aufbrechen", versprach er und streichelte zärtlich ihre langen, schwarzen Haare.

Nachdenklich starrten die Eheleute in die Dunkelheit der Schlafkammer.

„Es ist wie damals", sprach Jutta aus, was beide in Gedanken beschäftigte – die fürchterliche Erinnerung an Marias Entführung vor mehr als zehn Jahren.

„Und genau wie damals wird es auch diesmal ein gutes Ende nehmen!" Mathäus bemühte sich, seiner Stimme einen überzeugenden Klang zu verleihen.

„Sicher?", fragte sie trostheischend.

„So sicher, wie Kunigunde und ihr Depp von Gemahl in den nächsten drei Wochen Kerkermauern von innen betrachten dürfen."

„Was wollt Ihr? Wer seid Ihr?", fragte der Torwächter vom Wehrgang herab. Sein Blick bohrte sich mühsam durch die Dunkelheit, um die beiden Gestalten besser erkennen zu können. „Wie Ihr seht, ist das Tor bereits verschlossen!"

„Dann öffnet es für uns!" Der Sprecher schien ein wahrer Koloss zu sein, im Gegensatz zu seinem gebrechlichen Begleiter, der eine Mönchskutte trug und sich auf hölzerne Krücken stützte.

„Kommt morgen früh wieder!"

„Aber seht Ihr denn nicht, dass mein Begleiter krank und erschöpft ist? Er braucht Pflege und ein Bett, sonst wird er sterben."

„So schnell stirbt's sich nicht", erwiderte der Mann auf dem Wehrgang mit Unbehagen.

„Wir sind Pilger auf dem Weg nach Santiago", fuhr der Koloss fort. „Mein Begleiter hier ist, wie Ihr unschwer erkennen könnt, ein Mann Gottes. Vor vielen Jahren legte er ein Gelübde ab. Es geht um Sühne, versteht Ihr? Wenn er Santiago nicht erreicht, weil er vorher stirbt, wird er sein Gelübde nicht mehr erfüllen können. Wollt Ihr das? Wollt Ihr die Verantwortung für das Seelenheil dieses Bruders übernehmen?"

„Verdammt", fluchte der Wächter leise vor sich hin und schickte sich an, die steinernen Stufen zum Tor hinabzusteigen. Für die Höllenqualen anderer wollte er wahrlich nicht verantwortlich sein.

12

Es ist bitterkalt. Lediglich ein paar flackernde Kerzen spenden unruhiges, fahles Licht. Überall bizarre Spinngewebe, die den Keller durchziehen. Und der Häretiker hängt am Aufzug, halbtot, doch immer noch fähig, dem eintretenden Inquisitor seine Aufmerksamkeit zu schenken. Blitze treten aus den Augen des Gefolterten, in dem sich plötzlich neues Leben zu regen beginnt. Beschimpfungen. Verwünschungen. Der Ruf nach dem Teufel ...

Eiskalt läuft es dem Inquisitor den Rücken herunter. Was, wenn es dem Leibhaftigen einfallen sollte, dem Ruf seines unseligen Dieners zu folgen? Der Inquisitor schaut um sich: Niemand sonst ist hier. Allein mit dem unheimlichen Häretiker ist er. Wo sind die Schreiberlinge? Wo der Henkersknecht? Wo sind sie bloß?

Noch nie hat er solche Furcht empfunden. Immer war sein Gottvertrauen größer. Warum zweifelt er diesmal?

Diese Kälte! Und dieser Blick! Abermals ruft der Mann am Aufzug nach dem Teufel! Er tut es mit schauerlicher Inbrunst.

Fort von hier! Fort von diesem Ort des Grauens. Nur noch beten will der Dominikaner. Beten, damit die Klauen des Bösen ihn nicht ergreifen. Beten, damit das Gute obsiegt. Der ewige Kampf! Nur fort von hier! In die Kapelle ...

Doch wo eben noch ein Tor war, ist nun kühles Mauerwerk. Verzweifelt lässt der Inquisitor seinen Blick schweifen. Spinngewebe! Das Tor ist fort, als habe es niemals eines gegeben. Die Fackeln – sie drohen zu erlöschen. Und dort, in einer der finsteren Ecken dieser Hölle beginnt sich langsam eine Gestalt zu manifestieren ...

Unsägliches Grauen! Kaum noch vermögen die Beine des Inquisitors ihn zu tragen. Eine eiserne Klammer scheint sich um seine Brust zu legen. Er zittert am ganzen Leib, ein menschliches Häuflein Erbärmlichkeit ist aus ihm geworden. Unfähig, ein Stoßgebet zu formulieren, starrt er auf den Teufel, dessen unsagbar hässliches Antlitz sich ihm nun offenbart.

Augen wie glühende Kohle. Zwei mächtige Bockshörner. Schwärze. Dann öffnet sich das Maul des Höllenfürsten. Raubtierartige Zähne blitzen, pestilenzialischer Gestank breitet sich aus. Und dann – niemals mag ein menschliches Wesen solch fürchterliche Laute vernommen haben – beginnt er zu fauchen. Die Bestie aus der Unterwelt breitet ihre Arme aus und nähert sich unaufhaltsam dem bibbernden Dominikaner.

Bernhard von Marburg sehnt sich den Tod herbei. Doch Gott erweist sich als ungnädig, lässt ihn weiterleben. Hilflos muss er mit ansehen, wie der Teufel immer näher kommt, um ihn zu verschlingen und sich seiner Seele zu bemächtigen.

Heilige Maria, Mutter Gottes!

Endlich, endlich erwachte der Inquisitor schreiend aus seinem schrecklichen Schlaf ...

Das Herz klopfte ihm unerbittlich bis zum Hals. Unzählige Schweißperlen bedeckten seine Stirn und seinen kahlen Kopf. Allmählich begann er zu begreifen: Es war nur ein Traum gewesen. Ein elender Albtraum. Der Teufel streckte nicht seine grauenvollen Klauen nach ihm aus und das Böse besaß in Wahrheit keine Macht über ihn. Alles auf der Welt hatte seine unerschütterliche göttliche Ordnung. Niemals würden die Kräfte der Hölle Macht über ihn gewinnen, über ihn, der zu Gottes getreuesten Dienern zählte, über ihn, der eine Bastion im Kampf gegen den Unglauben und das Ketzertum war.

Aufrecht saß er in seinem Bett und versuchte seinen Atem zu beruhigen. Alles nur ein böser Traum. Niemals würde Gott es zulassen, dass er in die Fänge Satans geriet. Und auch die Heiligen standen ihm doch bei. Allen voran die Jungfrau, die Mutter des Erlösers. „Heilige Maria", murmelte Bernhard von Marburg tief durchatmend, „stehe mir bei, jetzt und in der Stunde meines Todes ..."

„Oh ja, das werde ich tun", antwortete eine sehr helle, glockenklare Stimme.

Überrascht spähte der Inquisitor in die Dunkelheit des Raumes und erschrak, als er im matten Mondlicht vor der Fensteröffnung die Gestalt einer Person erkannte. Doch anders als in seinem Albtraum, in dem sich ihm die abgrundtiefe Hässlichkeit des Teufels offenbart hatte, schien es sich bei jener Gestalt um ein überirdisches Wesen zu handeln, das ein helles Gewand trug, gleich einem Engel des Himmels. Ohne

Zweifel ein weibliches Wesen, eine junge Frau, auch wenn die Konturen ihres von einem blauen Schleier umrandeten Gesichtes kaum zu erkennen waren.

„Wer bist du?", stammelte der Inquisitor und verkrampfte seine Finger ineinander.

„Ihr selbst habt nach mir gerufen", erwiderte die geheimnisvolle Frau. „Ich bin die Jungfrau Maria."

Reiner und Dietrich schwitzten Blut und Wasser.

„Wir hätten es nicht zulassen sollen", lamentierte der Stallmeister immer wieder.

Reiner presste einen Finger auf seine Lippen. „Psst! Oder willst du, dass man uns hört?"

„Was soll's? Das Ganze wird sowieso in die Hose gehen. Und dann sind wir alle dran." Er ließ seinen Blick über den Burghof schweifen. Nichts regte sich. Die Nacht war ihr einziger Verbündeter, abgesehen von Waldo, dem Pferdeknecht, der gegen ein kleines Entgelt nicht nur ein Kleid und einen blauen Schleier für Maria besorgt hatte, sondern auch noch mit diversen Informationen dienlich gewesen war. Außerdem hatte er ihnen verraten, wo sie eine Leiter finden würden. Die letzten Stunden hatten sie unbemerkt in einem Hühnerstall verbracht, in dem es gestunken hatte, als würde das Federvieh des gesamten Herzogtums hier seinen Mist los werden.

„Kannst du etwas sehen?", fragte der junge Ritter den Stallmeister nervös.

Dietrich schielte nach oben und schüttelte den Kopf. „Sie ist immer noch da drin", erklärte er. „Wir hätten es einfach nicht zulassen sollen."

„Hör auf mit diesen Vorwürfen, Didi. Man kann ja auch kein Gewitter verhindern. Was Maria sich einmal in den Kopf gesetzt hat ..."

„Mit Verlaub, Herr Reiner: Ich kann es nicht mehr hören. Offenbar hat Eure Vertraute sich in den Kopf gesetzt, uns alle zu verderben. Das schafft nicht mal das Gewitter, von dem Ihr spracht."

„Nicht so laut. Kannst du jetzt etwas erkennen?"

„Nach wie vor: Nein!"

Eine kurze Weile schwiegen die Männer.

„Und jetzt? Immer noch nichts?"

„Herr Reiner, ich verspreche, Euch unverzüglich Bescheid zu geben, sobald sich da oben etwas regt."

„Ich stelle mir gerade die Frage, wie sie es anstellen will, die Kammer des Inquisitors wieder zu verlassen."

„Dieses Problem wird sich schon von allein lösen, fürchte ich. Und außerdem ..." Er stockte.

„Was außerdem?"

„Ich glaube, ich muss ..."

„Niesen?", fragte der Ritter entsetzt und erahnte das verzweifelte Nicken des anderen. Rechtzeitig war er bei ihm und presste eine Hand auf seinen Mund.

„Gesundheit", murmelte Reiner, nachdem die Gefahr gebannt war.

„Die wünsche ich mir auch." Dietrich fuhr mit einem Ärmel durch sein Gesicht. „Allerdings steht es zu befürchten, dass dieser Wunsch nicht zu erfüllen sein wird. Dieser verdammte Schnupfen ist nur der Anfang. Und er ist ein Omen. Schließlich habe ich ihn mir auf dem Ritt hierher eingefangen. Wenn das kein Fingerzeig unseres Herrn war ..."

„Halt jetzt endlich mal die Klappe, Didi." Des Stallmeisters Gejammer war nicht gerade geeignet, Reiner ein wenig zuversichtlicher zu stimmen. Längst schalt der Mausbacher sich im Stillen einen Narren, weil er dem Willen seiner Geliebten einmal mehr nachgegeben hatte. Nur dieses eine Mal hätte er sich durchsetzen müssen – selbst auf die Gefahr hin, dass sie ihm das niemals verzeihen würde. Hatten sie nicht lange genug mit dem Feuer gespielt? Und hatte der Herrgott nicht gnädig dafür Sorge getragen, dass sie ungeschoren davongekommen waren? Selbst die Geduld des Allmächtigen musste nun erschöpft sein. Jetzt freilich war es zu spät. Maria war vor wenigen Minuten die Leiter emporgeklettert. Sie hatte den beiden Männern ein letztes Mal zugewinkt, bevor sie durchs Fenster gestiegen und in der Kammer des Inquisitors verschwunden war.

„Zum Henker, wo bleibt sie denn?", fluchte Reiner vor sich hin.

„Sicher hat der Inquisitor den Schwindel längst durchschaut", mutmaßte Dietrich. „Dann sitzt sie schon in einem Kerkerloch. Und wir Deppen stehen hier noch lange."

„Genug. Ich werde hochklettern!" Entschlossen tastete der junge Ritter nach den Sprossen der Leiter und schickte sich an, seinen Worten Taten folgen zu lassen. Der Arm des Stallmeisters hielt ihn unsanft zurück.

„Seid Ihr wahnsinnig?"

„Lass mich los!“
„Ihr könnt da nicht hoch.“
„Du glaubst ja nicht, was ich alles kann!“
„Aber ... Ihr könnt doch nichts sehen. Und womöglich verderbt Ihr alles. Außerdem riecht Ihr nach Hühnermist.“
„Da du ohnehin nicht an den Erfolg der Sache glaubst, gehe ich doch kein großes Risiko ein, findest du nicht? Jedenfalls habe ich keinen ruhigen Augenblick mehr, solange ich hier unten warten muss. Und nach Hühnermist riechst du übrigens auch.“
„Um Himmels Willen, seid doch vernünftig. Wenn man Euch schon nicht entdeckt, so werdet Ihr Euch mindestens den Hals brechen.“
„Darauf kommt es nicht mehr an!“ Abermals machte er Anstalten die Leiter zu besteigen, und abermals hielt Dietrich ihn zurück.
„Also schön“, seufzte der Stallmeister, „wenn Ihr unbedingt wollt, dass jemand ein wachsames Auge auf Maria wirft, dann soll es eben so geschehen. Allerdings werde ich gehen! Ihr müsst einsehen, dass meine Augen mehr sehen als Eure.“

„Ihr seid die heilige Jungfrau?“, hauchte Bernhard von Marburg.
„So ist es“, erwiderte Maria und entblößte lächelnd ihre Zähne, die in der Dunkelheit blitzten.
„Und ... Ihr kommt zu mir?“
„Warum denn nicht, werter Bernhard?“
„Welche ... welche Ehre!“
„Ehre, wem Ehre gebührt. Schließlich seid Ihr ein frommer, gottesfürchtiger Mensch, Bernhard.“
Noch immer spiegelte sich Fassungslosigkeit im Antlitz des Inquisitors. „Verzeiht meine Verwirrung. Aber ich hatte noch niemals eine Erscheinung. Und eben hatte ich einen schlechten Traum.“
„So? Was habt Ihr denn geträumt?“
„Nun, der Teufel streckte seine fürchterlichen Klauen nach mir aus. Doch dann erwachte ich und sah Euch!“
„Ich hoffe, mein Anblick ist Euch angenehmer.“
Inzwischen waren die letzten Zweifel verflogen. Bernhard von Marburg war sich sicher, nicht länger zu träumen. Die heilige Jungfrau war real. Diese endgültige Erkenntnis schien ihn nun zu überwältigen.
„Heilige Mutter Gottes, mir ist, als hätte ich Euch schon einmal gesehen. Lasst mich vor Euch niederknien und Euch anbeten!“

Beflissen wollte er aus dem Bett steigen, doch eine sanfte, aber bestimmende Handbewegung Marias hieß ihn, liegen zu bleiben.

„Ich möchte nicht, dass Ihr vor mir kniet, Bernhard von Marburg. Zum Beten werdet Ihr noch Zeit genug finden, wenn ich wieder verschwunden bin. Reden wir lieber über andere Dinge."

„Aber ... worüber wollt Ihr mit mir reden, heilige Maria? Ich bin doch nur Euer Diener!"

„Erzählt mir mehr von Eurem Traum. Begegnet Euch der Leibhaftige des Öfteren im Schlaf?"

„Ja, das tut er", bekannte der Inquisitor. „Und immer will er sich meiner Seele bemächtigen. Dann wache ich schweißgebadet auf und bin erleichtert, dass alles nur ein Traum war."

„Seltsam. Wenngleich Ihr doch nichts zu befürchten hättet, wenn Euch der Versucher tatsächlich begegnete. Schließlich ist Euer Glaube größer als Eure Zweifel."

„Wie gut Ihr mich kennt", sprach Bernhard bewundernd.

„Und dennoch muss es einen Grund für Eure schlechten Träume geben."

„Was für einen Grund, heilige Jungfrau?"

„Vielleicht habt Ihr jemandem Unrecht getan?"

„Wenn dem so sein sollte", erwiderte Bernhard stockend, „dann will ich beichten und Buße tun."

„Nichts anderes habe ich von Euch erwartet", nickte Maria und blickte nachdenklich auf ihre gefalteten Hände. „Doch wer könnte es sein, dem durch Euch Unrecht widerfuhr?"

„Ich weiß es nicht, heilige Jungfrau. Stets habe ich mich bemüht, Gott ein wohlgefälliger Diener zu sein und die Reinheit des Glaubens zu bewahren."

„Denkt nach. Wem gilt zur Zeit Eure Aufmerksamkeit?"

„Den Häretikern, die in dieser Gegend durch ihre gottlosen Predigten unseren Herrn beleidigen", antwortete der Inquisitor, ohne lange überlegen zu müssen.

„Tun sie das wirklich? Den Herrgott beleidigen?"

„Gewiss doch. Ihre Behauptungen sind wider die Schrift, also gotteslästerlich. Es ist meine Aufgabe, diese Menschen zum wahren Glauben zurückzuführen. Und wenn sie sich den rechten Weg nicht zeigen lassen wollen, muss man sie bestrafen."

„Aber was ist der wahre Glaube?"

Einen Moment lang war der Inquisitor sprachlos. „Aber das wisst Ihr doch gewiss noch besser als ich", erwiderte er schließlich.

„So? Ist das vielleicht ein Eingeständnis, nicht alles über den wahren Glauben zu wissen?"

„Der Glaube ist ein Mysterium, heilige Jungfrau."

„Und dennoch nehmt Ihr Euch das Recht heraus, über den Glauben der anderen zu richten?"

Verwirrt rang der Inquisitor nach Worten. In der Stimme der Gottesmutter war, ihren Worten zum Trotz, kein Vorwurf zu vernehmen. Gleichwohl forderte sie ihn auf seltsame Weise heraus. „Ich bin von der heiligen Mutter Kirche legitimiert ..."

„Von der heiligen Mutter Kirche? Auf wen beruft sie sich?"

„Auf Gott natürlich."

„Auf Gott? Nun, das ist seltsam. Ich kann mich erinnern, dass mein Sohn immer die Liebe gepredigt hat. Steht denn davon nichts in der Schrift?"

„Wie? Sicher, aber ..."

„Aber was?"

„Eine Brücke braucht eine Brüstung, weil der Wanderer sonst ins Wasser zu fallen droht."

„Freilich sollte man den Wanderer nicht nötigen, die Brüstung zu benutzen."

Bernhard von Marburg schwieg. Seine Verwirrung wuchs.

„Wie auch immer", fuhr Maria fort, „ich erkenne Eure gute Absicht. Doch im Besitz der einzigen Wahrheit seid auch Ihr nicht. Das ist nur Gott allein. Denkt nach, was könnte ein weiterer Grund sein, dass der Teufel Euch in Euren Träumen heimsucht?"

„Ich weiß es nicht, heilige Jungfrau. Es ist mir klar, dass ich kein vollkommener Mensch bin, aber mir fällt kein Grund ein. Helft mir."

„Hm! Gibt es jemanden, der im Augenblick im Kerker dieser Burg schmachten muss?"

„Nur eine Zauberin. Eine Hexe. Sie hat ihren Mann getötet und mit dem Teufel verkehrt. Dafür gibt es Zeugen."

„Eine Hexe?" Zum ersten Mal erhob die vermeintliche Gottesmutter ihre Stimme. „Wisst Ihr denn nicht, dass es keine Hexen gibt?"

Etwas wie Trotz erfüllte plötzlich den Inquisitor. „Wollt Ihr mich auf die Probe stellen? Schon im Alten Testament ist oft genug von Zauberern die Rede."

„Offenbar seid ihr Menschen nicht fähig, Gleichnisse zu verstehen. Lasst diese arme Frau unverzüglich frei. Sie ist unschuldig. Oder wollt Ihr einst äonenlang im Fegefeuer schmachten? Wollt Ihr Euch etwa den Zorn des ..."

Ein lautes Niesen unterbrach Maria.

Misstrauisch schwang Bernhard von Marburg seine Beine aus dem Bett. Maria zupfte verlegen an ihrer Nase und schniefte.

„Nun ja, auch wir – äh – Himmlischen müssen mitunter niesen!"

„Das glaube, wer will", erwiderte der Inquisitor und erhob sich. „Und langsam wird der Gestank nach Hühnermist unerträglich." Mit gefährlich langsamen Schritten trat er Maria entgegen. Entgeistert starrte Maria auf den Mönch im Schlafgewand, der sich ihr unaufhaltsam näherte. Ein Blick aus dem Fenster zerstreute Bernhards letzte Zweifel. Noch nie hatte Dietrich wohl so dumm aus der Wäsche geschaut.

„Wache!", schrie der Inquisitor.

Draußen graute bereits der Morgen, als Herzog Wilhelm von Jülich sich in das Verlies führen ließ, in das man die Tochter des Meroder Dorfherrn geworfen hatte. Angekettet an der Wand hockte sie hier nun neben der Frau, der sie eigentlich zur Freiheit hatte verhelfen wollen.

„Bei allen Heiligen, bist du eigentlich vollkommen verrückt geworden?", schrie der Herzog, dass es von den modrigen Mauern widerhallte.

„Wie geht es meinem Liebsten und dem wackeren Didi?", antwortete Maria mit einer Gegenfrage.

„Wie soll es diesen Schafsköpfen schon gehen? Sie hocken in dem Loch nebenan und krümmen sich vor Lachen! Vor allem, weil sie sich vorstellen, was bald mit euch geschehen wird."

„Und was, glaubt Ihr, wird mit uns geschehen?", fragte Maria gleichgültig.

„Eine dumme Frage. Und ich mag kaum glauben, dass sie von dir kommt. Eigentlich hatte ich dich für sehr viel klüger gehalten. Aber da habe ich mich wohl getäuscht! Du steckst in den Fängen des Inquisitors, dummes Kind. Und deine Freunde ebenso. Um ehrlich zu sein, ich sehe da schwarz für euch. Und ich habe keine Möglichkeit, euch da rauszuholen. Verdammt, hatte ich dir nicht ausdrücklich untersagt, den Inquisitor aufzusuchen? Habe ich mich da vielleicht mit einer Wand unterhalten?" Sein Geschrei mündete in einen langen Seufzer. „Heiliger Laurentius, ich weiß nicht, wie ich das Mathäus beibringen soll."

„Mein Vater weiß, dass ich unschuldig bin, ebenso wie Reiner und Didi, gleichgültig, wessen der Marburger uns anklagen wird. Und auch diese Frau", sie deutete auf die apathisch neben ihr kauernde Mechthild, „ist unschuldig. Sie kann weder zaubern, noch hat sie jemals dem leibhaftigen Teufel ins Angesicht geschaut, geschweige denn seinen Hintern geküsst."

„Leider ist der Inquisitor da anderer Meinung. Schließlich hat sie ihre Untaten inzwischen gestanden."

„Legt den Inquisitor auf eine Folterbank oder drückt ihm glühende Kohlen in die Hand. Ihr werdet sehen, dass auch er dann von Sünden berichten wird, die er nie in seinem Leben begangen hat."

„Ist ja nicht zu glauben", stöhnte der Herzog. „Selbst jetzt muss sie immer noch das letzte Wort haben. Wie ihr vorlauter Vater."

„Wie ich meinen vorlauten Vater kenne, wird er heute nach Nideggen kommen, um zu sehen, warum der gute Didi, den er nach mir ausgesandt hat, noch nicht fündig geworden ist."

„Mir bleibt auch nichts erspart. Was soll ich ihm bloß sagen?"

„Sagt ihm, dass es mir Leid tut." Sie lächelte matt. „Und dass ich es nicht wieder machen werde."

„Unfassbar, nicht einmal der Spott ist ihr vergangen. Ich werde in St. Johann Baptist eine Messe für euch lesen lassen. Heimlich, versteht sich. Der Marburger braucht nichts davon zu wissen. Mehr kann ich im Augenblick nicht für euch tun."

Kopfschüttelnd verließ er das Verlies.

„Das habt Ihr nun davon", sagte Mechthild mit schwacher Stimme und griff zitternd nach Marias Hand. „Ihr hättet Euch nicht darum kümmern sollen. Nun wird man auch Euch befragen. Und wenn Ihr nicht das sagt, was sie von Euch hören wollen, dann ..."

„Ich weiß, ich weiß. Sorgt Euch nicht um mich. Am Ende wird die Gerechtigkeit siegen."

„Das Gleiche habe ich anfangs auch gedacht. Mittlerweile glaube ich selbst, dass ich eine Hexe bin."

„Unsinn!", erwiderte Maria verärgert.

„Vielleicht hat der Teufel mir ja wirklich eingeflüstert, meinem Gatten Gift einzuflößen ..."

„Hat er nicht, verdammt!"

„Woher wollt Ihr das wissen, wo Ihr doch nicht dabei wart?"

„Weil alles haarsträubender Unsinn ist." Wütend verscheuchte sie eine Ratte, die an ihren Füßen schnupperte. Einen Moment lang spielte Maria mit dem Gedanken, der Witwe des Bäckers die Wahrheit über den Tod ihres Gatten zu berichten, unterließ es aber, da es die Sache für Mechthild keineswegs vereinfacht hätte. „Ein Mensch, dem man pausenlos einredet, dass er ein Sünder ist, wird es irgendwann selbst glauben, auch wenn er ein tadelloses Leben geführt hat. Und mit peinlichen Befragungen hat man bei Euch Ähnliches erreicht. Ihr seid keine Buhle des Teufels!"

Mechthild schluchzte leise. „Unsere Lage ist hoffnungslos, nicht wahr? Man wird uns hinrichten, verbrennen lassen, wegen Zauberei und Gotteslästerung."

„Unsere Lage ist nicht hoffnungslos", widersprach Maria und beugte sich zu ihr herüber, um ihr über die Haare zu streichen. Niemals ist eine Lage hoffnungslos."

„Nach der ersten Befragung durch die Knechte werdet Ihr anders darüber denken."

„Vielleicht auch nicht. Vielleicht sind wir morgen wieder in Freiheit. Dann könnt Ihr die kleine Johanna in Eure Arme schließen."

„Ich weiß nicht, woher Ihr Eure Zuversicht nehmt."

„Vielleicht aus der Erfahrung. Schon einmal wähnte ich mich tot!"

„Erzählt mir davon."

Maria starrte in die Dunkelheit. „Zehn Jahre ist es nun her", sagte sie mit düsterem Unterton. „Ich war noch ein Kind."

„Die Pest?", vermutete Mechthild.

„Nein, nicht die Pest. Von dieser Plage blieben wir zum Glück in Merode verschont. Vielmehr wurde ich das Opfer eines ruchlosen Kerls, der mich entführte und in einer Höhle gefangen hielt."

„Warum tat er das?"

„Um meinen Vater zu warnen und ihn auf diese Weise daran zu hindern, einer Verschwörung auf die Spur zu kommen. Wilhelm – damals war er noch Graf – hatte ihn beauftragt, ein paar mysteriöse Morde in Aachen aufzuklären."

„Wie lange wart Ihr in dieser Höhle?"

„Fast zwei Tage. Es waren schreckliche Tage voller Todesangst."

„Und wie entkamt Ihr?"

Abermals stierte Maria in die Dunkelheit hinein. „Ein Freund meines Vaters befreite mich. Sein Name war Heinrich."

„Dann wirst du ihm bis heute dankbar sein."

„Das bin ich. Schade nur", sie seufzte gedehnt, „schade nur, dass er wahrscheinlich tot ist."

„Wahrscheinlich? Das heißt, Ihr wisst es nicht genau?"

„Der Entführer schoss ihm einen Bolzen in den Rücken."

„Aber wie konnte dieser Heinrich Euch retten – mit einem Bolzen im Rücken?"

„Dank seiner treuen Dogge Chlodwig." Maria, in Erinnerungen versunken, verzog den Mund für den Bruchteil eines Augenblicks zu einem Lächeln, bevor sie wieder ernst wurde. „Chlodwig machte dem Kerl den Garaus", fuhr sie fort, „biss ihm die Kehle durch, bevor er einen zweiten Bolzen auf seinen Herrn abfeuern konnte. Der zweite Bolzen jedoch traf den Hund, der wohl auch mein Leben gerettet hatte. Der gute, alte Chlodwig ..."

„Aber was geschah mit jenem Heinrich?"

„Trotz seiner schweren Verletzung schaffte er es, mich auf sein Pferd zu hieven und nach Merode zurückzubringen. Dann verschwand er und ist nie mehr wieder aufgetaucht. Manchmal male ich mir aus, dass er in Wirklichkeit nicht gestorben ist, sondern irgendwo weiterlebt. So, wie auch ich noch lebe. Und Ihr!"

„Denkt Ihr oft an diese Geschehnisse zurück?"

„An jedem Tag, den Gott geschaffen hat."

„Eine rührende Geschichte, die Ihr mir da erzählt habt. Aber uns wird keiner mehr retten. Wir sind verloren. Ihr hättet Euch halt nicht um mich kümmern sollen. Weder ein Heinrich noch ein Hund noch sonst wer werden Euch diesmal aus diesem Elend befreien können." Erschöpft und ausgelaugt ließ Mechthild sich in das dreckige Stroh sinken.

„Abwarten", murmelte Maria. Sie dachte an Benedikt, ihren Mentor, der sicherlich für sie beten würde, auch wenn er nicht ahnen konnte, in welcher Lage sie sich befand. Auch Jutta hatte bestimmt schon alle Heiligen angefleht, damit sie endlich nach Hause zurückkehrte. Und schließlich gab es ja noch Mathäus ...

Sie zuckte ein wenig zusammen, als könne sie ihren Ziehvater leibhaftig vor sich sehen, der sich, einige Meilen westwärts, just in diesem Augenblick aufs Pferd schwang, um nach Nideggen zu reiten. Vor der

Tür des Hauses stand Jutta, seine Frau, an ihrer Hand der kleine, nichts ahnende Heinrich. Sorgenvoll starrte Jutta ihrem Gatten nach, bis sich die Staubwolke, die er hinter sich herzog, in nichts aufgelöst hatte.

Mathäus ritt wie noch nie in seinem Leben, als wisse er, dass auch der Tod sich wieder auf den Weg nach Nideggen begeben hatte.

13

„Unfassbar!"

Bernhard von Marburgs wütende Stimme hallte durch die Kemenate, in der außer dem Inquisitor noch Herzog Wilhelm, Bruder Melchior und der Reiterführer Arnold versammelt waren. Wilhelm hockte mit verschränkten Armen auf einer Bank und kaute nervös an seiner Unterlippe. Nicht weit von ihm saß Arnold, mit gewohnt finsterer Miene, obgleich etwas Ähnliches wie Belustigung – oder war es reiner Spott? – in seinen Augen zu blitzen schien. Die beiden Dominikaner indessen besaßen nicht die Muße, ebenfalls Platz zu nehmen. Während der junge Melchior, regungslos wie eine Kerze, fast beschämt zu Boden starrte und die Hände in die Ärmel seiner Kutte geschoben hatte, ging Bernhard wie ein Raubtier in einem Käfig auf und ab.

„Es ist einfach unfassbar! Wie konnte es geschehen, dass jemand mitten in der Nacht in meine Kammer eindringen konnte?"

Dieser Vorwurf galt sowohl dem Herzog als auch dem Reiterführer, denen Bernhard abwechselnd vernichtende Blicke zuwarf.

„Ich bin nicht Euer Leibwächter", erwiderte Arnold kalt, aber ruhig. „Ihr habt mich beauftragt, Ketzer aufzuspüren, nicht mehr und nicht weniger."

„Schade nur, dass Ihr noch nicht fündig geworden seid!"

„Was wohl daran liegen mag, dass Ihr Euch auf eine falsche Fährte begeben habt. Weder in Nideggen noch in den Dörfern der Umgebung haben in den letzten Monaten Ketzer gepredigt."

„Da hört Ihr's", sagte Wilhelm halblaut und trotzig.

„Unsinn!" Bernhard winkte verärgert ab, ohne seinen unruhigen Gang zu unterbrechen. „Ketzer und Gotteslästerer gibt es überall. Und mitunter klettern sie auch nächtens in die Kammern ihrer Verfolger!"

„Es tut mir Leid, dass es so geschehen ist." Wilhelm, von dem Bernhard offenbar immer noch eine Erklärung erwartete, spreizte die Hände. „Für Eure Sicherheit habe ich seit Eurer Ankunft zwei

Gardisten abgestellt, wie Ihr wisst. Doch wer kann schon ahnen, dass jemand auf einer Leiter ..."

„Nun wisst Ihr, dass dies möglich ist", schnitt Bernhard ihm unwirsch das Wort ab. „Ein Wunder, dass ich noch lebe!"

„Nein, kein Wunder", widersprach ihm der Herzog heftig. „Das Mädchen wollte Euch nicht umbringen. Dafür verbürge ich mich."

Nun blieb der Inquisitor stehen und schnappte fassungslos nach Luft. „Ihr kennt diese Person?"

„Sie ist die Tochter eines meiner Beamten, den ich sehr schätze."

„Ach, ist sie das?"

„Und ich bin mir sicher, dass sie sich nur einen kleinen Scherz erlaubt hat."

„Einen kleinen Scherz?", schrie der Inquisitor. „Sie hat sich als die heilige Jungfrau Maria ausgegeben. Findet Ihr das vielleicht lustig?"

„Nein, durchaus nicht." Wilhelm zwang sich, ruhig zu bleiben. „Dennoch solltet Ihr Euch überlegen, mit wem Ihr hier sprecht, Herr Inquisitor. Ich bin der Herzog von Jülich und bin es nicht gewohnt, dass man mich anschreit wie einen gefangenen Strauchdieb."

Die Brauen des Inquisitors verengten sich unheilvoll. „Und Ihr, Herzog Wilhelm, solltet Eure Worte gut abwägen und Euch ebenfalls vor Augen führen, wer hier eigentlich vor Euch steht. Die Reinerhaltung unseres Glaubens gehört zu meinen vordringlichen Aufgaben, und Ihr tut gut daran, mich in deren Erfüllung nicht zu stören. Übrigens ist es mir durchaus bekannt, dass einer Eurer Vorfahren dem Kirchenbann unterlag."

„Was wollt Ihr damit sagen?", fragte Wilhelm, bleich geworden.

„Wer Ohren hat zum Hören, der höre, pflegte unser Herr Jesus zu sagen."

„Ich lasse mir ungern drohen. Auch von Euch nicht, Bernhard von Marburg."

„Niemand droht Euch. Ihr kennt also diese junge Gotteslästerin?"

„Es war sicher nicht der Zweck ihres Tuns, den Herrgott zu lästern."

„Sie wollte einer Hexe zur Freiheit verhelfen. Einer Hexe, die mit dem Teufel im Bunde steht. Das nenne ich Blasphemie. Höchstwahrscheinlich ist sie selbst eine Hexe. Es wird nicht schwierig sein, dies herauszufinden. Bruder Melchior, Ihr werdet Euch dieser Sache annehmen. Nehmt Euch zuerst das Mädchen vor und dann die beiden Männer."

Der junge Dominikaner neigte ergeben sein Haupt.

„Wie gesagt“, erklärte der Herzog, tief durchatmend, „für das Mädchen verbürge ich mich. Und einer der Männer stammt aus ritterlichem Geschlecht. Auch den anderen kenne ich seit Jahren. Ich kann mir nicht vorstellen, dass sie einem Hexenzauber unterliegen.“

„Genug! Offenbar begreift Ihr überhaupt nichts, Herr Herzog. Niemand mag sich für den anderen verbürgen. Das Böse lauert überall. Wenn Ihr bloß wüsstet, was ich schon erlebt habe. Seelen gilt es hier zu retten, Seelen, versteht Ihr? Also schweigt und faselt mir nichts vom Leumund der Menschen, die Ihr zu kennen glaubt. Der Teufel fragt nicht nach solcherlei Dingen.“

Er nahm seinen unruhigen Gang wieder auf.

„Nicht jeder Sterbliche ist fähig, den Versuchungen des Leibhaftigen zu widerstehen. Nicht einmal für Euch selbst solltet Ihr Euch verbürgen.“

„Vielleicht steht der Teufel ja bereits vor der Tür“, verkündete Arnold und grinste kühl.

Der Inquisitor streckte einen Finger, als wolle er einen vernichtenden Strahl auf Arnold abschießen. „Spart Euch den Spott. Dafür werdet Ihr nicht bezahlt. Außerdem stünden Euch etwas mehr Ehrfurcht und Demut gut an.“

Die Blicke der Männer richteten sich auf den Diener, der soeben die Kemenate betreten hatte.

„Habe ich nicht ausdrücklich befohlen, uns nicht zu stören?“, blaffte Wilhelm ihn an.

Der Diener nickte eingeschüchtert, doch bevor sich ein wahres Donnerwetter aus dem Mund des Herzogs über ihn ergießen konnte, hub er zu sprechen an.

„Zwei Männer wünschen den Herrn Inquisitor zu sprechen“, verkündete er beherzt. „Sie behaupten, es sei dringlich.“

„Schon gut“, antwortete Bernhard anstelle des Herzogs, „wer sind diese Männer? Und was wollen sie? Offenbar ist es Mode geworden, mich mit angeblich dringlichen Angelegenheiten zu behelligen.“

„Sie haben nicht ihre Namen genannt, doch der eine trägt die Kutte Eures Ordens, Herr. Und der andere scheint sein Diener zu sein. Der Mönch behauptet, Euch gut zu kennen und verlangt, sofort zu Euch vorgelassen zu werden, da er Euch etwas Wichtiges zu sagen habe.“

Bernhard stützte nachdenklich sein Kinn.

„Lass sie eintreten", befahl er schließlich. „Möglich, dass man mir endlich Neues über diese Ketzerbande zu berichten weiß."

„Durchsucht sie trotzdem zuerst nach Waffen!", rief Wilhelm dem Diener hinterher.

Bernhards Mundwinkel hoben sich abfällig. „Euer Misstrauen wäre an anderer Stelle angebrachter gewesen, Herr Herzog."

„Man lernt eben nie aus." Er erwiderte das spöttische Lächeln des Dominikaners. „Und auch Ihr solltet Euch für niemanden verbürgen. Selbst, wenn es sich um einen Eurer Mitbrüder handelt."

„Eure Fürsorge rührt mich. Aber vielleicht werdet auch Ihr eines Tages begreifen, dass das Böse nicht mit Waffengewalt daherkommt, sondern ganz im Verborgenen, allenfalls über – Leitern."

„Wenn dem so ist, frage ich mich, weshalb das Mädchen überhaupt eine Leiter benutzen musste. Warum hat der Teufel sie nicht einfach in die Lüfte erhoben, damit sie in Eure Kammer gelangen konnte?"

„Das Böse folgt keiner Logik, Herr Herzog. Gerade das macht es den Menschen so schwer, dem Herrgott gefällig zu sein. Logik verwirrt die Menschen nur."

Er richtete seinen Blick auf die beiden Gestalten, die in diesem Augenblick in den Raum geführt wurden. Der Mönch war ein Krüppel und wurde von seinem Begleiter gestützt. Dieser schien ein Riese aus grauen Vorzeiten zu sein, der den Äonen getrotzt und überlebt hatte.

Der Inquisitor musterte die Ankömmlinge. Das Gesicht des Mannes in der Dominikanerkutte lag im Schatten seiner Kapuze verborgen. Dennoch war es offenkundig, dass seine gesamte Aufmerksamkeit auf ihn, Bernhard, gerichtet war. Auch der Riese schien die anderen Anwesenden kaum zu beachten, sondern fixierte Bernhard mit einem Blick, der alles andere als ehrerbietig war. Dieser versuchte sein Unbehagen zu verbergen, verschränkte die Arme und straffte seinen Oberkörper.

„Was kann ich für Euch tun, Bruder?", fragte er und ignorierte den Riesen bewusst.

„Mir den Schmerz nehmen", antwortete der Mönch mit zitternder Stimme.

„Leider bin ich kein Medicus, doch wenn Ihr denn Schmerz in Eurer Seele meint, Bruder, so will ich hören, was Ihr mir zu sagen habt."

„Oh, es gibt nicht viel, was ich Euch zu sagen habe. Denn alles wurde bereits gesagt. Früher."

Die Augen des Inquisitors verengten sich zu schmalen Schlitzen. „Kenne ich Euch?"

„Ihr kennt mich sogar sehr gut, Bernhard von Marburg. Euer Geist und der meine waren sich schon einmal sehr nahe."

„Genug. Wer seid Ihr?"

Mit einer langsamen Bewegung streifte sich der Mönch die Kapuze vom Kopf. Zum Vorschein kam ein ausgemergeltes, schmerzerfahrenes Gesicht, in dem nur noch Hass und Verachtung wucherten.

„Erkennt Ihr mich jetzt?"

Das Schweigen des Inquisitors war Antwort genug. Doch keine Regung seiner Miene verriet, was er in diesem Augenblick denken mochte. Stumm sahen die beiden Dominikaner sich in die Augen, während der Herzog, Arnold und Bruder Melchior nur fragende Blicke wechselten.

„Was wollt Ihr?", brach Bernhard von Marburg endlich das bedrückende Schweigen. „Weshalb seid Ihr gekommen? Den Frieden könnt nur Ihr selbst wieder in Euer Herz ziehen lassen."

„Frieden?" Der Mönch lachte hohl. „Nein, Ihr irrt, Bernhard von Marburg. Ihr könnt mir durchaus helfen, den Frieden wieder in mein Herz einkehren zu lassen."

„Ich habe Eure Seele gerettet, Bruder. Was könnte ich wohl sonst noch für Euch tun?"

Der Mönch streckte seine Hände aus, vielmehr das, was von ihnen noch übrig geblieben war. „Seht Ihr dieses rohe Fleisch, Bernhard von Marburg? Es schmerzt heute noch. Jede Nacht erwache ich, weil ich das Feuer immer noch spüre."

„Was bedeutet schon irdischer Schmerz, wenn dem Menschen dafür die ewigen Feuer der Hölle erspart bleiben? Ihr habt damals widerrufen, und Ihr habt gut daran getan."

Der Mönch nickte nachdenklich. „Ja, ich habe widerrufen", erklärte er heiser. „Und das brennt mehr als die Flammen, die Eure Henkersknechte entzündeten."

„Was wollt Ihr damit sagen?", fragte der Inquisitor lauernd. „Dass Ihr Euren Widerruf bereut?"

„In Wirklichkeit habe ich damals nicht widerrufen, Bernhard. Nur mein Mund tat es, nicht mein Geist."

„Ihr seid also immer noch ein Anhänger des Eckhart, dessen Lehren von der Kurie als ketzerisch verurteilt wurden?"

„Eckhart!" Ein verzerrtes Lächeln legte sich um die Mundwinkel des Mönches. „Der Meister! Richtig, ich erinnere mich. Ich war ein glühender Verehrer seiner Lehren."

Bernhard suchte den Blick Melchiors. „Er ist wahnsinnig", erklärte er verächtlich.

„Ihr habt Recht, ich bin wahnsinnig. Und wahrscheinlich war es der Wahnsinn, der mich hat weiterleben lassen. Meister Eckhart? Nun, ich habe mich nie wieder mit seinen Schriften beschäftigt. Eure Methoden waren äußerst wirksam, Bernhard."

„Dann sagt mir um Himmels Willen endlich, was Euch zu mir führt!"

Der Mönch schien einen Moment lang zu überlegen, bevor seine Lippen eine flüsternde Antwort formulierten.

„Die Rache!"

Schweigen herrschte in der Kemenate; erst ein raues Lachen des Arnold beendete die Stille.

„Soll ich diese Spaßvögel ins Verlies werfen?"

Bernhard von Marburg antwortete ihm nicht.

Nun trat der Riese nach vorne, bis er unmittelbar vor dem Inquisitor stand. Mit seinen mächtigen Händen umfasste er Bernhards Kopf, dessen Augen sich angstvoll weiteten. Dann brach er ihm mit einer einzigen Bewegung das Genick.

Irgendetwas war geschehen auf der Burg. Mathäus spürte es sogleich. Überall standen die Knechte und Mägde in Grüppchen beieinander und tuschelten. Doch niemand schien etwas Genaues zu wissen. Auch der Bursche, der Julius den Zweiten in Empfang nahm, zuckte nur mit den Schultern. Immerhin glaubte er zu wissen, dass es einen Mord gegeben hatte. Das ungute Gefühl, das Mathäus ohnehin erfüllt hatte, wuchs ins Unermessliche. Ganz zu schweigen von der Sorge um Maria, derentwillen er hierher gekommen war. Unverzüglich ließ er sich zum Herzog führen.

Wilhelm saß hinter seinem Eichenpult und hatte die Hände vors Gesicht geschlagen. Als er den Eintretenden erkannte, erwachte er aus seiner Lethargie.

„Mathäus! Da bist du ja endlich, du verfluchter Dorfherr eines gottverlassenen Nestes. Warum bist du nicht eher gekommen? Vielleicht hättest du einiges Unheil verhindern können! Nun werde ich möglicherweise etwas Ärger bekommen – aber keine Sorge, ich werde schon damit fertig."

„Durchlaucht! Was zum Teufel ist geschehen? Wisst Ihr, wo meine Tochter ist?"

„Natürlich weiß ich es. Sie sitzt im Kerker, zusammen mit ihrem Ritter und diesem Höllenreiter. Und nenne mich nicht Durchlaucht. Für dich heiße ich Wilhelm. Doch nun entspanne dich, ich habe die Freilassung der Törichten angeordnet."

Mathäus schwankte zwischen Wut und Erleichterung. Sein Gesicht glich einer weißen Maske.

„Sie hat sich in gefährliche Angelegenheiten eingemischt, nicht wahr?"

„Du bist scharfsinnig wie immer, Mathäus."

„Unsinn, ich kenne nur meine Tochter sehr gut. Erzählt mir, was geschehen ist."

Mit knappen Worten kam der Herzog dem Wunsch des Dorfherrn nach.

„Sie ist in des Inquisitors Kammer ... als heilige Jungfrau ...?" Mathäus blieb der Mund offen stehen.

„Also fanden sich die drei schnell im Kerker wieder. Zweifelsohne hätte sich der Inquisitor bald mit ihnen beschäftigt, wenn er nicht eben – nicht einmal eine Stunde ist es jetzt her – umgebracht worden wäre!"

Mathäus erfuhr nun von den beiden Fremden, die am Morgen aufgetaucht waren und verlangt hatten, zum Inquisitor geführt zu werden. Der eine, ein verkrüppelter Mönch, habe sich als Ketzer entpuppt, der vor Jahren in die Fänge des Bernhard von Marburg geraten sei. Doch nicht Reue, sondern Rache habe den Ketzermönch hierher geführt. Sein Begleiter, ein wahrer Koloss, habe dem Inquisitor nach einem kurzen Disput, den die beiden Dominikaner austrugen, kurzerhand den Hals herumgedreht. Zwar sei Arnold, ein Mann des Marburgers, sogleich aufgesprungen und habe den Riesen mit einem gezielten Schwertstreich niedergemetzelt, am Ableben seines Lohnherrn habe dies freilich auch nichts mehr ändern können.

„Nie werde ich es vergessen", sagte Wilhelm schaudernd. „Der Unglaube in den Augen des Marburgers, als der Koloss seinen Kopf zwischen seine Pranken nahm! Und schließlich der sterbende Riese selbst. Sein letzter Blick galt dem Krüppel. Zwischen den beiden lag ein grausiges Einverständnis. Der Riese muss schon vorher gewusst haben, dass er die Kemenate nicht mehr lebend verlassen würde. Die Begegnung mit dem Inquisitor war das Ziel eines lang gehegten Planes."

„Und der Krüppel?"

„Um den wird sich der bedauernswerte Bruder Melchior kümmern müssen, ein Gehilfe des Inquisitors. Er hat nicht einmal protestiert gegen meine Anordnung, unsere drei Gefangenen frei zu lassen." Erstmals grinste der Herzog. „Ohne die Hilfe seines Mentors wird aus ihm wohl niemals ein echter Bluthund des Herrn. Es war nicht sonderlich schwer, ihn einzuschüchtern."

In diesem Augenblick klopfte es an der Tür. Herein trat Arnold. „Sieh mal einer an, ist das nicht unser wackerer Dorfherr?", sagte er, als er Mathäus erkannte.

„Ihr kennt Euch?", wunderte sich Wilhelm.

Mathäus nickte. „Wir hatten gestern eine anregende Begegnung."

„Nun, Herr Mathäus, ich hatte ja schon gemutmaßt, dass wir uns eines Tages wieder sehen", fuhr Arnold fort. „Aber dass es so schnell sein würde ... Sind die Proben für das Passionsspiel schon beendet?"

„Oh ja, das sind sie."

„Welches Passionsspiel?", fragte Wilhelm neugierig.

Mathäus winkte ab. „Ach, wirklich nicht so wichtig, Durchlaucht. Erzähle ich Euch besser ein anderes Mal."

„Soll ich die drei jetzt zu Euch hereinführen, mein Herzog?"

„Bitte, seid so freundlich, Arnold!"

„Er steht in Euren Diensten?", fragte Mathäus den Herzog, als Arnold den Raum wieder verlassen hatte.

„Seit einer halben Stunde. Sein alter Dienstherr ist ja schließlich tot, nicht wahr? Ich habe ihn gefragt, ob er nicht Kommandant meiner Leibgarde werden will." Wieder grinste Wilhelm von einem Ohr zum anderen. „Er ist kompromisslos und hart. Ich brauche einen Mann wie ihn. Die Leute, die mir die Pest an den Hals wünschen, werden ja schließlich nicht weniger. Es ist besser, einen Mann wie Arnold unter seinen Leuten zu wissen anstatt bei seinen Feinden."

„Mir ist er jedenfalls nicht geheuer", murmelte Mathäus.

„Du siehst Gespenster, Dorfherr von Merode. Den Grimm solltest du dir besser für Maria aufsparen. Eigentlich müsstest du ihr gehörig den Hintern versohlen." Er blickte zur Tür, die sich abermals öffnete. „Ah, da kommt sie ja. Wenn du willst, halte ich sie für dich fest, während du sie züchtigst."

„Maria! Was zum Teufel hast du dir eigentlich dabei gedacht?"

Obwohl sein zornerfülltes Gesicht Böses befürchten ließ, nahm Mathäus die Ziehtochter in die Arme und drückte sie, als sei sie von den Toten auferstanden. Tapfer unterdrückten die beiden ihre Tränen. Niemand war bereit, sich eine Blöße zu geben vor dem sich anbahnenden Disput.

„Vater! Ich werde dir alles erklären."

„Oh, zu erklären habe ich dir auch noch einiges. Später."

Ohne Zweifel, dies war eine Drohung. Der Blick des Dorfherrn fiel nun auf die beiden Männer, die reichlich betreten im Hintergrund standen und nicht zu wissen schienen, was sie mit ihren Händen anfangen sollten. Mathäus ließ seine Tochter los und trat mit überlauten Schritten auf sie zu.

„Reiner! Wie konntet Ihr dies nur zulassen? Nennt Ihr das etwa beschützen?"

„Es wird nie wieder vorkommen", erwiderte Paulus' Sohn kleinlaut. „Das verspreche ich Euch."

„Seid bloß vorsichtig mit Versprechungen, wenn Ihr tatsächlich beabsichtigt, meine Tochter eines Tages zu ehelichen. Sie wird es Euch nicht leicht machen, sie zu erfüllen."

Reiner senkte den Kopf und nickte.

„Und du, Didi? Ich habe gedacht, wenigstens auf dich könnte ich mich verlassen!"

„Herr! Ihr ahnt ja gar nicht, was ich durchgemacht habe!"

„Schon gut, ich werde es wohl noch früh genug erfahren. Durchlaucht, gestattet mir und diesen drei Kindsköpfen, unverzüglich nach Merode zurückzureiten!"

„Selbstverständlich", seufzte Wilhelm, „verschwindet nur, es ist mir nicht Unrecht. Wir sollten unsere Gedanken nun, so gut es uns möglich ist, dem anstehenden Osterfest zuwenden, damit der Herrgott uns nicht zürnt. Den einen oder anderen Grund hätte er ja dafür", fügte er mit leichtem Tadel hinzu.

„Augenblick!"

Alle starrten Maria an.

„Durchlaucht, ich kann mir nicht vorstellen, dass der Herrgott wirklich böse auf uns ist. Aber darüber will ich mit Euch nicht streiten. Tatsache jedenfalls ist, dass da unten im Kerker immer noch eine Unschuldige sitzt!"

„Geht das schon wieder los", stöhnte Dietrich, und auch die Mienen der anderen Anwesenden offenbarten alles andere als Begeisterung. Doch nicht einmal Mathäus traute sich, sie zu unterbrechen, als sie die Indizien, die für Mechthilds Unschuld sprachen, in epischer Breite aufzählte. Auch die Rolle der kleinen Johanna verschwieg sie nicht – kein vernünftiger Mensch würde das Kind ernsthaft eine Mörderin nennen.

„Bitte, sorgt dafür, dass Mechthild freigelassen wird", schloss sie, „oder wollt Ihr, dass Nideggen den Ruf eines Hexennestes erlangt?"

„Beruhige dich, schönes Kind, noch heute werde ich die Freilassung der Bäckerwitwe veranlassen. Dieser Melchior wird es nicht wagen, dagegen aufzubegehren."

„Ich danke Euch. Noch etwas!"

Wilhelm hob eine Augenbraue. „Ich höre?"

„Mechthild kann unmöglich weiter in dieser Stadt leben. Niemals mehr wäre sie hier vor den Verleumdungen der Leute sicher."

„Kann man nicht abstreiten", nickte der Herzog.

„Sie muss also fort von hier. Mitsamt ihrer Stieftochter, der kleinen Johanna. Es darf einfach nicht sein, dass das Kind in der Obhut ihres lügnerischen Bruders bleibt. Und auch die verwirrte Mutter der Mechthild kann nicht länger vor den Toren der Stadt leben. Ohne die Fürsorge ihrer Tochter wäre sie hilflos."

„Wie ich dich kenne, hast du dir bereits etwas einfallen lassen", warf Mathäus ungeduldig ein. „Also heraus mit der Sprache, bevor es draußen dunkel wird."

„Vater, könntest du nicht ..."

„Ja, schon gut, schon gut. Ich werde mich darum kümmern. Arbeit und Brot kann ich ihnen wohl auf dem Gutshof zu Echtz verschaffen. Doch nun pack endlich deine Beine und komm!"

„Warte!"

„Zapperlot, was ist denn noch?"

Maria wandte sich abermals an den Herzog.

„Eine letzte Gunst noch, Durchlaucht!"

Vier Männer stöhnten leise im Gleichtakt auf.

Der Krüppel schien Maria und Mathäus, die das Verlies soeben betreten hatten, überhaupt nicht wahrzunehmen. Nicht einmal der Schein der Fackel, die Mathäus hielt, spiegelte sich in seinen trüben

Augen. Es war, als schaute er durch die beiden hindurch, als könne er in eine Welt blicken, die jenseits der Gegenwart lag.

Maria erkannte ihn als den Mönch, dem sie gestern Morgen auf Schwarzenbroich begegnet war. Sie räusperte sich leise.

„Wie ich hörte", begann sie langsam, „seid Ihr ein glühender Verehrer des Meister Eckhart."

Weil der Krüppel keinerlei Reaktion zeigte, wiederholte Maria ihre Worte, wobei sie den Namen des dominikanischen Mystikers in besonderer Weise betonte. Dies half. Der Blick des Krüppels schien allmählich ins Diesseits zurückzukehren.

„Eckhart?", kam es heiser von seinen Lippen.

„Erzählt mir von ihm. Habt Ihr ihn persönlich gekannt?"

Er schien zu überlegen, während er auf seine geschundenen Gliedmaßen starrte. „Ich kenne keinen Eckhart", flüsterte er schließlich.

„Habt Ihr denn nicht die Folter erleiden müssen, weil Ihr ein Anhänger seiner Lehren wart?"

Der Krüppel schwieg.

„Wer leer ist aller Kreatur, wird Gottes voll! Das hat er gesagt, nicht wahr? Glaubt Ihr, dass dem so ist? Glaubt Ihr, dass der Mensch Gott nur dann nahe kommen kann, wenn er jede Form von Eigenwillen aufgibt?"

„Ich kenne keinen Eckhart", wiederholte der Krüppel monoton. „Ich habe niemals etwas von diesem Menschen gehört. Bitte geht und lasst mir meinen Frieden!"

Mathäus packte seine Tochter am Oberarm und zerrte sie unnachgiebig mit sich fort. „Komm", sagte er. „Lass uns endlich nach Hause reiten!"

Nachwort

Anders, als viele glauben mögen, haben die großen Hexenprozesse nicht im Mittelalter stattgefunden. Vielmehr sind sie ein Phänomen der frühen Neuzeit; sogar bis weit in das 18. Jahrhundert hinein errichtete man Scheiterhaufen, um vermeintliche Hexen, Zauberer und Teufelsdiener den „reinigenden“ Flammen des Feuers zu überantworten.

Auch der Begriff Hexe ist nicht typisch mittelalterlich; in Urkunden lässt er sich sogar erst Anfang des 15. Jahrhunderts nachweisen. Dies mag das manchmal offenkundige Desinteresse des Inquisitors Bernhard von Marburg am Fall Mechthild erklären. Die heilige Inquisition ist im 14. Jahrhundert in erster Linie damit beschäftigt, Häretikern nachzustellen und deren Irrlehren zu verdammen. Noch hat der Hexenwahn die Menschen nicht erfasst.

Nichtsdestotrotz hat es auch bereits zu dieser Zeit Anklagen gegen geheimnisvolle Frauen und Männer gegeben, die in den Ruf gelangt waren, mit finsteren Mächten zu paktieren. Der in diesem Roman geschilderte Fall der „Hexe“ Mechthild ist allerdings fiktiv. Höchst fraglich ist es, ob Marias mutiges Unterfangen 200 Jahre später ebenso glimpflich für sie und ihre beiden Begleiter ausgegangen wäre.

Auch die Figur des Inquisitors ist erfunden, wenngleich es für Bernhard ein historisches Vorbild gibt: Im Jahre 1233 wurde der Franziskanermönch und Inquisitor Konrad von Marburg unweit des Dorfes Kappel von aufgebrachten Gefolgsleuten eines angeklagten Edelmannes erschlagen. Konrad von Marburg hatte sich einen Namen als unbarmherziger, grausamer Ketzerverfolger gemacht.

Weitere Bücher von Günter Krieger beim GEV:
DAS HAUPT DER ANNA

November, Anno Domini 1500. In der Mainzer Sankt-Stephans-Kirche ereignet sich ein ungeheuerlicher Reliquien-Diebstahl: Offenbar hat ein Steinmetz das Haupt der heiligen Anna entwendet ... Der Mainzer Bischof entsendet seinen zuverlässigsten Mann, den feinsinnigen und rechtschaffenen Hurt, um die Reliquie wieder herbeizuschaffen. Ihm zur Seite steht der zwielichtige Sakristan von St. Stephan, Hans Fust, dem jedes Mittel zur Erfüllung des Auftrages recht ist. Die Ermittlungen führen das ungleiche Gespann rheinabwärts in die Domstadt Köln, von dort ins westfälische Münster und über die Kaiserpfalz zu Aachen schließlich nach Düren ... Ein rätselhafter Diebstahl, der in die deutsche Geschichte des ausgehenden Mittelalters einging, und eine große Liebe mit ihren abenteuerlichen Verstrickungen stehen im Mittelpunkt dieses mitreißenden Romans.

Pressespiegel:
„Ein durch und durch spannendes und mitreißendes Leseabenteuer.“
(Kölner Stadt-Anzeiger)

„Das Haupt der Anna *ist gut konzipiert und spannend ... Zwischen zwei Buchdeckeln hat der Autor pralles Leben eingefangen.*“ (Aachener Zeitung)

„Spannende Lektüre!“ (Dürener Nachrichten)

„Günter Krieger hat mit Das Haupt der Anna *einen hervorragenden historischen Kriminalroman geschrieben. Es ist ein toller historischer Krimi, der auf geschichtlichen Überlieferungen aufgebaut ist. Der Roman ist sehr flüssig und spannend geschrieben. Wer den historischen Kriminalroman liebt, sollte sich auch dieses nicht entgehen lassen, denn es ist wirklich ein wahrer Genuss!“* (Toms Krimitreff)

176 Seiten, Paperback, 22 × 14 cm, 9,90 Euro. 2. Auflage. ISBN 90-5433-151-8

GERTRUDISNACHT

Am 16. März 1278 überfällt der Graf von Jülich mit 500 Gefolgsleuten in einer Nacht- und Nebelaktion die alte Kaiserstadt Aachen, um sie seinem Territorium einzuverleiben. Dank der Wachsamkeit der Aachener sowie dem heroischen Widerstand von Freiheitskämpfern – an ihrer Spitze der „Wehrhafte Schmied“ – gelingt es, dieses Vorhaben zu vereiteln. Der Graf, seine Söhne sowie die meisten seiner Gefolgsleute finden in den schweren Straßenkämpfen den Tod.
So weit die Legende. Die Wirklichkeit hat indessen anders ausgesehen. Das weiß auch der betagte Bernhard, Bruder vom Orden der Kreuzherren, denn er war damals dabei. Mehr als 60 Jahre später sieht er sich gezwungen, die wahren Umstände jener unheilvollen Nacht ans Tageslicht zu bringen.
Ein spannungsgeladener und fesselnder Roman.

Pressespiegel:
„Günter Krieger hat mit Gertrudisnacht *einen sehr guten historischen Kriminalroman geschrieben. Es ist ein interessanter historischer Krimi, der auf geschichtlichen Überlieferungen aufgebaut ist.“* (Toms Krimitreff)

304 Seiten, Paperback, 22 × 14 cm, 9,90 Euro. 2. Auflage. ISBN 90-5433-150-X

DRACHENSTURM

Am Ende des 9. Jahrhunderts fallen die Wikinger mordend und plündernd in das marode Karolingerreich ein. Vor allem das Rheinland und die Eifel werden aufs Fürchterlichste verwüstet. Der Adel, der sich oft mit Hilfe von Schutzgeldzahlungen schadlos hält, rührt kaum einen Finger, um dem blutigen Treiben der Männer aus dem Norden Einhalt zu gebieten. Leidtragende sind vor allem die Bauern. Vielerorts beginnen sie, sich zu bewaffnen, um sich dem Schicksal nicht kampflos ergeben zu müssen. Die bewaffneten Bauernscharen sind wiederum den Lehnsherren ein Dorn im Auge ... Auch Uta, eine junge Frau mit seherischen Gaben, befindet sich auf der Flucht vor den Wikingern. Begleitet wird sie von ihrem kränkelnden Bruder Hugo und dem Knecht Arbo. Zuflucht suchen sie in der Bischofsstadt Mainz. Doch der Weg dorthin gerät zu einer Odyssee voller Gefahren und Leidenschaften. Der Gaugraf interessiert sich für Uta, aber auch einer der Wikinger. Der jungen Uta geht es allerdings nicht nur um den Schutz hinter den wehrhaften Stadtmauern. In Mainz, so erfährt sie, soll sich der Mörder ihres Vaters aufhalten, der seiner Strafe nicht entgehen darf.
Ein Roman über eine bemerkenswerte junge Frau, die den Stürmen ihrer Zeit mutig zu trotzen versucht, – eine Geschichte um Not und Begierden, um Leidenschaft, Hass und Vergeltung.

Pressespiegel:
„Spannendes Mittelalter ... Einmal mehr ist es dem Autor gelungen, eine dramatische Geschichte zu erzählen und den Leser auf eine spannende Reise in die Lebenswelt des frühen Mittelalters mitzunehmen.“ (Aachener Zeitung)

„Kriegers Bücher sind lebendige, weil menschliche Schicksale zeichnende Darstellungen eines Mittelalters, das dem modernen Menschen der globalisierten Welt einen mythisch-romantischen Kontrast liefert.“ (EM-Verlag)

224 Seiten, Paperback, 22 × 14 cm, 11 Euro. ISBN 90-5433-158-5

Günter Krieger (Herausgeber)
EIN SCHNITTER NAMENS TOD
Mordgeschichten aus der Geschichte

„Hinter dem gruseligen Titel Ein Schnitter namens Tod *verbirgt sich eine spannende Zeitreise durch 14 Jahrhunderte – Mordgeschichten aus der Geschichte führen ins Merowingerreich und ins Mittelalter, in die Wirren des Dreißigjährigen Krieges bis in die gar nicht so biedere Biedermeierzeit und enden mit einer Bombennacht des Zweiten Weltkriegs. Günter Krieger, der Herausgeber, selbst ebenfalls vertreten mit der raffinierten Burg-Intrigiengeschichte ‚Finsternis‘, hat viele interessante Autor(inn)en in dieser ‚mörderischen‘ Sammlung nebeneinander gestellt, darunter auch die Besteller-Autorin Tanja Kinkel und den bekannten belgischen Schriftsteller und Journalisten Freddy Derwahl.“* (Aachener Nachrichten)

208 Seiten, 22 × 14 cm, Paperback, 12,40 Euro. ISBN 90-5433-165-8

Auf Anfrage senden wir Ihnen gerne unser aktuelles Verlagsprogramm zu.
Anruf oder Nachricht genügt.
Wir freuen uns über jede Anregung und Kritik.

GEV (Grenz-Echo Verlag)
Guido Bertemes
Marktplatz 8
B–4700 Eupen
Tel.: 003287/59 13 03
Fax: 003287/74 38 20
www.gev.be
guido.bertemes@grenzecho.be